Rolf Hochhuth

Judith

Trauerspiel

Rowohlt

Umschlaggestaltung Werner Rebhuhn
(Gemälde «Judith und Holofernes» von Franz von Stuck;
Staatliches Museum Schwerin, Kunstsammlung)
Foto des Autors: Michael Schröder/Argus

1. Auflage September 1984

Schrift Garamond auf der Linotron 202
Gesamtherstellung Clausen & Bosse, Leck
Printed in Germany
ISBN 3 498 02863 4

Inhalt

Präambel 7

Judith
Prolog: Minsk 1943 17
Erster Akt: Washington, D.C. 53
Zweiter Akt: Unter den Blutbuchen 107
Dritter Akt: Kontaktgift oder Nervengas 141
Vierter Akt: Wer zum Schwert greift 189

1984 – wie 1914? Wettrüsten führte zum ersten der Weltkriege 211

Harrimans Vermächtnis 212 / Holsteins letztes Wort an Bülow 214 / Paul Graf Metternich und Mrs. Asquith 218 /Bernstorff, Kühlmann, Lichnowsky 224 / «Der Geist ist nur, was er tut» (Hegel) 227 / Machen Geschichte Einzelne? 230 / Hannah Arendt, Mary McCarthy, Ernst Jünger 232 / «Sicherheit»: Die ewige Begründung für Wettrüsten 237 / Bismarcks letztes Wort: Seine Warnung an Tirpitz 241 / Kennan, Fulbright, Nixon 245 / Fred Luchsingers *Neue Zürcher Zeitung* 246 / «Neutralismus» – ein Schimpfwort? 252 / Der maßgebende Schweizer: Max Frisch 254 / Keine Demokratie ohne Referendum 259 / Kant und Lessing 261

Herzlichen Dank dem Zürcher Schauspielhaus,
das 1981 dem Autor den Auftrag zu einer JUDITH gab
und die Arbeit großzügig mitfinanziert hat.

Präambel

> Ist nicht das Kunstwerk am empfindlichsten dagegen, daß man ihm leibhafte Wirklichkeit zuschreibt ... Bringt nicht gerade der historisch ungemäße Einbruch des «Realen» die Kunst nahe an Ästhetizismus und Kunstgewerbe?
>
> *Adorno an Křenek*

Am 14. November 1983 meldete *Newsweek*, daß im Durchschnitt einmal *monatlich* von einzelnen oder mehreren versucht wird, illegal ins Weiße Haus einzudringen. Darüber hinaus gibt es zahlreiche Belege dafür, daß man auch außerhalb Washingtons immer erneut probiert, sich dem US-Staatsoberhaupt ohne Erlaubnis zu nähern, um so allgemein wie möglich ein Vorhaben zu benennen, dessen Natur zumeist ungeklärt bleibt und deshalb nicht von vornherein kriminalisiert werden soll. Und zu diesen entdeckten und also vereitelten Unternehmungen kommen noch – so muß man annehmen – zahlreiche nicht bemerkte Zudringlichkeiten ähnlicher Zielsetzung, die schon im Vorfeld ihrer Ausführung scheitern oder aufgegeben werden.

Das Schauspiel ‹*Judith*› dramatisiert und erklärt politischen Mord, zeigt die Motive und die Konflikte der Attentäter – nicht in mythischer Vorzeit, nicht in mystifizierender Zukunft, sondern heute; nicht weil der Autor sich zum Befürworter von Taten macht, sondern weil Mord, als Form des äußersten politischen Widerstands in der Natur der Geschichte, zu keiner Zeit die Geschichte verschont hat. Dies muß ohne Einschränkung dargestellt werden, kann nicht an fremde Orte, in andere Zeiten, nicht in eine Gesellschaft verlegt werden, in der weder der Autor noch seine Leser und Zuschauer leben und sich auskennen.

Und ob es nun wahr ist oder eine Legende, daß ein verwundeter Indianer-Häuptling jenem siegreichen General William H. Harrison die Prophezeiung ins Gesicht sagte, zwar werde er 1840 «König» von Amerika, werde aber wie künftig ausnahmslos alle seine Nachfolger, die in einem Jahr mit einer Null am Ende gewählt wurden, im Amt sterben – wahr ist, daß ohne Ausnahme in den 120 Jahren zwischen Harrisons und Kennedys Wahl die sieben, die am Ende (oder Anfang) eines Dezenniums gewählt worden sind, auch im Amt starben, wenn auch nur zwei dieser sieben, Harrison selber und Roosevelt, zweifelsfrei eines natürlichen Todes; ob Harding vergiftet wurde, ist umstritten. Roosevelt, 1940 wiedergewählt, starb deshalb im Bett, weil er dem Attentat in Chicago entkommen ist, so wie er 1936 vielleicht erneut gewählt wurde, weil einer seiner Gegenkandidaten, Huey Long, erschossen worden war. Und seltsam auch dies: ebenso wie John F. Kennedy aufs Jahr genau hundert Jahre nach Abraham Lincolns erster Wahl zum Präsidenten gewählt wurde, 1960, ebenso wurde auch Ronald Reagan genau hundert Jahre nach jenem Altphilologen James Garfield ins Amt eingeführt, der ein halbes Jahr später ermordet wurde, während Reagan bis heute, Juni 1984, nur einmal in einem Attentat, ein Vierteljahr nach seiner Wahl, verwundet worden ist...

Doch den gegenwärtigen Präsidenten hat der Autor schon deshalb nicht gemeint, weil er nicht einen zeitlos gültigen, den Apokryphen entnommenen Stoff vergegenwärtigt im Hinblick auf eine vorübergehende *Person*, sondern auf ein dauerhaftes *Problem*. Wer wäre rascher vergessen als ein Präsident der USA, der nicht wie Lincoln, wie Franklin Delano Roosevelt der Weltgeschichte angehört – oder wie Kennedy auf tragische, wie Nixon auf groteske Weise der Kriminalstatistik. Wer, sofern Ronald Reagan nicht den letzten Weltkrieg anstiftet, wird in fünf Jahren noch eine Vorstellung mit ihm verbinden? Oder gar Interesse an ihm haben? Schreibt man zwei Jahre an einem Stück, damit es zwei Jahre später, schneller noch, als es übersetzt sein kann, weggeworfen wird wie verjährte Kalender?

Artikel 5 des Grundgesetzes für die Bundesrepublik Deutschland bestimmt, daß die Kunst frei sein soll – ohne Einschränkung. Da gibt der Staat dem Autor eine Bürgschaft und hofft wie jeder Bürge, nicht in Anspruch genommen zu werden. Seine Juristen sprechen in fremder Sprache vom «Kunstvorbehalt», und der designierte Präsident des Bundesverfassungsgerichts namens Roman Herzog nennt diese Freiheit «im Gefüge eines Kommunikationsrechts eindeutig einen Fremdkörper». Richtig: Kunst muß ein Fremdkörper sein, wenn sie Freiheit in Anspruch nimmt, die ihr in großmütigem Schein gestattet wird, auch «wo der Künstler sich mit aktuellem Geschehen auseinandersetzt; der Bereich der ‹engagierten› Kunst ist von der Freiheitsgarantie nicht ausgenommen», hat das Bundesverfassungsgericht gesagt, auch wenn ihm das Engagement so suspekt schien, daß es Anführungsstriche verdiente. Aber Gesetze, die Freiheit garantieren sollen, bestehen nicht durch ihre feierliche Verkündung, sie müssen sich daran messen lassen, welchen Platz sie in der Wirklichkeit einnehmen. Erst Konflikte entscheiden, ob die Buchstaben lebendig oder tot sind. Es müssen daher die Richter auf der Höhe des Gesetzes sein, dürfen nicht zurückfallen hinter die Väter ihres Grundgesetzes, das sonst nicht mehr ist als eine leere Phrase. Die Freiheit der Kunst, so sagt ein oberstes Gericht, kann nicht in Anspruch genommen werden, «wenn dadurch ein anderes Grundrecht verletzt wird oder Güter, die für den Bestand der staatlichen Gemeinschaft notwendig werden, gefährdet werden».

Es gefährdet nicht den «Bestand» der staatlichen Gemeinschaft, über politischen Mord rückhaltlos zu sprechen. Aufgabe des Autors ist es nicht, Ereignisse, die er darstellt – und hier ist es ein Meuchelmord, nur Schönrednerei könnte das abstreiten –, auch gutzuheißen. Der Autor stellt dar wie der Maler; daß es – anders als beim Maler – in Worten geschieht, darf nicht zu dem Fehlschluß verleiten, wenn er einen Meuchelmord zeige, stifte er zu ihm an. Nichts ist primitiver, als ein Barometer für das Wetter, das es anzeigt, einen Autor für das Sujet, das er wählt, haftbar zu machen. Wie notwendig also, darauf zu beharren, daß Theater als Teil der Polis und allein finanziert von der Polis, sich auch der Politik zu stellen hat – nicht nur der Geschichte. Politik ist die Pflege der mitlebenden Generation: Das ist kein Dünkel gegenüber historischen Dramen, die – zum Beispiel – Verschwörungen zur Ermordung eines Staatsoberhauptes oder einer anderen öffentlichen Person zeigen, wie ‹*Julius Caesar*›, wie ‹*Wallenstein*›, wie ‹*Tell*› oder wie ‹*Die Gerechten*›. Immerhin, wie viel leicht«fertiger» es ist, ein Stück über Verschwörer von gestern zu schreiben – Camus' Attentäter beseitigen bekanntlich keine Machthaber von heute, sondern einen zaristischen Gouverneur –, wird deutlich bereits im Titel; Camus darf seine Terroristen schlicht *die Gerechten* nennen. Ich darf meine zwei amerikanischen Terroristen *nicht* so nennen, mit so viel Verständnis und Sympathie ich sie auch zeichne. Und zwar darf ich sie nicht nur deshalb nicht so nennen, weil das die Polizei verbietet, sondern weil sie *keine Gerechten sind* nach meiner Überzeugung, obwohl sie in der amerikanischen Tradition handeln.

Wer uns juristisch anzuschwärzen versucht als Verherrlicher von Gewalt, der sei auf den letzten Akt dieser ‹*Judith*› verwiesen: Statt direkt und dramatisch und unmittelbar anschaulich den Meuchelmord zu *zeigen*, was so viel müheloser und künstlerisch überzeugender wäre, wie der Prolog beweist – hat der Autor in vorsätzlicher Unklarheit nur indirekt und ungefähr merken lassen, was geschehen sein *kann*, weil er nicht die Würde eines Staatsoberhauptes, auch wenn es nur eine Bühnenfigur ist, antasten will. Nicht der Autor, die Tragödie verlangt das Opfer des Attentats, und die Motive der Täter müssen geschildert werden, *weil es sie gibt*, nicht weil der Autor sie verherrlicht oder verharmlost oder gar einen Mord herbeiwünscht.

Literatur treibt Probleme auf die Spitze *auch in der Zuversicht*, daß sie dadurch so ‹aus›-diskutiert werden, daß dem Leben erspart bleibt, sie ebenso auf die Spitze zu treiben. Doch selbst dann, wenn es nicht in der Verfassung unserer Republik garantiert wäre: Eine Zensur findet nicht statt – selbst dann ist es von Nutzen, nicht nur alles darzustellen, was wirklich, sondern alles, was *möglich* ist. Und dazu gehört der Tod des Staatsoberhauptes durch Meuchelmord – selbstverständlich in um so höherem Maße, als es ja nicht ‹nur› tatsächlich möglich, sondern schon so viele Male *wirklich* war; in den USA öfter als irgendwo sonst in einem zivilisierten Staat. Terroristen bekämpft auch die Literatur nicht durch die Behauptung, sie brauche sich mit ihnen nicht zu befassen, weil es sie nicht gäbe.

Zur Zeit der ersten Republik in Deutschland hat Heinrich Mann der Sektion für Dichtkunst der Preußischen Akademie der Künste, deren Präsident er war, einen Bericht erstattet über das Verhältnis von Literatur und Macht. Auch die Weimarer Verfassung garantierte die Freiheit der Kunst, nicht anders als heute war sie umdroht. Heinrich Mann sagte, was diesem und zu allen Zeiten jedem Staat erneut gesagt werden muß: «Wir nennen Geist die menschliche Fähigkeit, der Wahrheit nachzugehen ohne Rücksicht auf Nutzen oder Schaden und Gerechtigkeit zu erstreben sogar wider praktische Vernunft. Der Staat hingegen vertritt die Menschennatur gerade so weit, als sie Vorteil sucht und sich seinetwegen auch mit dem Schlechten abfindet ...» Und Heinrich Mann schloß: «Dichtungen gehören niemals vor Gerichte. Der Unfug muß aufhören. In Wahrheit gibt es keine unsittliche Dichtung, wie es politisch keine unerlaubte gibt.»

Judith

Ronald Reagan sagte vor kurzem: «Es gibt in der Welt eine Revolution für Freiheit und demokratische Ideale.» Den Vereinigten Staaten sei, so meinte er, dieser Kampf durchaus willkommen, weil die Leute genug hätten «von dem Versuch, Schwerter in Pflugscharen zu verwandeln». Was der Präsident im Zusammenhang damit über die «wahre Botschaft unserer Zeit» sagte, hat wohl mit Grenada zu tun und dem Jubel, den dieses Ereignis auslöste.

Marion Gräfin Dönhoff,
Die Zeit, Hamburg, 6. Januar 1984

Strafe seinen Hochmut durch sein eigenes Schwert; laß ihn durch seine eigenen Augen gefangen werden, wenn er mich ansieht und durch meine freundlichen Worte betrogen werden.
Gib mir Mut, daß ich mich nicht entsetze vor ihm und vor seiner Macht, sondern daß ich ihn stürzen möge. Das wird deines Namens Ehre sein, daß ihn ein Weib darniedergelegt hat.
Denn du, Herr, kannst wohl Sieg geben, ohne alle Menge und hast nicht Lust an der Stärke der Rosse.

Judith 9,10–13

Personen

Judith
Ihr Bruder
Ihr Freund
Jelena Masanik
Teiresias

Der Generalkommissar / Ein Tonmeister im Weißen Haus
Seine Frau / Die Freundin von Judiths Bruder
Die Ordonnanz des Generalkommissars / Ein Theologe
Eine SS-Wache in Minsk / Ein Chemiker
Zweite SS-Wache in Minsk / Ein Chauffeur

Die Jelena-Schauspielerin des Prologs kann auch die der Judith der vier Akte sein.
Wenn Doppelbesetzungen, so nur um die Frage aufzuwerfen, ob in normalen Herrschaftssystemen – sofern «Herrschaft» normal sein kann – die hier als Mörder Gezeigten normale Menschen geblieben wären; hat ihr Charakter ihre Taten bestimmt – oder nur ihr Vorgesetzter?

Ort und Zeit: Washington, D.C., in der Gegenwart.
Der Prolog spielt 1943 in Minsk.

Die in eckige Klammern gesetzten Texte können bei der Aufführung weggelassen werden.

Prolog: Minsk 1943

Die deutschen Juden in Minsk erfreuen sich der besonderen Fürsorge des Generalkommissars. Bei einer Besichtigung des Ghettos im November 1941 erfuhr er u. a., daß sich im Ghetto Juden befinden, deren nächste Angehörige im Felde stehen. Der Generalkommissar zeigte sich interessiert und erklärte, diese Fälle dem Führer berichten zu wollen. Im Berliner Teil des Ghettos hielt er zwei seiner Meinung nach arisch aussehende Mädchen an. Durch einen politischen Leiter ließ er die Personalien feststellen ... Ein im Generalkommissariat vorwiegend für die Stenotypistinnen beschäftigter jüdischer Friseur hat die Erlaubnis, ohne Stern im Gebäude des Generalkommissariats zu arbeiten, um die Reichsdeutschen, die sich von dem Juden frisieren lassen, nicht durch den dauernd vor Augen gehaltenen Stern so sehr vor den Kopf zu stoßen ... Liquidierungsaktionen größeren Umfangs lassen sich ... bei der derzeitigen Wetterlage nicht durchführen, da der tiefgefrorene Boden das Ausheben von Massengräbern nicht zuläßt.

SS-Obersturmführer Kriminalkommissar Burkhardt,
Minsk, Januar 1942

Man kann die Berühmten nicht verstehen,
wenn man die Obskuren nicht durchgefühlt hat.

Grillparzer

Drei Jahre bevor er nach dem Nürnberger Prozeß 1946 von den Alliierten aufgehängt wurde, sagte Hitlers Reichsminister für die besetzten Ostgebiete, Alfred Rosenberg, am Sarg des in der Berliner Reichskanzlei aufgebahrten Generalkommissars von Weiß-Rußland:
«Mit dem Verblichenen verbinden mich zwanzig Jahre Bekanntschaft und fünfzehn Jahre Freundschaft. Er ist der Sohn eines Berufssoldaten und späteren preußischen Beamten. Er hat diesen guten alten preußischen Soldaten- und Beamtengeist mit der Muttermilch eingesogen, ist von ihm und seiner Sendung für die Mitgestaltung des Großdeutschen Reiches nie mehr losgekommen. Als Schüler huldigte er bereits antisemitischen Tendenzen, und als Student war er bereits vor dem Ersten Weltkrieg leidenschaftlicher Verfechter konservativer-preußisch-großdeutscher Ideen, die zu verwirklichen ihm Lebensinhalt wurde. Dabei sollen seine künstlerischen und schriftstellerischen Neigungen, Fähigkeiten und Arbeiten nicht unerwähnt bleiben. So hat er in seinem Gedicht, betitelt ‹Unser Schwur›, noch am 20. August in der ‹Minsker Zeitung› seinem ganzen Sinnen und Trachten, der Sehnsucht seines Lebens wie folgt Ausdruck gegeben:

Mit uns zieht seit tausend Jahren
Das Bekenntnis treu zum Reiche,
Dem wir stets verschworen waren,
Unser Glaube blieb der gleiche!

Adolf Hitler, du begeisterst
Unsern Glauben immer wieder

Und mit Gottes Hilfe meisterst
Du den Feind und zwingst ihn nieder!»

Weil dieser Generalkommissar auch schriftlich wiederholt die Wut Heydrichs und Himmlers herausgefordert hatte durch Proteste gegen die Massakrierung von Juden, die aus Deutschland nach Minsk deportiert worden waren, soll der SS-Chef bei dessen Tod zu seinem General von dem Bach-Zelewski gesagt haben: «Der Tod dieses Mannes ist ein Segen für das deutsche Volk!» Denn obgleich der Generalkommissar bereits am 31. Juli 1942 meldete, «wir haben in Weißruthenien in den letzten zehn Wochen rund 55 000 Juden liquidiert. Im Gebiet Minsk-Land ist das Judentum völlig ausgemerzt», warf die SS ihm seit 1943 Judenhörigkeit vor, weil er jetzt Skrupel zum Ausdruck brachte, blonde, aus Deutschland nach Minsk deportierte Juden und Juden mit Tapferkeitsmedaillen aus dem Ersten Weltkrieg ebenso zu ermorden wie russische …
Obgleich er im Sinne Grillparzers nur eine obskure Figur war, deren Wert weniger darin liegt, sich selber als vielmehr die Nazi-Hierarchie zu charakterisieren, hat seine Wirksamkeit doch historisches Interesse. Dennoch haben wir mit Rücksicht auf seine Nachkommen in allen zitierten Dokumenten seinen Familiennamen durch seinen Titel ersetzt.

Zwei hohe, schön proportionierte Zimmer eines altrussischen Gutshauses, wie Tschechow sie liebte, aus dem vorletzten Jahrzehnt der Zarenzeit: Beide Zimmer haben an den Längswänden gleich große Fenster, deren Flügel offenstehen, während die Holzläden, nach außen aufklappbar, wegen der Insekten geschlossen sind. Der kleinere Raum – links vom Zuschauer – ist das Arbeitszimmer von Hitlers Minsker Generalkommissar, der größere rechte das eheliche Schlafzimmer mit altmodischem Mobiliar: Zwei nebeneinandergestellte schwere Messingbetten aus unsrer Großeltern-Epoche, also noch kein eheliches Doppelbett, sondern zwei selbständige, jugendstil-

verzierte Bettgestelle. Kein fließendes Wasser, sondern ein brauner Holz-Waschtisch mit Marmorplatte und mit zwei bunten Porzellan-Waschschüsseln, über ihnen ein Spiegel. Zwei Nachttische, hoch, den hohen Betten der Jahrhundertwende entsprechend. Über den Betten, die mit ihren Kopfenden an der rechten Bühnenwand stehen – rechts vom Zuschauer –, ein großer kolorierter Kupferstich von Potsdam. Und Fotos dreier Söhne. Dem Fußende der Betten gegenüber rechts in der Ecke der Waschtisch; in der Mitte die Tür mit üppiger Supraporte zum Arbeitszimmer, dessen Schreibsekretär – ebenfalls braunes, noch stilloses, aber schönes und praktisches Mobiliar der neunziger Jahre – links hinten an der Wand steht. Die Tür zum Büro ist in der Mitte der linken Bühnenwand. Groß, sichtbar ein Foto Hitlers mit dem (wie Hitler selber im biergelben Nazihemd fotografierten Schauspieler) Generalkommissar aus der Zeit, als er Gauleiter der Mark Brandenburg war. Ein schwarzgerahmter Farbdruck der Jahrhundertwende, eindrucksvoll, nach einem der damals berühmten Leistikow-Gemälde: ein Waldsee im Havelland. Ein «Feldherrensessel», hochlehnig, pseudo-barock, pompös und riesig, «Löwengriffe», steht neben dem Schreibtisch, dazu zwei Stühle, die zu dem übrigen Neunziger-Jahre-Mobiliar passen. Ein abgetretener, aber noch schöner alter russischer Teppich, offenbar aus diesem Haus wie auch die Läufer nebenan vor den Betten und wie überhaupt alle Inneneinrichtungen außer den Bildern. Eine altmodische Etagere mit Büchern; ein Leitz-Ordner-Regal.

Septembernacht, etwa 23 Uhr 30.

Jovial, den Sonntagsrock des hohen Parteibonzen offen, brauner Schlips zu weißem Hemd, noch immer lang gestiefelt – er hatte Gäste, hohe Militärs, auch einen italienischen Besucher –, sitzt der Generalkommissar im schweren «Feldherren»-Fauteuil und plaudert mit seinem jungen Ordonnanz-Offizier, der respektvoll-fest zugeknöpft in der feldgrauen Uniform der Waffen-SS im Schreibtischstuhl vor ihm sitzt. Er hat nur deshalb das Privileg, hinter der Front Dienst tun zu dürfen, weil er schwer verwundet worden ist: sein linker Arm, steif, hängt herunter; seine linke Hand ist durch eine künstliche in braunem Leder «ersetzt». Der artige Offizier ist so schön und dunkel und jung wie sein doppelt so alter Chef, fast sechzig, rund und beinah kahl ist. Ordinär sieht der Generalkommissar keineswegs von Natur aus, sondern «dank» dieser zirkusbunten Uniform, denn er trägt heute die rot-weiß-schwarze Armbinde mit dem Hakenkreuz zum biergelben Rock und zur biergelben Hose in caramelbraunen Stiefeln. Beide halten Biergläser. Der Offizier sitzt in «Hab-acht-Stellung» vor seinem Chef, die besporten hohen schwarzen Reitstiefel nicht leger ausgestreckt – wie der Generalkommissar dasitzt –, sondern an den Absätzen «gehorsamst» zusammengenommen.

GENERALKOMMISSAR, *legt einen Brief aus der linken Hand auf den Schreibtisch, trinkt einen Schluck Bier; die Zigarre in seiner Hand ist ausgegangen. Schmidt springt gleichsam apportierend auf und gibt ihm Feuer. Erst nach drei langen Zügen ruft er, noch einmal auf den abgelegten Brief schlagend:*
«Judith»! – wieso ist «Judith» nicht verboten worden!
Der Führer hat nicht daran gedacht beim Verbot
von Schillers «Wilhelm Tell», den er verächtlich
diesen Schweizer Heckenschützen nennt –
aber zweifellos ist «Judith» mindestens
ebenso wehrkraftzersetzend! Kennen Sie überhaupt,
Sturmführer – die Handlung?

STURMFÜHRER: Ja, die schönste Witwe Israels bietet sich
dem Belagerer ihrer Vaterstadt an,
doch nachts dann in seinem Zelt,
köpft sie den Schlafenden mit seinem Schwert!

GENERALKOMMISSAR, *lacht hell auf*:

Demnach doch eine Partisanin,
würden wir heute sagen – g ä b ' s das heute;
und genau – natürlich – um so viel raffinierter
als Tell, der Bauer, wie sie erstens ein W e i b
und zweitens J ü d i n ist! Raffinierter, weil schamlos!
Doch warum ist «Wilhelm Tell» verboten worden
– nicht aber dieses jüdische Heckenschützen-Stück?
Das will ich Ihnen sagen, Schmidt:
Weil Herr Bormann, der sich auf seinen Briefen
«Sekretär des Führers» zu titulieren anmaßt,
weil dieses deprimierende Chauffeur-Gehirn,
von einem Drama «Judith» nie gehört hat!
Sie bezweifeln das?

STURMFÜHRER: Nein, Herr Generalkommissar
– wenn ich auch Reichsleiter Bormann nur aus
Schilderungen des Herrn Generalkommissars kenne.

GENERALKOMMISSAR, *lacht – aber nicht vergnügt*:
«Nur»! – wollen Sie damit sagen,
meine Darstellung sei nicht koscher?

STURMFÜHRER, *Hacken wieder leise zusammenziehend, sich erschreckt verneigend*:
Nein – wahrhaftig nein, Herr Generalkommissar,
hatte sagen wollen, der Führer hat vermutlich
deshalb nicht ausdrücklich auch «Judith» verboten,
weil er darauf vertraute, jeder Deutsche habe
Instinkt genug, in den kommenden tausend Jahren
keine Dramen mehr mit biblischen
– denn das heißt ja immer: mit j ü d i s c h e n –
Helden und Heldinnen auf die Bühne zu bringen!

GENERALKOMMISSAR, *aufstehend, geht auf den noch in Habacht-Stellung dasitzenden Schmidt zu und sagt väterlich*:
Womit der Führer seinen lieben Deutschen wieder einmal
mehr Vertrauen entgegengebracht hat, als sie verdienen,
wie wir – nicht wahr, Schmidt, trinken wir noch ein Bier,
an Ihrem Fräulein Braut sehen!

Generalkommissar hat eine Klingel auf seinem Schreibtisch bedient.

STURMFÜHRER:
«Braut» – Herr Generalkommissar belieben zu scherzen:
Fräulein Geilhardt ist ja nicht meine Braut.

GENERALKOMMISSAR: Sollte sie werden!
[Ich bekam neulich Kopie]
– bitte noch zwei Bier, Frau Masanik, schön kalt.
Die Russin ist eingetreten. Mitte Zwanzig, höchst anziehend wie ihr alttestamentliches Urbild. Das große dunkelblaue Kopftuch verhindert, daß man in ihrer Frisur die der Judith des ersten Aktes alsbald wiedererkennt: man sieht fast nichts vom blonden Haar dieser Ukrainerin …

JELENA, *freundlich*:
Zwei Bier, wie befehlen, Gärr Generalkommissar.

GENERALKOMMISSAR: Ich danke Ihnen, Frau Masanik,
[… des Rundschreibens von Reichsführer Himmler,
in dem er daran erinnert, daß er keine
unverheirateten SS-Offiziere mehr duldet;
Fräulein Geilhardt liebt Sie doch,
also worauf wartet ihr in diesem langweiligen Minsk!
Aber] was hat sie sich gedacht, die reizende Geilhardt,
– *er weist auf den abgelegten Brief* –
als sie schriftlich vorschlug, ich möchte «Judith»
inszenieren lassen im Front-Theater Minsk!

STURMFÜHRER, *während er spricht werden auf einem Tablett die Bierflaschen gebracht, Generalkommissar gibt einen Wink, sie auf den Schreibtisch zu stellen; Schmidt beeilt sich, nachzuschenken, obgleich er nur einen Arm bewegen kann*:
Die Rolle muß höchst reizvoll sein!
Als ich sagte, bist du verrückt,
dieses Judenstück vorzuschlagen, meinte sie:
Ist Jessica kein Judenmädchen?
Shylocks Tochter habt ihr
kürzlich doch auch hier auftreten lassen!

GENERALKOMMISSAR: Ja – Jessica: «Der Mann, der nicht» ... wie sagt sie: «nicht Musik hat in sich selbst» ...
Pathosgeschwellt, Brustkorb heraus, wie aus einem Gewölbe singend, ein von sich selbst hingerissener Tenor, das Bierglas in der Hand, mit der anderen skandierend, zitiert er «schreitend» im Raum mit langen Schritten:
«Der Mann, der nicht Musik hat in sich selbst,
Den nicht die Eintracht süßer Töne rührt,
Taugt zu Verrat, zu Räuberei und Tücken;
Trau keinem solchen! Horch auf die Musik!»
Schmidt: wo ist unsre Musik?
Shakespeare ordnet ausdrücklich an:
«Darunter Musik» ... wie? Prost, Schmidt!
Bricht ab, lachend, setzt sich wieder.

STURMFÜHRER: Sehr zum Wohle, Herr Generalkommissar!
Großartig, wie Herr Generalkommissar als Politiker
auch noch die geistige Präsenz haben,
Shakespeare zu zitieren ...

GENERALKOMMISSAR:
[Nun – den haben wir ja fünf Wochen geprobt,
neulich in unserem ... gar nicht so schlechten Theater!

Tatsächlich überlieferte im Norddeutschen Rundfunk am 29. Oktober 1982 die Schauspielerin Inge Stolten, abkommandiert 1943 aus Hamburg an das in Minsk unterhaltene «Front-Theater», daß dort der «Kaufmann von Venedig» noch unmittelbar vor dem Tod des Generalkommissars im Spielplan war; Gast im Hause des Generalkommissars, bekannt mit dessen Frau, die im übrigen aus ihrer Anhänglichkeit an eine andere Hamburger Kollegin, eine Jüdin, die noch nicht deportiert, weil «vollarisch» verheiratet war, keinen Hehl machte, belegt Frau Stoltens wertvoller Bericht auch die Schizophrenie von Hitlers Generalkommissar: Jessica, Shakespeares rührendes Judenmädchen, auf die Bühne zu stellen, während längst alle Jüdinnen, sogar die vom

Generalkommissar zeitweise beschäftigten und allein dadurch für eine Weile vor der SS geschützten Juden, ermordet worden waren. Denn so brauchbar wie Shylock – so unbrauchbar ist doch seine Tochter für Pogrombetze ...

GENERALKOMMISSAR, *zutraulich*:
Raus mit der Sprache, Sturmführer,
von Mann zu Mann: Sie wissen, warum ich
Reichsleiter Bormann hasse?
STURMFÜHRER: Keine Ahnung, Herr Generalkommissar.
GENERALKOMMISSAR:
Nun, bin sein Opfer, eines seiner zahllosen.
Ihm verdanke ich,
daß ich als Oberpräsident und Gauleiter
der Mark Brandenburg abgelöst wurde.
Aber da ich mich der Sache nicht zu schämen habe,
und hat mich ja der Führer, in seiner
zu alten Kämpfern sprichwörtlichen Treue,
sofort bei Beginn des Rußland-Feldzugs rehabilitiert,
hab ich keinen Grund, Ihnen zu verschweigen,
wieso sich Bormann an mir vergreifen konnte:
der Stellvertreter des Führers ...
STURMFÜHRER: Rudolf Heß?
GENERALKOMMISSAR: Kamerad Heß, jawohl!
Ich nenne ihn noch immer Kamerad,
er kann ja nichts dafür, daß er vor zwei Jahren
den Verstand verloren hat
und zu den Briten geflogen ist ...
Wie dem auch sei: Heß bekam einen Brief, 1937,
der die Mitteilung eines Skandals enthielt:
daß nämlich der Schwiegervater Bormanns,
der höchste Jurist unserer Partei ...
STURMFÜHRER: Parteirichter Buch?
GENERALKOMMISSAR: So ist es: Parteirichter Buch –
daß der Vorfahren hat,

die im Frankfurter Ghetto gewohnt haben.
Die Frau des Sekretärs des Führers hat Vorfahren,
die Buch hießen – halten Sie «Buch», Schmidt,
für einen besonders arischen Namen?
Er lacht dröhnend. Und sagt mit dem Sarkasmus eines mordbereiten Idioten – dann wieder dröhnend darüber lachend:
Die Frau des Sekretärs des Führers
kriegt jedes Jahr ein Kind
– ist aber eine geborene Buch!

STURMFÜHRER – *und kein Wimpernzucken in seinem intelligenten, auch sympathischen Gesicht deutet darauf hin, daß er nicht anders als der Generalkommissar vollständig von der herrschenden Geisteskrankheit, die sechs Millionen das Leben kosten wird, infiziert ist*:
Das ist furchtbar. Doch was, Herr Generalkommissar,
hat dieser Brief mit Ihnen zu tun?

GENERALKOMMISSAR: Ich hab ihn geschrieben – anonym.
Doch man kam auf mich,
und da ich ehrlich bin,
leugnete ich nicht. Konnte aber nicht beweisen,
daß einer Jude ist, der Buch heißt.

STURMFÜHRER, *erschüttert*: Entsetzlich, ja! Und deshalb
mußten Herr Generalkommissar gehen?

GENERALKOMMISSAR:
Ja – wenn auch in Ehren; behielt Sitz im Reichstag,
Chauffeur, Dienstvilla ...] reden wir nicht
von mir, sprechen wir von Literatur –
Er zieht eine schmale Broschüre aus der Schublade, hält den Namen des Verfassers zu und fragt «schelmisch»:
Lesen Sie «Totila», die Tragödie des Ostgotenkönigs
– nun: wer hat die geschrieben?
Er kann die Antwort nicht abwarten, schwatzt rasch:
Sie kennen den Staatssekretär Stuckart?

STURMFÜHRER:
Selbstverständlich, seinen und Globkes Kommentar

zu den Nürnberger Rassegesetzen.
Stuckart hat dieses Drama geschrieben?

GENERALKOMMISSAR, *lacht*:
Nein – aber hier klebt Kopie seines Briefes
über das Stück, hören Sie:
«Der alte nationalsozialistische
Kämpfer und Oberpräsident der Mark Brandenburg
hat ein Schauspiel ‹Totila› geschrieben ...»

STURMFÜHRER, *beeilt sich, vor Enthusiasmus aufzuspringen*:
Sie – Herr Generalkommissar?

GENERALKOMMISSAR, *weiter lesend, strahlend*:
«... das in einer Reihe anderer Städte
bereits zum x-ten Male
mit großem Erfolg zur Aufführung gelangt ist.
In Berlin war es bisher noch nicht möglich,
das Schauspiel aufzuführen. Ich bitte,
sofort die nötigen Schritte» – und so weiter. Hier:
«Frist: 3 Tage»!
So muß dafür gesorgt werden, ultimativ,
daß der Prophet im eigenen Lande etwas gilt!
Wollen Sie bitte, Schmidt, diese Tragödie
Fräulein Geilhardt geben, damit sie ihre «Judith» vergißt.
Ist zwar nicht die Titelrolle,
aber eine prachtvolle Weiber-Rolle ist drin:
blond wie Fräulein Geilhardt –
nicht schwarz wie eine Judith!

STURMFÜHRER: Gehorsamsten Dank,
Herr Generalkommissar.
Ein sehr hoher Vertrauensbeweis für Fräulein Geilhardt,
doch bitte ich anmerken zu dürfen: blond und schwarz
– sind nicht immer, leider, zuverlässige
Unterscheidungs-Kriterien, um den Arier-Nachweis ...

GENERALKOMMISSAR, *aufspringend*:
Mensch, wem sagen Sie das! Ich habe nach einem Besuch
hier im Ghetto mir den Haß Heydrichs zugezogen,

weil ich ihm schrieb,
er solle mir wenigstens zwei blonde Berlinerinnen,
die als Jüdinnen – angebliche –
nach Minsk deportiert worden waren,
zur Arbeit freigeben, statt sie zu erschießen.
Glatt abgelehnt – obgleich ich doch
nur zehn Wochen gebraucht habe,
nach meinem Einzug hier,
um Minsk judenrein zu machen;
fünfundfünfzigtausend haben wir erschossen,
doch zwei aus Berlin durfte ich nicht begnadigen!
So wenig ich auch tun konnte für Juden
mit Tapferkeitsmedaillen aus dem Ersten Weltkrieg!

STURMFÜHRER:
Wenn sich sogar Herr Generalkommissar Ungnade
zugezogen haben,
werden Herr Generalkommissar verstehen,
daß ich Abstand genommen habe, eine Entdeckung
in Berlin zu melden,
daß nämlich in Rußland
– was sonst nirgendwo geschehen sein soll –
die Juden m i s s i o n i e r t haben.

GENERALKOMMISSAR:
Wieso – Juden m i s s i o n i e r e n doch nicht?

STURMFÜHRER: Aber in Rußland haben sie es nachweislich
vor 150 Jahren regional praktiziert,
ganze Völkerschaften
haben den jüdischen Glauben angenommen,
ohne je Semiten gewesen zu sein.
Die Einsatzgruppen wunderten sich zuweilen
über die b l o n d e n Leichen:
sie hatten Juden erschossen, die nur dem G l a u b e n,
doch nie der R a s s e nach: Juden gewesen sind;
nach vorsichtigen, sehr vorsichtigen Schätzungen wurde
eine Viertelmillion lediglich aus Versehen erschossen.

GENERALKOMMISSAR: Paßt. Paßt genau zu dem Bild,
das ich leider
von der Dummheit unserer Einsatzgruppen
gewinnen mußte ...
[Es ist spät, aber wir sind beide durch die Gäste
noch aufgekratzt genug,
daß ich Ihnen einen Brief diktieren kann.

STURMFÜHRER:
Ich bin jetzt tatsächlich wacher als morgens um acht.
Er zieht am Schreibtisch die für Sekretäre beim Diktat angebrachte Holzplatte heraus, um das Diktat aufzunehmen. Die Art, wie er das für ihn auf einem Pappdeckel befestigte Schreibpapier mit dem linken Unterarm festklemmt, zeigt wieder, daß er den linken Arm nicht bewegen kann: er muß ihn mit der rechten Hand heben. Der Generalkommissar hat einen Bericht vorgenommen und hilft jetzt dem invaliden Schreiber.

GENERALKOMMISSAR: Ich habe getrunken,
das nimmt mir die Hemmung,
wieder einmal einen jener Briefe zu schreiben,
für die mich Himmler ins KZ bringt,
wenn ich den Führer überleben sollte:
bitte, Schmidt.
Also, geheim! – dem Herrn Reichsminister für die
besetzten Ostgebiete, Berlin, durch den Herrn
Reichskommissar für das Ostland in Riga.

Betr.: Das bisherige Ergebnis des Polizeiunternehmens «Cottbus» für die Zeit vom 22. Juni bis zum 3. Juli 1943: SS-Brigadeführer, Generalmajor der Polizei von Gottberg meldet, daß das Unternehmen «Cottbus» im genannten Zeitraum folgendes Ergebnis hatte:

Feindtote	4500
Bandenverdächtige Tote	5000
Deutsche Tote	59

Er legt die Liste vor Schmidt hin und sagt:
Brauchen Sie nicht aufzunehmen, können Sie
morgen gleich, diese endlosen Zahlen,
in den Brief schreiben. Mir geht es darum
... also bitte!
Er ändert den Ton, entfernt sich vom Tisch, diktiert:
... Die genannten Zahlen zeigen, daß auch hier wieder mit einer sehr starken Vernichtung der Bevölkerung zu rechnen ist. Wenn bei 4500 Feindtoten nur 492 Gewehre erbeutet wurden, dann zeigt dieser Unterschied, daß sich auch unter diesen Feindtoten zahlreiche Bauern des Landes befinden. Besonders das Bataillon Dirlewanger ist dafür bekannt, daß es zahlreiche Menschenleben vernichtet. Unter den 5000 Bandenverdächtigen, die erschossen wurden, befinden sich zahlreiche Frauen und Kinder ...]

JELENA, *ruft an der Tür, rasch eintretend, eilig, an ihm vorbei ins nächste, ins Schlafzimmer zu kommen*:
Das Milch, Gärr Generalkommissar – w a n n bringen?
Die gnädige Frau saggt, will gehen schlaffen.

GENERALKOMMISSAR: Ja, spät! – bringen Sie meine Milch.
Jelena ist kaum stehengeblieben, sie hat nur kurz vor der Schlafzimmertür seine Antwort abgewartet. Jetzt stößt sie – während sein Dialog mit Schmidt nicht pausiert – im Schlafzimmer die Holzladen auf, ohne Licht zu machen. Sie schlägt die Bettdecken zurück und legt das schöne Hemd der Frau, den Schlafanzug des Kommissars auf die Kopfkissen. Dann greift sie die zwei bauchig-bunten leeren Wasserkannen und durchquert rasch abgehend das Büro.
[Wirklich kein Brief für die Nacht.
Keine fünfhundert Waffen gefunden
bei fast fünftausend liquidierten sogenannten Partisanen!
Dazu «Bandenverdächtige»: Ohne Waffen,
fünftausend, alle ohne Waffen
– aber erst einmal erschossen ...
Allein bei e i n e r Aktion!]

Der Generalkommissar schrieb hier einen jener Berichte an seinen Rigaer Chef, den der mit Zeilen kommentierte, die ihm nach dem Krieg das Leben gerettet haben, obgleich er seinen Kommentar keineswegs an die Mörder schickte, sondern an sein Berliner Ministerium, das ihn der SS nicht weitergab:

Der Reichskommissar für das Ostland

Tgb. Nr. 3628/43 g *Riga, den 18. Juni 1943*

Geheim!

An den Herrn Reichsminister für die besetzten Ostgebiete, Berlin

Vom Generalkommissar in Minsk sind die beigefügten Geheimberichte eingegangen, die ganz besonderer Beachtung verdienen.

Daß die Juden sonderbehandelt wurden, bedarf keiner weiteren Erörterung. Daß dabei aber Dinge vorgehen, wie sie in dem Bericht des Generalkommissars vom 1. Juni 1943 vorgetragen werden, erscheint kaum glaubhaft. Was ist dagegen Katyn? Man stelle sich nur einmal vor, solche Vorkommnisse würden auf der Gegenseite bekannt und dort ausgeschlachtet! Wahrscheinlich würde eine solche Propaganda einfach nur deshalb wirkungslos bleiben, weil Hörer und Leser nicht bereit wären, derselben Glauben zu schenken ... Ich bitte, von dort aus das Weitere zu veranlassen.

gez. Unterschrift (unles.)

STURMFÜHRER *hat, kaum daß Jelena im Schlafzimmer ist, die Tür hinter ihr zugezogen, die sie aber vielleicht gar nicht aufließ, um zu lauschen, sondern weil sie nur sehr kurz im Schlafzimmer ist. Noch bevor sie die leeren Kannen hinausträgt, sagt Schmidt, der sein Reden dann für den Moment unterbricht, in dem sie das Büro durchquert:*

Gute Nacht, Herr Generalkommissar. Heil Hitler!

Er grüßt, den Arm lang ausgestreckt, hackenschlagend.

GENERALKOMMISSAR: Nacht, Schmidt.
STURMFÜHRER:
Wollen Herr Generalkommissar gütigst verzeihen,
daß ich mir gestatte, keineswegs nur im Namen
Ihrer verehrten Frau Gemahlin,
die zutiefst besorgt ist ...
GENERALKOMMISSAR, *lachend, gönnermilde*:
Kenne diese Leier – lieb von Ihnen, Schmidt.
Aber lassen Sie sich von meiner Frau nicht hysterisieren!
STURMFÜHRER: Herr Generalkommissar,
die Russen haben ein Sprichwort:
Wer Woiwode ist, lebe nicht ohne Furcht.
Sie leben ohne Furcht, zum Beispiel hier
vor dieser Frau, die nie ...
GENERALKOMMISSAR:
Wenn Sie mit einem Sprichwort kommen,
ich weiß ein besseres:
Dein Hund wünscht dir ein langes Leben!
Die müßte ich sogar mitnehmen,
müßten wir je Minsk wieder räumen,
denn die würde wegen Kollaboration umgebracht!
[*Lacht vertraulich.*
Meine Frau würde sich allerdings freuen,
brächte ich ausgerechnet Jelena mit heim ins Reich ...
STURMFÜHRER:
Gewiß, mein Hund wünscht mir ein langes Leben.
Aber wird diese Frau sich nicht
... irgendwann «bewähren», in Anführungsstrichen,
bewähren müssen im Sinne der Partisanen?
GENERALKOMMISSAR, *überheblich, lacht*:
Die nicht – für die wäre das zu spät,
zu lange war die schon in meinen Diensten,
Schmidt, lassen Sie sich
nicht von der Partisanenhysterie lähmen.
Ich höre, unser Theater ist oft leer – weil alle,

die nicht gerade zu zehnt hingehen können,
sich abends gar nicht aus den Quartieren trauen!]
Er schlägt, ihn hinausschiebend, Schmidt auf die Schulter:
Beruhigen Sie meine Frau – gehen Sie noch
jetzt zu ihr und melden,
er lacht –
wir hätten den «Fall» Jelena Masanik besprochen.
Nacht!

STURMFÜHRER, *abermals mit langem Arm grüßend, hackenschlagend, dann ab:*
Heil Hitler, wünsche
Herrn Generalkommissar, wohl zu ruhen!
Als er die Tür zum Treppenhaus öffnen will, wird sie ihm aus der Hand – wird ihm fast vor die Stirn geschlagen, denn offensichtlich mit einem heftigen Fußtritt, da sie in beiden Händen die jetzt vollen, schweren Wasserkannen trägt, hat

JELENA *sie aufgestoßen und ruft selbstbewußt:*
Achtung – entschuldigen, Gärr Sturmführer.

GENERALKOMMISSAR, *da Schmidt so erschrak, daß er wortlos ist:*
Oh! – hat sie Ihnen weh getan?

STURMFÜHRER: Nein – Glück gehabt, danke gehorsamst.
Heil Hitler!
Ab, ohne Gruß, ohne Hackenschlagen. Hinter ihm, nach einem Blick ins Treppenhaus hat der

GENERALKOMMISSAR *die Tür eingeklinkt, wendet sich Jelena zu, die bereits das Büro durchquert hat und jetzt mit einem Ellbogen die Türklinke zum Schlafzimmer herabdrückt. Mit besitzergreifender Intimität der Russin zulächelnd, sagt er werbend:*
Ein solcher Temperament-Sturm
– doch nur an eine Tür verschwendet,
und nur mit dem Fuß –
wie schade!
Jelena ... schöne Helena!

Offensichtlich hat sie damit gerechnet, daß er versuchen wird, an ihren flaschenglatten, harten Waden hochzufahren oder sie – da sie heute einen sehr langen, weiten Rock trägt – um die Taille zu fassen, denn sie hält abwehrend die zwei schweren, buntbemalten Kannen vor ihrem breiten Becken und sagt lachend, wobei sie Zähne zeigt, so weiß und gesund wie bei einem jungen Wolfshund –

JELENA: Ihre Frau! – Gärr Generalkommissar!

GENERALKOMMISSAR: Wo ist sie?

JELENA: Sie geben Essen noch an Hünden ...
Sie sagt Zerberus frißt nicht!
Er geht aber nicht zu den Hunden, wie sie hofft.

GENERALKOMMISSAR:
Was hast du heute für einen schönen Rock an
– so lang bei dieser Hitze!
Er muß sich sehr bücken, als er versucht – was sie vereitelt –, ihr unter den Rock zu fassen; nur einen Moment – sie steht mit dem Rücken an der Schlafzimmertür, die sie mit dem Ellbogen geöffnet hat – gelingt es ihm, mit beiden Händen ihre Brüste zu betatschen.

JELENA: Diesen Stoff Sie mich schenken
von amerikanski Fallschirm.
Wegen Gästen heute diesen schönen Rock ... gefällt Sie?

GENERALKOMMISSAR: Sehr – wie hast du mich heute abend
angesehen? Hast du gespürt, daß du mich
viel stärker beschäftigt hast als alle Gäste?
Er spricht langsam, nicht nur, damit sie ihn versteht, sondern auch, weil seine Stimme rauh ist vor Gier. Fest liegen seine Hände auf ihren Brüsten; da ihre Hände die Kannen halten, kann sie sich nicht wehren. Ihre Kenntnis deutscher Vokabeln ist erstaunlich, aber sie betont falsch und spricht das R sehr russisch-hart.

JELENA: Ihre Frau! – und mit Kind, ja!
Zu schwer beide Kannen!
Damit entzieht sie sich ihm ins Schlafzimmer.

GENERALKOMMISSAR: Mach kein Licht,
bevor du das Fenster zumachst.
Eure verdammten Stechmücken sind ja schlimmer
als die Partisanen.

JELENA *wiederholt, ehe sie ins Schlafzimmer abgeht*:
Das Milch, Gärr Generalkommissar, wann?
Das nicht zu warm wird, bis Sie schlaffen.

GENERALKOMMISSAR: Jetzt, gleich – sagte ich doch.
Er geht zur Tür, macht das Licht aus, dann auch die Schreibtischlampe. Nun öffnet er das Fenster, öffnet einen der Holzläden und ruft in den Garten:
Mußt du denn das noch selber machen?
Nun kennen dich doch die Hunde
– die lieben dich sogar schon!

ANITA, *so heißt die Frau des Generalkommissars, ruft herauf*:
Aber der Zerberus frißt trotzdem nichts ...
rührt das Fleisch nicht an!
Schweigen – nur die Grillen zirpen, fern zwei schwere Lastwagen der Wehrmacht Hitlers.

GENERALKOMMISSAR: Bei dieser tropischen Hitze
kann selbst ein Hund nichts fressen, komm ins Bett!

ANITA: Glaubst du, da kann man schlafen ...

GENERALKOMMISSAR: Was Neues, Steinbrecher?

MÄNNERSTIMME, *Holzhauer-Bayerisch; Stimme dessen, der im nächsten Akt den Tonmeister des Weißen Hauses spielen wird*:
Melde gehorsamst, Herr Generalkommissar:
nichts Neues.
Auch keine Ferngeräusche – alles friedlich.

GENERALKOMMISSAR: Friedlich? – wir sind in Rußland!
Gute Nacht, Steinbrecher.
Die Grillen – wie laut.

WACHE: Jawohl, Herr Generalkommissar,
die Grillen sehr laut.

ANITA: Schlafen Sie gut, das kann man Ihnen

ja leider nicht sagen, Herr Steinbrecher.

WACHE: Doch, gnädige Frau,
ich hab ab Mitternacht auch Ruhe.

ANITA: Wenigstens gibt es hier keinen Fliegeralarm
... wie immer in Hamburg.
Wie er hechelt, der Arme!

[WACHE: Der Hund ist nicht krank, glaub ich. Im Wald heut
da lief er noch ganz vergnügt mit,
der Zerberus hechelt immer so.]

ANITA: Jelena, haben Sie meinem Mann
seine Milch hingestellt?

Denn man hört unten, wie Jelena jetzt oben die beiden Fensterläden zu sich heranzieht.

JELENA: Nein, jetzt – noch in Eis, gnädige Frau.
Gleich Milch.

Jelena schließt damit die hohen Fensterläden, um auch im Schlafzimmer Licht machen zu können. Die je zwei großen Kissen hat sie sofort nach dem Eintreten in den Raum laut aufgeschüttelt; in den beiden altmodischen Betten sind je drei Matratzen, auf denen, unter dem Bettuch, noch eine dicke Wolldecke liegt. Sie hatte nicht gleich Licht gemacht, wegen der Insektenplage, und weil beide Fensterflügel weit offen standen – Licht kam genug von außen herein, denn es ist Vollmond in dieser klaren Nacht auf den 22. September 1943 ...

Die Tür ließ sie so weit offen, daß sie ins Nebenzimmer Einblick genug hatte, um vor Überraschung gefeit zu sein. Und da der Hausherr – wie jeden Abend – noch ein Wort an den Wachhabenden richtete, so war sie sicher, tun zu können, weshalb sie gekommen war: als sie hört, wie der Generalkommissar Fenster und Fensterläden öffnet, hat sie aufgehört, die Kissen zu schütteln, hat rasch ihren Rock hochgerafft – sie trägt, wie früher Bäuerinnen meist, weder Strümpfe noch Unterwäsche – und hat mit offensichtlich geübtem Griff von einem Ledergürtel, den sie auf der nackten Haut unter dem Rock trug, eine britische Tellermine abgehakt, reißt – ebenfalls geübt – wie Stauffenberg in Hitlers «Wolfsschanze» den Zünder an und legt die flache, aber ziemlich breite Sprengladung – und das ist nicht nur geübt, sondern hier vorbereitet – unter die mittlere Matratze im Bett des Mannes; legt sie also in eine vermutlich schon heute früh beim Bettenmachen eingebuchtete Vertiefung, die durch Abkneifen einiger Spiralen der Sprungfeder geschaffen wurde. Daß sie sich die Haftmine nicht auf den Hintern oder auf die Hüften gehängt hat, sondern vorn in ihr Delta war Berechnung: dort war die Mine, sollte der Hausherr nach Jelena greifen, nicht zu erfühlen, denn sie hätte die beiden schweren Wasserkannen vor ihren Bauch gehalten – während sie rundum vor den zärtlich-robusten Zugriffen des Generalkommissars, mit dessen «Leibesvisitation» sie rechnen mußte, die Tellermine kaum hätte verbergen können.

Der Augenblick, wo über den eindrucksvollen schweren, nackten Oberschenkeln und dem hohen Venusberg die Waffe sichtbar wird, die einen Tyrannen vernichten soll: ist die Sekunde der Erkenntnis in jenem Sinne, den die Bibel meint, wenn Luther immer wieder den Akt übersetzt: «sie e r k a n n t e n einander» ... Schon zu Ende des 2. Jahrtausends hieß es im babylonischen Epos «Gilgamesch»: «In meinem Schlafgemache wohnet der Tod ...»

Jelena hat sich überzeugt, daß nichts spürbar ist, indem sie mit der flachen Hand tief in die Matratze hineindrückte; erst jetzt hebt sie die beiden Wasserkannen, die sie beim Eintritt ins Schlafzimmer schnell auf den Boden gestellt hatte, auf den Waschtisch, erst jetzt tritt sie ans Fenster, beugt sich dann hinaus und antwortet der «Herrin» ... um dann sehr beherrscht – denn bislang war ihre erhitzende Nervosität spürbar – die Fensterläden zu schließen, Licht über dem Waschtisch zu machen und hinauszugehen.

Während der Generalkommissar sich vom Fenster ab und

im Dunkeln – aufgehellt immerhin durch Vollmond – ihr sofort zuwendet, sehr leise sprechend wegen der offenen Fenster, sagt sie

Jetzt golen Milch für Gärr Generalkommissar!

GENERALKOMMISSAR:

Nimm deiner Schwester zu essen mit nach Hause.

JELENA: Zu spät und morgen so viele Gäste ... schlafen gier.
Danken für Essen ... Ihre Frau!

GENERALKOMMISSAR, *hat sie geküßt, sagt rasch und heiser*:
Du schöne Witwe – aber nun ist es längst vorbei,
dein Trauerjahr, dein Mann war doch schon tot,
als du zu mir kamst, vor achtzehn Monaten!

JELENA: Im Krieg immer Trauerjahr.

GENERALKOMMISSAR: Ja, deshalb muß der Mensch –
schneller leben.
Ich besuch dich morgen früh ... Steinbrecher läßt dich
heut nacht noch heimfahren ...

JELENA, *während er sich abwendet, dem Fenster zu*:
Gärr Generalkommissar –

GENERALKOMMISSAR, *ruft aus dem Fenster*:
Steinbrecher, lassen Sie die Frau Masanik noch heimfahren.

WACHE, *schreit herauf*:
Jawoll, Herr Generalkommissar, Frau Masanik
noch heimfahren lassen!

JELENA: Gärr Generalkommissar,
wenn Sie besuchen – mich,
was sagen Nebenhaus-Menschen?
Gärr Generalkommissar ...
Er geht, als sie das sagt, zurück ans Fenster und schließt die Holzläden.
Sie wendet sich weg, sich ihm entziehend, der sanft zudringlich werden will.
Sie haben alle Trauer, die Frauen sind allein,
alle Männer erschossen – sogar Söhne
... erst vierzehn alt, alle erschossen:

niemand weiß, was getan!
Wenn sie kommen zu mir –
morgen! Gärr Generalkommissar:
töten mir Partisanen!
Sie lacht, da ihr keineswegs zum Lachen zumute ist, nervös auf.

GENERALKOMMISSAR, *nun wieder nahe bei ihr, zudringlich, auch mit der leiseren Stimme und dem Du*:
Du fürchtest die Rache der Partisanen?
Meinst du, wir Deutschen werden
die Partisanen nicht besiegen?

JELENA, *traut seiner «liberalen» Grundstimmung nicht, zögert – hat aber plötzlich unbändig die Lust, ihm einmal anzudeuten, was sie denkt*:
Der mich Deutsch gelernt auf Universität,
alte Professor, Jude, liebte serr Schiller,
hat immer Schiller zitiert:
«Rußland kann nur werden von Russen besiegt!»

[GENERALKOMMISSAR *düster, eher verlegen als aggressiv*:
Nur Juden und Partisanen werden erschossen.
Behandle ich euch Russen nicht gut?

JELENA: Sie ja – aber andere?
Jeder Tote wieder auferweckt wird in ...
in einem Rächer!

GENERALKOMMISSAR, *in wachsender Wut, gezügelt durch seine Gier auf sie*:
Nun sag nur, du trauerst um die Juden,
von denen wir auch euch Russen befreien!

JELENA: Gott auch war Jude, als er Mensch war.
Warum kam Jesus als – Jude?
Doch ihr erschießt alle: warum?

GENERALKOMMISSAR, *faßt sie an die Brust, sie widersteht nicht, sie spürt, daß sie sich sehr weit vorgewagt hat; er lenkt ab, weil er nicht als Repräsentant der Mörder zu ihr reden will*:

Du glaubst an Gott, Jelena?
Der ist eine Erfindung der Juden!

JELENA, *ruhig, ihn einschüchternd durch die Ruhe, mit der sie antwortet, mit der sie auch hinnimmt, daß er sie anfaßt – was nichts bedeutet, weil sie ihm deshalb einmal und nie wieder, weshalb sie das genießt, sagen kann*:
Ja – Juden sind intelligent:
Gott muß da sein, weil wir uns nicht selbst
sie lacht in sich ruhend –
gemacht können habben: muß da sein!
Wäre nicht Gott –
die Schöpfung wäre ein Perpetuum mobile,
das ist lächerlich zu denken.
Und weil Gott jedem Volk andere Sprache gab,
– babylonische Sprache-Tohuwabohu? –
will auch Gott nicht,
daß Volk von Ausland mit fremde Sprache
nimmt anderes Volk sein Land.

GENERALKOMMISSAR, *gerade noch im Sprechton, doch merklich verstimmt*:
Du hast studiert – aber redest Unsinn:
Wie wollt ihr uns je wieder hinauswerfen aus Rußland?
Mit Haß:
Eure ach so mächtigen Verbündeten,
die sich gar nicht hereintrauen nach Europa …

JELENA: «Trauen»? – was ist trauen?

GENERALKOMMISSAR:
Nun – keinen Mut, die Amerikaner haben keinen Mut,
in Europa mitzukämpfen, sie lassen –

JELENA, *sanft*: Doch kämpfen. Sind gegangen an Land,
Amerikanski in italienische Insel.

GENERALKOMMISSAR, *lachend*:
Kolossal. In Sizilien, wo ist denn das?
Hier wird gekämpft!
Hunde bellen, sie deutet, sich losmachend, zum Fenster.

JELENA: Gärr Generalkommissar: ich habben eine Veterinär für Zerberus, sehr alte Mann ...

GENERALKOMMISSAR, *während seine hochschwangere Frau eintritt, etwas verlegen:*
Frau Masanik bringt morgen
einen Tierarzt für Zerberus mit.

JELENA, *rasch ab*: Milch, sofort.

ANITA, *kaum daß Jelena aus dem Zimmer ist, giftig*:
Und woher hat sie den schönen Rock:
natürlich von dir – du liebst sie.

GENERALKOMMISSAR:
Die lieben mich alle: das große Ärgernis in Berlin.

ANITA: Von dir, der Rock, nicht wahr? – wie du ablenkst.

GENERALKOMMISSAR, *nimmt die Schwangere in den Arm, sie entzieht sich schroff*:
Von den Amerikanern ist der Rock,
Partisanen sind abgesprungen,
mit amerikanischen Fallschirmen:
hab ich an mein Personal verteilt, logisch!

ANITA – *und damit geht sie ab ins Schlafzimmer*:
Warte hier auf deine Milch.
Die wußten schon in Berlin,
warum sie dir – kein General darf das! –
nahegelegt haben, deine Ehefrau nachzuholen ...

Nicht nur hier von seiner Gattin, sondern auch in geheimen SS-Kritiken am Generalkommissar wird angespielt auf dessen provozierend «positive» Beziehung zu den russischen – wie die Nazis das nannten – «Untermenschen»; die Chronistin Inge Stolten berichtet:
«Der Generalkommissar lebte mit seiner Frau und den drei Kindern in Minsk, was sehr ungewöhnlich war. Es wurde gemunkelt, die Familie sei ihm nachgeschickt worden, um seine zahlreichen Liebschaften zu beenden oder doch zumindest nach außen hin den Schein zu wahren. Aber nicht

nur sein Privatleben wurde beanstandet, wie eine Aktennotiz beweist. Sie stammt vom Kommandeur der Sicherheitspolizei und des SD in Weißruthenien, Dr. Eduard Strauch. Am 20. Juli 1943 schrieb er über seine Auseinandersetzungen mit dem Generalkommissar: ‹Ich betonte, daß es mir unverständlich sei, daß deutsche Menschen wegen einiger Juden uneins würden. Ich könne immer wieder feststellen, daß man meinen Männern und mir Barbarei und Sadismus vorwerfe, während ich lediglich meine Pflicht täte. Sogar die Tatsache, daß Juden, die sonderbehandelt werden sollten, ordnungsgemäß durch Fachärzte Goldplomben entfernt worden seien, sei zum Gegenstand von Unterhaltungen gemacht worden. Der Generalkommissar entgegnete, diese Art unseres Vorgehens sei eines deutschen Menschen und eines Deutschlands Kants und Goethes unwürdig. Wenn der deutsche Ruf in aller Welt untergraben würde, so sei es unsere Schuld. Im übrigen sei es auch richtig, daß meine Männer sich an diesen Exekutionen geradezu aufgeilten. Ich habe gegen diese Darstellung energisch protestiert und betont, daß es bedauerlich sei, daß wir über diese üble Arbeit hinaus auch noch mit Schmutz übergossen würden.›

Um die in Minsk geübte Methode, das Zahngold der Opfer zu retten, wie es hieß, ging es in den sechziger Jahren in einem Prozeß in Koblenz. Den zur ‹Sonderbehandlung› bestimmten Juden wurden Stunden oder sogar Tage vor der Exekution die Goldbrücken, -kronen und -plomben ausgezogen, abgebrochen oder abgekniffen. An anderen Orten begnügte man sich wenigstens damit, sie den Toten abzunehmen. Im Minsker Gefängnis, so erfuhr das Schwurgericht, hätten die furchtbaren Schreie der ‹Behandelten› es schwer gemacht, die Ordnung aufrechtzuerhalten.

Angehörige einer Einsatzgruppe ermordeten auch die drei im Amt des Generalkommissars tätigen jüdischen Friseure, um sich am Gauleiter zu rächen … Nach der Premieren-

feier wußte ich mehr. Eine russische Hausgehilfin, mit der wir bekannt gemacht wurden, öffnete uns die Tür.» Inge Stolten spricht da von Jelena Masanik; später wird sie resümieren: «Eine russische Bedienstete hatte die Mine beim Aufräumen unter das Bett geklebt. Wahrscheinlich diejenige, die der Gauleiter uns vorstellte und zu der er offensichtlich private Beziehungen hatte.»

GENERALKOMMISSAR, *die Türklinke noch in der Hand*:
Das ist nicht wahr, ich bin Herr über ein Gebiet
größer als die Schweiz, da frage ich nicht,
ob meine Frau zu mir kommen darf.
ANITA, *kehrt um, war schon dabei, ihr Haar zu lösen – sagt aber jetzt und hat dabei einen Mund wie eine Narbe*:
Frag deine Freundin, wo sie den Fallschirm
dunkelblau färben ließ;
wo ich schon jetzt einen solchen Bauch habe,
schwarz macht schlanker:
Bei soviel Konkurrenz im eigenen Haus ...
GENERALKOMMISSAR, *lacht, Jelena kommt herein, die Milch auf dem Silbertablett*:
Ist es eine Schande für eine junge Ehefrau,
schwanger zu sein?
ANITA, *bitter – und damit schließt sie hinter sich die Tür*:
Fast – bei einem so alten Mann!
GENERALKOMMISSAR, *nimmt das Glas vom Tablett und beginnt sofort zu trinken*:
Danke ... meine Frau fragt, wer den Fallschirm
blau gefärbt hat?
JELENA *versteht ihn nicht*: Gefärbt?
GENERALKOMMISSAR, *den Stoff berührend, ein wenig dabei den Rock hochhebend*:
Der war doch grau-weiß, der Fallschirm.
Wer hat ihn blau gefärbt?
JELENA: Aha, Farba – blaue Farba?

Generalkommissar, *nickend*:
Farba? – sagt ihr Russen Farba, wir sagen Farbe. Ja.
Meine Frau will Kleider dunkel färben,
wer macht das in Minsk?

Jelena, *ein wenig erschrocken; um das nicht zu zeigen, mimt sie Teilnahme:*
Oh, warum dunkel?

Generalkommissar, *lächelnd, den Bauch der Schwangeren andeutend*:
Der soll herkommen, morgen, der die Kleider einfärbt,
verstanden ...

Jelena, *eilig, hier wegzukommen*:
O ja, bringen Mann mit schwarzer Farba.
Morgen.

Generalkommissar: Danke, gute Nacht!

Er sieht ihr nach, die rasch abgegangen ist, tritt dann, das Licht im Arbeitszimmer ausmachend, ins Schlafzimmer. Seine Frau hat sich inzwischen, auf dem Bett sitzend, Rücken zum Publikum, aus- und ihr Nachthemd angezogen, jetzt steht sie am Waschtisch und putzt die Zähne. Er stellt das Glas ab, streicht ihr über das aufgelöste Haar und sagt:
Du wirst immer schöner ...

Er ist zum Fenster gegangen, nachdem er das Licht ausgemacht hat, öffnet die Fensterflügel und stößt die Fensterläden auf:
Wir brauchen kein Licht – oder?
Es kühlt sich gar nicht ab.

Er wendet sich vom offenen Fenster ab, zieht sich aus, putzt die Zähne und legt sich dann auf die Bettdecke; aber am Fenster, rechts neben seine Frau, also auf ihr, nicht auf sein Bett; sie rückt ein wenig auf seines, das links von ihrem, nicht weit von der Rampe steht. Man hört, wie ein Automotor angelassen wird, zwei Türen eines Lastwagens werden zugeknallt, der Wagen fährt davon; der Generalkom-

missar, im Liegen hinter seiner Frau, an ihrer rechten Seite, sonst für Zuschauer kaum sichtbar, stützt sich, halb sitzend, auf seinen linken Ellbogen, wenn er spricht. Heftig sagt

ANITA: Welcher deiner Russinnen sonst
würdest du erlauben,
sich heimfahren zu lassen?

GENERALKOMMISSAR: Sie hat eine kranke Schwester.

ANITA: Vor allem war sie deine Geliebte, bis ich kam.

GENERALKOMMISSAR: Ich schwöre: Das ist nicht wahr!

ANITA, *lacht über sein Gestammeltes, zitiert*:
Ja – was du schwörst, ist nicht wahr. Ich weiß.

GENERALKOMMISSAR: Ich freue mich aber wirklich,
daß du jetzt hier wohnst, ich wünschte sogar,
unser Kind käme in Minsk auf die Welt.

ANITA: Warum nicht?

GENERALKOMMISSAR:
Selbstverständlich bringe ich dich zu einem
Königsberger Gynäkologen.
Und zweitens – oder erstens –
werde ich vermutlich schon vorher abkommandiert.
Als Heydrich in Prag umgebracht wurde,
vor fünfzehn Monaten ...

ANITA, *unterbricht*: Was – so lange schon ist das her!

GENERALKOMMISSAR: Schon, ja. Der ist lange tot,
der vorm Jahr starb!
Damals atmete ich auf: weg ist er, mein Todfeind,
nun bleib ich wenigstens in Minsk Herr im Hause,
wußte noch nicht,
daß sogar der Führer es wollte,
daß die Einheimischen ermordet werden,
ohne Unterschied,
ob Partisanen oder Bauern oder Handwerker –
Menschen genug da, totmachen, totmachen,
in der Wüste ist der Sand billig!
Und vielleicht hab ich sogar deshalb

neulich die Rede gehalten, die mir in Berlin
das Genick bricht, sobald die dort bekannt wird ...

ANITA: Welche?

GENERALKOMMISSAR: Die, in der ich forderte, hier
für Einheimische Schulen wieder zu eröffnen ...
[ich forderte das,
weil ich wußte, der Führer hat gesagt,
in Zukunft dürfe ein Russe höchstens bis hundert
noch zählen und Verkehrsschilder lesen können.
Und wo Leningrad steht – da müsse der Pflug
drüberhingehen ... Wir notzüchtigen
dieses Land wie die Türken den Balkan,
wo sie noch im 19. Jahrhundert
Hinrichtungen durch Pfählen vollstreckten!

ANITA: Sagtest du neulich schon, aber auch, daß die Türken
ein halbes Jahrtausend sich dort an der Macht hielten.

GENERALKOMMISSAR: Gewiß – dort,
wo sie kleine Völker quälten;
wo sie aber gegen Großmächte kämpfen mußten,
gegen Österreicher und Polen,
da wurden sie verjagt ...

ANITA: Polen? Polen haben gegen Türken gekämpft?

GENERALKOMMISSAR: Die haben Wien,
das belagert war, befreit,
Polen unter Sobieski, als der Kaiser aus Wien
längst Richtung Augsburg geflohen war!

ANITA, *seufzt*:
Aha, die Polen befreiten Wien – wir aber heute
nennen sie Untermenschen.]
Wie vernünftig sind denn dann unsre
Rasse-Theorien? Zuletzt ...

GENERALKOMMISSAR, *fällt ihr ins Wort, hochgeschreckt, schockiert von dem, was er denkt, doch kaum zu denken wagt*:
Zuletzt ist – jetzt!

Laß die traurigen Reden, schlaf lieber mit mir.
Er wendet sich ihr zu, nimmt sie in den Arm.

ANITA, *macht sich los, da er sie nehmen wollte, sagt:*
Wie sie dich heute mittag ansah.
Nicht lieb, keineswegs ... aber doch: als wärst du
ihr Eigentum!

GENERALKOMMISSAR: Wann war das?

ANITA: Als du mit dem General endlich
zu Tisch gekommen bist.
Schick die weg!
Generalkommissar, zärtlich; er liebkost ihren hohen Bauch; sie sagt –
Findest du nicht, daß ich schon schrecklich aussehe,
deformiert ...

GENERALKOMMISSAR: Du kannst unmöglich denken ...
daß ich das dächte,
je runder du vorn wirst – je runder auch hinten
– komm, worauf wartest du, so schön bist du heute
wie der Sternenhimmel.

ANITA, *lacht ihn aus:*
Vor allem so rund bin ich wie der Vollmond!
Laß mir doch erst ... zwei Stunden Schlaf,
bis nicht mehr da dieses Weib zwischen uns steht,
die wird uns auseinanderbringen!

GENERALKOMMISSAR: Wie sollte die das können ...

ANITA: Ich kann jetzt nicht
– laß mich erst schlafen!
Ob sie doch seine Bitte erfüllt – nur Mondlicht bescheint das Bett –, darüber befinde die Darstellerin; der Mann, hinter dem Bett stehend, käme es zu dem Akt, hielte sie dann so, daß ihr Gesicht dem Parkett zugewendet ist.
Sie rückt von ihm weg, bis zur anderen Hälfte des Bettes. Er steht auf, geht um die beiden Betten herum, nachdem er seine Frau ein wenig zugedeckt und immer wieder geküßt hat. Nun legt er sich in sein Bett, nahe der Rampe, und

starrt zur Decke. Man spürt, er schläft nicht, er nimmt den Wecker, der Leuchtziffern hat, stellt ihn wieder auf den Nachttisch. Man hört die Atemzüge seiner Frau, hört, daß sie eingeschlafen ist, die sich von ihm abgewandt hat auf ihre rechte Seite, ihr Gesicht dem Fenster zu … Zur Decke starrend – wird der seelisch komplizierte Verbrecher heimgesucht von Visionen des Untergangs: Er ist als Satrap Hitlers nach Bjelo-Rußland gegangen, weil er glaubte, die Bevölkerung – abgesehen von den Juden – befrieden und dem deutschen Sklavenstaat nutzbar machen zu sollen. Denn so gern er seine – sehr partiell – menschliche Gesinnung immer wieder mobilisiert und sie auch in Gesprächen betont, um andere und sich vergessen zu machen, daß er hier seit zwei Jahren der oberste staatliche Schirmherr von Massenmördern ohne Beispiel ist: in diesem Augenblick hilft ihm das nicht. Er sieht auf den Wecker und bleibt aufgestützt auf dem linken Ellbogen im Bett liegen, das Gesicht dem Parkett zugekehrt, abgewandt von seiner schlafenden Frau – die erstaunlicherweise das Attentat, das ihn völlig zerreißt, unverletzt überstehen wird.
Und er murmelt –

GENERALKOMMISSAR:
Wachliegen, das muß man sich leisten können.
Kurzes Auflachen über seine als ausweglos erkannte Existenz, dann:
So viel getrunken mit den Gästen
– und doch nicht schläfrig: die Jelena
hat zu viel aufgerührt in mir,
die Treue: Wer droht, der warnt.
Weil sie wie jeder Russe mitgekriegt hat,
daß wir bei Kursk vor einem Monat
nicht die größte Panzerschlacht des Krieges
– sondern den Krieg verloren haben.
Was über England die Battle of Britain
– war in Rußland Kursk!

Warum werde ich gerade heute den Blick nicht los
in das, wohin ich … nur einmal
gewagt habe zu sehen, die Steinbrüche:
Wie da und wie lange das Riesen-Massengrab
– wenigstens viertausend – sich noch bewegt hat,
weil sie die Juden, und das tun sie oft,
nur an schießen – sofern sie nicht
Kleinkinder überhaupt lebend hineinschmeißen …
Einsicht – aber keine Aussicht!
Er schweigt. Er bewegt sich nicht – dann aber kann er nicht ruhig liegen bleiben, er knipst sein mattes Nachttischlämpchen an, geht zum Fenster, sieht kurz hinaus, nimmt sich am Stuhl aus seiner Uniformjacke Feuerzeug und Zigaretten und zündet sich eine an, ehe er sich wieder aufs Bett legt; sein Monolog reißt kaum ab; die warme Septembernacht ist heftig belebt, zuweilen, vom fernen, dumpfen «Raunen» der «Rollbahn», wie die Deutschen ihre Hauptstraße nennen, und von Tierlauten, die die Illusion fast poesiegesättigter Friedlichkeit geben …
Beruhige dich, die Feindseite ist auch nicht wählerisch:
wie sie nur in der Hoffnung, mich zu töten,
eine Bombe im Theater zündeten,
obwohl ich hatte anschlagen lassen,
Kinder aus Minsk hätten freien Eintritt.
Und wurden ja auch genug zerfetzt.
Das war ihr zweiter Versuch,
von dem wir wissen …
Wer so fanatisch nicht zählt,
wie viele wir nach Sabotage-Akten liquidieren,
der versucht es auch ein drittes Mal
… beunruhigend, da habe ich nun das Glück,
noch einmal Vater zu werden und weiß schließlich,
es wird mich lange noch brauchen, das Kind,
und doch werde ich …
nicht mehr dabei sein!

Am 15. August waren es zwei Jahre,
daß der Führer
Moskau erobert haben wollte ...
Ach, daß ich mich benutzen ließ,
von den Mördern, ihr Satrap hier wurde,
statt weiterhin nur Stücke zu schreiben
und meine Lieder zu dichten:
Er singt leise nach der Melodie «Ich bin ein Preuße, kennt ihr meine Farben»:
«Wir sind des Hitlers braune Sturmkolonnen ...»
Wo sind sie hin, alle meine Reime, meine Lieder:
ein Hund bellt, und der Wind trägt's davon ...

Donnerschlag mit hoher, breiter rotgelber Stichflamme – kein Rauch. Die Explosion, Jelenas britische Haftmine, zerfetzte ihn derart, daß Teile seines Brustkorbs, auch ein Arm, im Nebenzimmer gefunden wurden. Doch das weitgeöffnete Fenster ließ den Luftdruck ins Freie verpuffen und rettete die neben ihrem Mann schlafende Schwangere, die aufschrie und aufsprang in der Annahme, vor dem Haus sei eine Granate oder Fliegerbombe explodiert. Hier soll Schaden angerichtet werden in dem Ausmaß, wie das technisch realisierbar ist: die sehr laute Explosion muß mindestens die Wand zwischen Büro und Schlafzimmer hinwegfegen. (Rauchentwicklung wird durch Minen nicht ausgelöst.) Ähnlich wie zehn Monate später in Hitlers Hauptquartier, wo auch nur ein sehr großes Fenster und der «dank» dieses Fensters ins Freie abgehende Luftdruck die Anwesenden gerettet hat, bis auf vier tödlich Verwundete – verdankt die Gattin des Zerrissenen allein dem weitgeöffneten Fenster ihr Überleben ... Natürlich ist durch die Explosion auch der Strom ausgefallen.
Wildes Bluthund-Gebell vor dem Haus, eine anhaltende Trillerpfeife, Abschüsse von Signalpistolen, Leuchtspurmunition – dazwischen der Aufschrei der Frau, der über-

geht in eine erschütternde, artikulationslose Klage: sobald sie, die zuerst ans Fenster gesprungen ist, begriffen hat, daß die Mine im Nebenbett hochging.

Nun, da sie annehmen muß, daß sie auf einen Leichnam starrt, ohne ihn wirklich im Raum zu sehen – ist sie zunächst unfähig, noch einen Schritt zu tun. Sie steht, mit dem Rücken zur Fensterwand, ehe sie die Energie hat, in den Vordergrund zum Bett ihres Mannes zu wanken, auf dem sie niederbricht und den Verstümmelten abdeckt. Sturmführer Schmidt, mit Mütze jetzt, ist über die eingestürzte Wand zum Büro geklettert und zuerst im Raum – ihm folgt mit Stahlhelm, Hundepeitsche, Schäferhund, gestiefelt, eine Pistole in der Hand, jener Steinbrecher, der Wache hatte – und andere, die alle stumm sind. (Ob wahr ist, daß der Nachfolger des Getöteten, SS-Brigadeführer von Gottberg, zunächst «einige Dutzend SS-Männer erschießen ließ, die das zur Festung ausgebaute Haus des Generalkommissars hatten bewachen sollen» – so behauptet eine der vielen russischen Chroniken –, war nicht überprüfbar, ist aber unwahrscheinlich.)

Die Witwe ist neben den Resten der Leiche niedergesunken, ihr Hemd ist blutbeschmiert, als sie – ohne Vorwurf gegen die schweigenden Männer – sich wieder aufrichtet, aber nur ihren Oberkörper. Sie bleibt auf den Knien und sagt leise –

ANITA: Dieses Weib …

Laut jetzt:

Das Weib hat ihn ermordet!

Sie drückt ihre Hände auf ihre Augen.

Vorhang

Erster Akt
Washington, D. C.

Krimineller Unfug ist in den Augen eines unnachsichtigen Gerichts der Friedenseifer, den die vierundvierzigjährige amerikanische Nonne Judith Beaumont demonstrierte. Die Ordensfrau und Gymnasiallehrerin am Kloster St. Scholastica in Chicago hatte im Juli einen pazifistischen Stoßtrupp angeführt, der auf einer Werft in Groton militärisches Gerät zerstörte und das Schlachtschiff ‹Florida› in ‹Auschwitz› umtaufte. Weil Schwester Judith bei dieser Aktion selber den Hammer geschwungen hatte, steht sie nun wegen «Verschwörung» und Hausfriedensbruch vor Gericht.

Wochenpresse, Wien, 16. November 1982

In den USA sind rechtzeitig zu Weihnachten zwei neue Atomkriegsspiele herausgekommen, bei denen Familien um den Massentod würfeln können. In dem Spiel «Nato – der Krieg in Europa» werden von der DDR aus die Städte des Ruhrgebiets mit Atomraketen beschossen, was die Spieler natürlich mit einem atomaren Gegenangriff in Richtung Osten beantworten können. Ebenfalls zum atomaren Holocaust kommt es in dem neuen amerikanischen Familienspiel «Taktischer Kampf um Europa – 1985».

Stern, Hamburg, 1. Dezember 1983

In Washington, D. C.
Vierzig Jahre nach dem Prolog.

Judith – die gleiche Darstellerin wie die der Jelena Masanik aus Minsk – ist die kinderlose Witwe eines an Leukämie gestorbenen Wirtschaftsjournalisten, der sie als Mitarbeiterin bedeutender Zeitungen, wenn auch nie in deren Wirtschaftsteil, eingeführt hat. Sie wuchs hier auf als Tochter eines Botschafters der Eisenhower-Ära, der längst ins State Department zurückgerufen wurde.
Weil Judith, bei Frauen selten, viel Selbstironie hat, hat sie auch Geist genug, um zu wissen, daß sie rasch anfällig ist für die geistige Auffassung jener Männer, die mehr als Mann als durch Geist sie beeindruckt haben. Und sie hält diese Anfälligkeit für einen generellen weiblichen – nicht: Defekt, keineswegs; denn auf dieser Fähigkeit beruht die Chance, daß Frauen überhaupt Männer zeitweise ertragen können –, sondern für ein generelles weibliches Charakteristikum. Doch hütet sie sich, das Frauen gegenüber zu behaupten, weil das im Zeitalter der Emanzipation als Hochverrat an ihren Geschlechtsgenossinnen verdammt würde. Auch hat sie Selbstbewußtsein genug, um überzeugt zu sein, daß sie Männer ebenso zu beeindrucken vermag – wie sie von Männern sich beeindrucken läßt. Nur gesteht sie sich ein, selten bis nie Lust zu verspüren, auch einmal eine namhafte Frau zu interviewen. Und nicht einmal Lust zu haben, darüber nachzudenken, warum das so ist ... Sie hatte das Glück, nie von einem Mann beruflich behindert worden zu sein (das hätte auch schwerlich einer fertiggebracht!), sondern es hat Männern geschmeichelt, ihr beruflich die Wege ebnen zu hel-

fen. Daher hatte Judith persönlich keinen Anlaß, über das zu reflektieren, was Horkheimer die «Falsche Hosenrolle» genannt hat: «... warum ich die Mode der Slacks nicht liebe: die Frau schreitet jetzt wie ein Mann, Zigarette im Mund, die Mundwinkel nach unten, die Stirn gefaltet: wie der Herr dieser die Natur zertretenden Zivilisation. Die Gleichheit mit dem Mann wird betont, dessen zivilisatorische Rolle ihr so schlecht ansteht. Sie zeigt alle Übel des Assimilanten an den Unterdrücker. Das Erotische wird in dieser lizenzierten Freiheit gerade negiert – im Gegensatz zur alten Hosenrolle.» In diesem Sinn sagte Judith einmal: «Jene meiner Artikel, von denen keiner sagen könnte, ob sie ein Mann oder eine Frau geschrieben hat, die sind die schlechtesten. Ich werde mich hüten, zu untersuchen, warum das so ist – sonst schreibe ich womöglich nur noch schlechte.»

Sie hütet sich überhaupt, zu viel zu denken, sie mißtraut dem Denken, so wie sie allen Psychiatern mißtraut, die nach ihrer Auffassung das Leben einiger ihrer Bekannten erschwert, verunsichert, ja zerstört haben; kokett sagt sie, sie bleibe «lieber eine dunkle Triebtäterin». Philosophie ist für sie, was jede intelligente Frau so lange instinktiv weiß, bis ein Mann sich anmaßt, es so zu erklären, daß niemand es mehr versteht.

Ihr starkes löwinnenblondes Haar, in das sie einen ganz zart bernsteinfarbenen Ton einfärben ließ, ist so geschnitten, daß ihr sehr schöner, langer, kräftiger Nacken frei liegt – für die Sonne und für Geralds Küsse, eine ihrer erogenen Zonen.

Hier zu Hause geht sie meist barfuß und trägt heute einen tomatenroten Hosenanzug, dessen langer Reißverschluß ihre Länge, 1,85, noch betont. Die Behauptung, betrete sie einen Raum, so sinke in ihm die Temperatur, wurde von denen – es waren einige – in Umlauf gesetzt, die sich vergebens um die schöne Witwe bemüht haben oder einfach dem Klischee aufsitzen, blond und kalt seien Synonyme.

Judith teilt die Wohnung mit ihrem Bruder Arthur, der zu den – angeblich nach Zehntausenden zählenden – amerikani-

schen Soldaten gehört, die in Vietnam durch die eigene Luftwaffe, die Gift versprüht hat, um Dörfer und Wälder auszumerzen, zu Krüppeln gemacht worden sind. Seither ist sein «Wagen» der Rollstuhl.

Der «Zeit»-Redakteur Ulrich Stock hat den Dokumentarfilm: «Kinder in Vietnam» von Peter Krebs (ARD, 29. Dezember 1983) beschrieben; was Kindern dort geschehen ist – ist ungefähr auch zwölftausend amerikanischen Soldaten durch amerikanische C-Waffen zugefügt worden. Stock faßt zusammen: «Fünfzehn Millionen Tonnen Bomben wurden auf das Land geworfen, viermal soviel wie im Zweiten Weltkrieg auf den ganzen Erdball. 72 Millionen Liter Entlaubungsmittel versprühten die Amerikaner und vernichteten damit 12 Prozent des Dschungels und 5 Prozent der Ackerfläche. Drei Millionen Vietnamesen starben, 58000 GIs. Zahlen.

Krebs hat die verkrüppelten Kinder eines Dorfes vor der Kamera versammelt: eine fröhliche Schar schwerstbehinderter Kreaturen. Manche haben wurmähnliche Arme, andere wurstförmige Beine. Vom Entlaubungsmittel noch im Mutterleib getroffen; aber, sagt Krebs, das lasse sich nicht beweisen. Er kommentiert einfühlsam und vorsichtig – auf daß er nicht des Antiamerikanismus bezichtigt werde. Denn ideologisch ist noch immer Krieg um Vietnam.

Wie fröhlich diese Kinder mit ihren zerklüfteten Leibern leben: das macht das Grauen erst erkennbar. Krebs besuchte eine Spezialklinik in Ho-Tschi-Minh-City, dem früheren Saigon. Die Kamera sieht zu, wie zwei lachende Kleinkinder von ihren Windeln befreit werden. Beide sind sechzehn Monate alt, jedes kaut an einem Keks. Auch die Schwestern lachen, lachen auch noch, als die Kinder nackt daliegen: am Bauch zusammengewachsen, die vier Beine stehen seitlich aus den Hüften heraus. Die Zwillinge wurden in einem entlaubten Gebiet geboren, in dem die Regierung versucht, Flüchtlinge anzusiedeln.

Eine Ärztin zeigt eingemachte Kinderleichen, in Riesengläsern stehen sie aufgereiht: mal mit Kopf, mal ohne, eines mit drei Mündern, drei Augen und zwei Nasen. In der Station nebenan liegen junge Frauen, denen froscheierähnliche Zellhaufen im Uterus wachsen und wachsen und wachsen. Diese Frauen lachen nicht. Alle stammen sie aus dem entlaubten Gebiet. Aber es läßt sich nichts beweisen.»

Arthurs Invalidität hat auch seine Ehe ruiniert, obgleich er das zweite seiner Kinder erst zeugte, als er schon im Rollstuhl «lebte». Judith, die ihren Bruder anfangs nach seiner Heimkehr und baldigen Scheidung wie ein Kind pflegte, hat ihm später auch eine von ihrem Mann getrennt lebende Freundin als Geliebte zugeführt, so daß ihm wenigstens die Komplexe des Enthaltsamen erspart blieben. Wohnen kann er bei dieser Freundin nicht, weil deren Kinder ihn verabscheuen.

So betont Arthur zum Verdruß seiner Schwester bei jeder Gelegenheit – das heißt: er schafft sie, diese Gelegenheit –, nicht ohne die Wollust des Selbstquälers, die «Lädierung durch meine Nation bestimmt natürlich mein Denken». Arthur hat aber Selbstsicherheit genug behalten oder wieder erworben, um auszusprechen, daß eine sich dermaßen «gesund» gebärende Nation wie die amerikanische nach ihrem Sieg über Japan und Deutschland gut daran tue, ihre Einstellung zu Geschichte und Geschick durch ihre Kranken korrigieren zu lassen ... Sie tue gut daran, tue das aber keineswegs: «Welcher Kranke kriegt hierzulande einen Job als Redakteur?» Er fragt das mit einem schon über seine Jahre hinaus verkümmerten Gesicht.

Und er sieht einen Kausalzusammenhang in der Tatsache, daß der einzige der mehr als hunderttausend Generalstäbler Hitlers, der versucht hat, das Tier aus der Tiefe zu töten, jener schwerstlädierte Stauffenberg war, der in Rommels Afrika-Korps einen Arm, ein Auge und noch zwei Finger der sonst geretteten Hand verloren hat ... Arthur wurde notgedrungen religiös, aber nur zeitweise. Ihm hilft dann die Verheißung: «Denn meine Kraft ist in den Schwachen mächtig.» Das Porträt des Schwächsten, der deshalb der Mächtigste wurde, des einzi-

gen Amerikaners, der viermal Präsident geworden ist und die USA so stark hinterließ wie keiner vor ihm, ein Foto Franklin Delano Roosevelts, ist denn auch das einzige, das Arthur neben dem Foto seiner zwei Kinder und einem seiner Schwester, die er noch heftiger liebt als seine Kinder, in seinem Zimmer hat ...
Das Autorenglück, mit einem vor Jahr und Tag begonnenen literarischen Text genau zu dem Zeitpunkt an die Öffentlichkeit zu treten, zu dem sie sich des gleichen Themas in leidenschaftlich geführten Diskussionen annimmt, ist so selten, daß es notiert werden soll: Als «Der Spiegel» erstmals über dieses noch ungedruckte Stück berichtete, weil er sich das Manuskript aus einem Theater besorgt hatte, war seine Titelgeschichte im gleichen Heft, am 24. Juni 1984: «Dioxin – Mißbildungen durch Chemie-Gift?» Und er lieferte, als er sich gegen den Vorwurf wehrte, «um der Sensation willen Panikmache in Kauf» zu nehmen durch Veröffentlichung der entsetzlichen Fotos giftgeschädigter Kinder und solcher Soldaten, die diese Kinder als Vietnam-Veteranen gezeugt haben – auch dem Autor dieses Stückes die Begründung, warum «Judith» nicht darauf verzichtet, über «Extremfälle menschlichen Leids und Unglücks» zu berichten. Der Vorwurf – der stets erhoben wird –, Unglück nur um der Sensation willen aufzuzeigen, wurde im «Spiegel» mit dem Satz zurückgewiesen: «Oft genug aber ist er nur ein Vorwand, dient dem Abwiegeln, der Abwehr gegen einen publizistischen Appell, der nach Aufklärung der Mißstände und Gefahren ruft.»
Noch eindrucksvoller war für den Autor, daß am 25. Juni 1984 – während er gerade die Korrektur-Fahnen zu diesem Stück las – in Hamburg «Die Welt» ihm den Beleg lieferte, daß die Figur von Judiths Bruder Arthur in der High Society Washingtons einen wirklich lebenden «Bruder» hat, einen Leidensgefährten, der im Gegensatz zu Judiths «erfundenem» Bruder Arthur noch geschlagen ist von dem zusätzlichen Unglück, «dank» seiner Verwundung durch Agent Orange ein davon betroffenes Kind gezeugt zu haben. Dieser

«Fall» ist um so bedeutungsvoller, als er durchaus dem Muster einer antiken Tragödie entspricht – so sehr, daß man sich als Autor gescheut hätte, ihn darzustellen, schon um der Kritik zu entgehen, man arbeite mit dem «Zufall» oder einem künstlerisch unverantwortlichen deus ex machina.
Denn während der Vater des Vietnam-Veteranen dieses Stücks nur Botschafter ist, also einen Beruf ausübt, der in keinem direkten Zusammenhang steht mit der Einberufung seines Sohnes nach Vietnam oder gar der Verwundung dort, berichtet der «Welt»-Korrespondent James Turner aus Washington, daß der Vater eines in Vietnam durch Agent Orange Schwerstversehrten jener Admiral Elmo R. Zumwalt ist, der selber den Einsatz dieses «Entlaubungsmittels» angeordnet hat und noch heute in durchaus krimineller Borniertheit nur darüber Reue verspürt, dieses Zivilisten und Soldaten vernichtende oder verkrüppelnde Gift nicht noch ausgiebiger «eingesetzt» zu haben. Dabei gibt es vermutlich keine Waffe sonst, die so sehr wie diese wahr macht, was die Bibel Verbrechern verheißt: Daß ihre Sünden noch gestraft werden in den Enkeln. Hier der Bericht aus Washington:
«Admiralssohn – krebskrank durch Agent Orange?
Vor sechzehn Jahren befahl Admiral Elmo R. Zumwalt jr. die Entlaubung der Halbinsel Ca Mau an der Südwestspitze des damaligen Südvietnam durch das Mittel Agent Orange. Zumwalt war damals Befehlshaber der Seestreitkräfte Vietnam und des damaligen südvietnamesischen Präsidenten Thieu.
Sein Sohn, Elmo R. Zumwalt III, befuhr in jener Zeit als Kommandeur eines Amphibienbootes unmittelbar nach dem Angriff das entlaubte Gebiet. Heute leidet der Achtunddreißigjährige an fortgeschrittenem Lymphdrüsenkrebs. Der inzwischen siebenjährige Enkel des Admirals, Russell Zumwalt, ist seit seiner Geburt behindert. Der Ursachenverdacht richtet sich gegen das Agent Orange, und somit befindet sich auf der Liste der potentiellen Opfer des Herbizids erstmals auch ein so prominenter Name wie ‹Zumwalt›. Gleichzeitig lehnte der

Sohn des ehemaligen Oberbefehlshabers der gesamten US-Marine ab, sich in die Reihe der Kläger gegen den amerikanischen Staat einzuordnen...

Noch schlechter als dem Sohn des Oberbefehlshabers geht es seinem Enkelkind. Der siebenjährige Junge leidet an einer seltenen Störung der Sinnesorgane, durch die er Geräuschempfindung und visuelle Eindrücke nicht synchron wahrnehmen kann. Für seinen Sohn und seinen Enkel empfinde er großes Mitgefühl und leide darunter, bekennt der Admiral: Gedanken darüber, daß er der Auslöser dieser Tragödien sein könnte, mache er sich allerdings nicht, erklärte er weiter. Heute wie damals sei er der Ansicht, der Einsatz des Agent Orange habe Tausende amerikanischer Soldaten gerettet. ‹Ich bin an meinem Schicksal ja selber schuld, wenn man so will›, erklärt der Admiralssohn heute. ‹Ich meldete mich freiwillig nach Vietnam, und ich hatte einen Vater, der der Entscheidung eines Offiziers, sich freiwillig zu Einsätzen zu melden, nicht im Wege stand. Damals verschwendete ich keinen Gedanken auf Gesundheitsschäden durch Agent Orange – wir hatten genug mit dem täglichen Überleben zu tun.›

‹Die Ufer des Mekong waren in einem solchen Grade entlaubt worden, daß Handelsschiffen die Fahrt gefahrlos möglich war›, stellt der Admiral heute fest. ‹Nur auf der Ca-Mau-Halbinsel hatte es nicht genügend Entlaubungsaktionen gegeben, um die Ufer vollständig feindfrei zu machen. Ich regte an, genau das zu erledigen.›»

Daß sich der Sohn des Admirals weder für sich noch für seinen Sohn der Klage seiner Kameraden oder deren Familien um eine finanzielle Entschädigung angeschlossen hat – eines der Themen des Ersten Aktes –, verdeutlicht, daß offenbar das Washingtoner Establishment es nicht für standesgemäß hält, Kriegs-Entschädigung einzuklagen. Das muß man sich leisten können. Inzwischen ist die juristische Auseinandersetzung durch einen Vergleich beendet worden: sieben Chemiefirmen zahlen insgesamt nur 250 Millionen Dollar in einen Fonds, der

«Entlaubungs»-Krüppel oder deren Kinder – denn viele sind schon gestorben von den Veteranen selber – bescheiden «entschädigt». Die «Washington Post» berichtet am 8. Mai 1984: «In einem außergerichtlichen Vergleich verpflichteten sich gestern sieben Chemiefirmen zur Zahlung von 180 Millionen Dollar an Vietnam-Veteranen, die behaupten, während des Krieges in Südostasien durch das dioxinhaltige Entlaubungsmittel Agent Orange Gesundheitsschäden erlitten zu haben … Der Vergleich kam zustande, wenige Stunden bevor die Auswahl der Mitglieder der Jury beginnen sollte … Der Fonds wird sich durch Zinsen bis zum Jahre 1990 auf 250 Millionen Dollar vergrößern … Der Vergleich schließt nicht aus, daß die Hersteller des Agent Orange die Regierung verklagen, weil sie nach der Spezifikation des Pentagon produziert hätten …
Yannacone erklärte: ‹Die letzte Schlacht des Vietnam-Kriegs ist gewonnen.›»
Obgleich Arthur seinen Pfleger hat, einen ehemaligen Sanitäter, der Arthurs Vater fährt, ist er als hilfsbedürftig im Haushalt seiner Schwester aufgenommen. Sie teilen auch den großen Ankleideraum, ein Schrankzimmer ohne Fenster, das die Bühne bildet und die Schlafzimmer der Geschwister trennt.
Dieser Ankleideraum wurde nach Arthurs Einzug auch sein Therapiezimmer, denn er muß täglich zweimal auf die lange Liege, die parallel zur Rampe im Zentrum steht.
Auch Arthurs Bastlertisch, ein mahagonibrauner großer viktorianischer Klapptisch, fand hier seinen Platz – im Vordergrund links. Charakteristischerweise fehlt bei dem Tisch der Stuhl, da Arthur immer im Rollstuhl arbeitet. Bastler, speziell Uhrenbastler von Jugend auf, hat er mit dieser Tätigkeit die zwei Jahre überbrückt, in denen er nicht in seinem eigentlichen Beruf als Chemiker tätig sein konnte. Mit Hilfe der Beziehungen seines Vaters fand er endlich wieder in seinen Beruf zurück, natürlich nicht in der sogenannten «freien» Wirtschaft, sondern nur am Rande des kapitalistischen Sy-

stems in ein vom Stress, Gewinn machen zu müssen, unabhängiges Universitäts-Institut.
Der Raum hat vier Türen: links die Tür zu Arthurs, rechts die zu Judiths Schlafzimmer; im Hintergrund, die Schrankwand durchbrechend, Türen: eine auf den breiten Gang, die Kegelbahn genannt; die andere zu einem Bad.
Auf dem Bastlertisch, neben den Uhren aus verschiedenen Jahrhunderten, die Arthurs Vater sammelt und der Sohn repariert, steht ein sehr kleiner Fernseher. Zwischen Tisch und linker Bühnenwand noch ein Bücherregal. Zwei stumme Diener stehen zwischen Arthurs Schlafzimmertür und der raumbeherrschenden Schrankwand, die teils – zimmerhoch – verspiegelt ist, teils – ebenfalls zimmerhoch – Lamellentüren hat: Mahagoni mit Messing. Die Wände rechts und links sind – bilderlos – mit resedagrüner Bourette-Seide bespannt. Rechts vorn, nahe bei Judiths Schlafzimmertür, ein bequemer, sehr breiter Sessel, chintzbezogen, papageienbunt, Vogelmuster.
Eine viersprossige – ebenfalls Mahagoni – Leiter: Library steps. Zwei Vouiton-Koffer stehen halbbepackt offen auf dem beigen Spannteppich zwischen Judiths Schlafzimmer- und der Badezimmertür. Alle Türen im Raum stehen offen, auch zwei Schranktüren. Links an der geschlossenen Schrankwand hängt ein Kleidersack, rotes Chevraux-Leder.

Märznachmittag, sehr hell, durch die in die Schrankwand eingelassene indirekte Beleuchtung.

ARTHUR, *nackt auf dem Bauch auf der Liege, die jetzt sehr niedrig gestellt ist*:
Finden Sie das Öl nicht? Arnold!
Er sagt zu einem «herrschaftlichen» Chauffeur:
Sagen Sie doch bitte Ihrem Bruder, meine Schwester
habe vielleicht alle meine Medizin
schon in den Leder-Beutel verstaut,
auf dem Flur.
Der etwa Dreißigjährige entfernt sich, der Gelähmte ruft

dann ungeduldig hinterher, wobei er sich mühsam aufzurichten versucht:
Auf dem Flur – das Öl wird schon auf dem Flur sein!

BRUCE, *der Chauffeur, kommt zuerst vom Gang zurück und hält ein großes rotes Necessaire in der Tür hoch*:
Dies?

ARTHUR: Danke, das ist meine Apotheke, ja.
Bruce legt den Beutel ab, geht in anderer Richtung den Flur entlang und bringt jetzt seinen zehn Jahre älteren Bruder Arnold mit, der einen weißen Physiotherapeuten-Kittel trägt.

ARNOLD: Ich hatte nicht gesehen, Sir, daß Ihre Schwester
auch schon die Apotheke gepackt hat –
fehlt sonst noch etwas?

ARTHUR, *mühsam sprechend, während Arnold ihn mit heftigen, sicher schmerzhaften Zugriffen von allen Seiten massierend einölt, dann ihn bei Armen und Beinen packt und sie heftig und therapeutisch sachkundig beugt und streckt und überhaupt bewegt*:
Alle Bücher auf meinem Nachttisch müssen mit.
Da von meinem Basteltisch, was wir da mitnehmen,
such ich selber zusammen.
Danke, Arnold – für heute reicht's wieder mal.

ARNOLD, *erschreckt*: Sir, hab ich Ihnen weh getan?

ARTHUR, *gereizt*:
Sie doch nicht – Sie tun mir nie weh. Tut eben weh!
So, Bruce, nun beginnt Ihr Unterricht.
Die Turnerei, nicht wahr, Sergeant,
macht ja Ihr Bruder mit mir weiter.
Arnold hatte die technisch aufwendige Liege durch Knopfdruck wesentlich höher gestellt, um den Kranken zu bearbeiten; jetzt stellt er sie so tief, daß der noch nackte Patient, der sich aufsetzt, mit den Füßen den Teppich erreicht und sich selber anziehen kann.

ARNOLD: Natürlich, Mr. Baldwin – alles weiter wie bisher.

Aber Bruce muß jetzt lernen, wie er Ihnen sonst behilflich sein kann:
Ich habe ein schlechtes Gewissen,
doch eigentlich verlasse ich Sie ja gar nicht ...

ARTHUR: Unsinn, schlechtes Gewissen, war abgemacht, daß Sie in Ihren Beruf zurückkehren.
Erläuternd zu Bruce:
Hat Ihr Bruder Ihnen erzählt, daß auch ich
jahrelang rumsaß, trotz bester Schiebung,
bis ich endlich wieder als Chemiker
zurückdurfte in meinen alten Beruf?
Aber natürlich nicht in eine Privatfirma,
die Gewinne machen muß – sondern nur
in ein staatliches Institut.
Weil mein Vater dem Pentagon sagen konnte,
ihr habt meinen Sohn zum Krüppel gemacht
– nun gebt ihm endlich in eurer nationalen Giftküche,
deren Opfer er ist, auch Arbeit.
Und nun d i e s e Chance für Sie, Arnold!

ARNOLD, *lacht abfällig*:
Chance würde ich das nicht nennen, Sir.
Es waren eben die Empfehlungen eines Botschafters,
genau wie bei Ihnen!
Und die aus dem Pressebüro des Präsidenten!
... siehst du, Bruce, Mr. Baldwin
braucht uns fast nicht mehr ... es geht schon
allein mit dem Anziehen!

ARTHUR: Was für ein gutgemeinter Unsinn: grade meine Hose kann ich allein anziehen.

ARNOLD: Wie man sieht, auch das Hemd, Sir.

ARTHUR: ... ja, Bruce, Sie müssen sich
noch einmal überlegen,
ob Sie bei einem arbeiten wollen, der zuweilen
nicht einmal auf dem Klo allein zurechtkommt
... dank seiner vaterländischen Waffenbrüder:

hat Ihr Bruder erzählt,
daß mich nicht Vietcongs zum Krüppel gemacht haben,
sondern unsere eigene Luftwaffe,
als sie Agent Orange versprüht hat?

BRUCE: Selbstverständlich, Sir,
wir haben oft darüber gesprochen –
Und es freut uns alle,
daß endlich diese zwölftausend GI-Veteranen,
die von Agent Orange erwischt wurden,
das Pentagon verklagen können!

ARTHUR, *während Arnold ihm einen Schuh anzieht, dann Bruce ihm den anderen, und ihm dann in den Rollstuhl hilft, den Bruce heranrollt, sobald er gebraucht wird*:
Ist ja nun nicht mehr sicher,
ob wir nicht statt das Pentagon anzuzeigen
– die Industrie verklagen!
Zwei ehemalige Verteidigungsminister jedenfalls
wollen als Zeugen schwören, daß auch sie
vom Chemiekonzern arglistig getäuscht worden seien:
angeblich haben weder McNamara noch Brown geahnt,
daß die siebzig Millionen Liter Dioxin und Agent Orange
mehr kaputtmachen können als nur Laub im Urwald!

ARNOLD, *grient, Augenzwinkern*:
Und das Gegenteil sollte unseren Army-Bossen
nicht zu beweisen sein, Mr. Baldwin?
Ich könnte schwören, daß man uns bei der Ankunft
in Vietnam warnte vor Agent Orange.

ARTHUR: Wissen Sie, Sergeant, ich seh das zynisch:
wir zwölftausend Verkrüppelten kriegen mehr,
nicht weniger!
Denn natürlich müssen die drei Chemiekonzerne,
die dann schuldig gesprochen werden, mehr zahlen,
als das Pentagon uns Verseuchten zahlen würde.
Bin überzeugt, daß die zwei Verteidigungsminister
für uns Meineide schwören.

Arnold: Wollte schon immer fragen, ob der Anwalt,
der da für Sie alle seit Jahren streitet:
ob der eine Leibwache hat?
Arthur: Da Victor Yanaconne sogar fertiggebracht hat,
das Schädlingsbekämpfungsmittel DDT
aus unserer Landwirtschaft zu verbannen:
wird er ohnehin nicht so leichtsinnig sein,
unbewacht zu leben und zu reisen...
wann holen Sie heute meinen Vater?
Arnold: Der Botschafter will um siebzehn Uhr...
Arthur, *nimmt ein Buch, indem er zum Regal rollt*:
Fahre ich noch nicht mit, ich will mich
von meiner Schwester und von
Dr. Norman verabschieden,
kommen Sie Viertel vor sechs, ja?
Arnold, *der – seinen Pflegekittel ausziehend – den dunkelblauen Rock samt Mütze eines Washington D.C.-Chauffeurs anlegt; so ist auch sein Bruder kostümiert*:
Sie müssen sich zum Dinner noch umziehen.
Ihr Vater hat einen Minister aus Paris zu Gast.
Er arbeitet ständig, während er redet: jetzt liest er Arthurs schmutzige Wäsche auf und gibt sie seinem Bruder auf den Arm und sagt:
Wo die Wäsche hinkommt, hast du schon gesehen?
Arthur: So, Bruce, schön,
daß Sie schon mitgekommen sind,
Ihr Dienst bei meinem Vater
beginnt ja erst Ende der Woche.
Bruce, *noch den Arm voller Wäsche*:
Servieren kann ich noch nicht – überhaupt nichts,
was ein Butler braucht, aber ich bin froh,
schon in Washington zu sein, denn zuletzt
war's ganz trostlos in Detroit:
sogar, daß ich arbeitslos war,
schützte mich nicht davor, dauernd angebettelt zu werden.

Bruce trägt die von Arthur abgelegte Wäsche ins Bad.
ARNOLD: Vierzigtausend neue Wagen unverkäuflich.
BRUCE, *zurück*:
Deshalb können Sie denken, Sir, wie dankbar ich bin,
bei Ihrem Vater ...
ARTHUR, *zeigt auf Arnold*:
Ihrem Bruder müssen Sie danken, daß der
zurückwollte in seinen alten Beruf.
ARNOLD: Das Wollen hätte ja nichts genutzt –
hat sieben Jahre nichts genutzt!
Sondern daß ich einen Botschafter fuhr
und Dr. Norman uns wissen ließ,
im Weißen Haus werde der Tonmeister pensioniert.
ARTHUR: Was Ihnen wirklich diese
Vertrauensstellung einbrachte:
Ihre zwei Kriegsorden, Sergeant!
ARNOLD, *lacht*:
Wenn die wüßten, Sir, wofür ich die bekam:
daß ich nicht Vietcongs dafür totgemacht habe,
sondern eine abgeschossene Helikopter Besatzung rettete
– und zweitens die Geschichte mit dem Boot:
dann würden meine Orden vermutlich gar nicht zählen!
Und wie die unsre Verwandten observiert haben:
sogar meine vier Großeltern – obgleich der letzte
vor siebzehn Jahren gestorben ist!
ARTHUR: Ob die Kommunisten waren?
ARNOLD, *legt die zwei großen Frottcetücher zusammen, die er auf der Liege ausgebreitet hatte, um Arthur zu behandeln, nimmt alles an sich, was er dazu brauchte oder verstaut es in der «Apotheke»*:
Nein, sogar deren Herkommen, Berufe, Erbscheine
– ob sie etwa verschuldet gestorben sind.
Auch natürlich in der Schule meiner Tochter waren sie.
Meine Mutter ist siebenundsiebzig:
trotzdem haben sie die zweimal unangemeldet überfallen

und sich in der Nachbarschaft
über sie erkundigt.
Ich hab von der Belästigung der Nachbarn meiner Mutter
erst neulich erfahren,
sonst hätte ich mir das verbeten:
und hätte mich natürlich um den Job gebracht!

ARTHUR: Haben Sie Ihren Vorgänger im Amt schon besucht?

ARNOLD: Schon zweimal.
Der kriegt eine anständige Pension,
die versorgen uns gut, damit keiner käuflich wird.
Ich hab aber gestaunt, daß die technisch
im Weißen Haus nicht mal auf der Höhe
der «Metropolitan» sind ...
Einiges werde ich vereinfachen,
vor allem für Pressekonferenzen auf Reisen,
wenn der Präsident
– wie neulich nach Berlin oder London fährt
oder auch nur im Lande herum:
dann stehen unsere technischen Mitbringsel
in keinem Verhältnis zu den fünfmal sieben Minuten,
in denen die nur gebraucht werden.

ARTHUR, *sieht Judith zuerst, mit Freude*:
Hallo, Schwesterchen – wie bepackt!

ARNOLD: Guten Abend, Mrs. Williams – darf ich vorstellen:
mein Bruder, der ab jetzt Ihren Vater fährt,
Bruce – Mrs. Williams.

JUDITH: Tag allseits, Mr. Gilbert – freut mich, daß Ihr Job in Ihrer Familie bleibt, Arnold, danke Ihnen.
Sie gibt allein Bruce Gilbert die Hand, nachdem Arnold ihr hilfreich entgegengegangen ist, gleich als sie vom Gang her eingetreten war. Er hat ihr Kleider in Cellophanhüllen abgenommen, die sie aus der Reinigung geholt hat und vor sich her trug. Jetzt nimmt ihr Bruce den sehr leichten Staubmantel ab, den sie über ihrem Hosenanzug anhat. Sie hat ihren Bruder auf die Stirn geküßt.

Arnold legt die cellophanverpackten Kleider auf Liege und Sessel.

ARTHUR: Dieser verdammte Umzug zu Vater
für ganze neun Tage!

JUDITH: Er wäre sehr gekränkt, hättest du ausgeschlagen.

ARTHUR: Daß in allen Familien
immer irgendwer gekränkt ist!

JUDITH: Er ist ja auch allein – immer,
wenn er nicht Gäste hat.

ARTHUR, *kalt*: Hätte er Mutter besser behandelt ...
und er hat dauernd Gäste, auch heute.

JUDITH: Für dich auch interessanter.
Zu den Brüdern: Danke Ihnen.

ARNOLD: Soll mein Bruder Ihnen helfen?
Ich fahre jetzt den Botschafter nach Hause.

JUDITH: Nein, danke, ich brauche gar keine Hilfe.

ARTHUR, *als schon die Brüder abgehen*:
Aber ich! ... Haben Sie, Bruce,
drüben die Uhr in meinem Schlafzimmer gesehen
... holen Sie die doch her, bitte.
Bruce ab, er nickte zu Arthurs Frage.
Und, Arnold, packen Sie dazu, bitte,
vom Mitteltischchen vor dem Fenster
in meinem Wohnzimmer: meine Sonde
und mein Justierbesteck
mit dem Koaxialfilter ... Danke.

JUDITH, *nachdem Arnold abgegangen ist*:
Hoffentlich ist Edward pünktlich.

ARTHUR: Du hast ihn erreicht?

JUDITH: Für einen Satz am Telefon.
Bald fünf. Wo bleibt er?

ARTHUR, *lächelnd*:
Hast wohl Angst, Schwesterchen,
daß du mit Gerald
nicht mehr ins Bett kommst.

JUDITH, *ebenso ironisch*:
Oh, das hat unbedingt Priorität.
Edward muß ja pünktlich sein,
denn ab sechs Uhr nimmt er die Beichte ab.
ARTHUR: Wenn er nur selber nicht beichtet!
Bruce tritt wieder ein, er balanciert mit Vorsicht eine knapp meterhohe Uhr mit offenem Gehäuse aus dem frühen 17. Jahrhundert. Judith beginnt die Koffer zu packen, die geöffnet im Raum liegen.
Haben Sie gesehen, daß die Uhren
meines Vaters immer neunhundert
verschiedene Tageszeiten angeben?
BRUCE: Ich hab nur auf den herrlichen Klang geachtet, Sir.
ARTHUR: Herrlich? Es sind Haustiere daran
gestorben, weil da jede Minute
– eine andere, eine volle Stunde schlägt!
Und die tragen Sie bitte auch ins Auto, die ist
nur hundert Jahre jünger als die Entdeckung Amerikas,
aus Frankreich, um 1600 ... weiß noch nicht,
ob ich die hinkriege ... als es so aussah,
ich könnte nur noch Augen und Hände bewegen,
da kultivierte mein Alter seinen Uhren-Tick,
er hat in den USA die vermutlich größte Uhren-Sammlung,
die er Chicago, seiner Geburtsstadt, vererbt,
als Grundstock für ein Uhren-Museum ... mich hätte er
den Chicagoern gern mitgeschenkt ...
JUDITH, *die über einen Koffer gebeugt war, richtet sich auf, protestiert lachend*:
Bruce, Sie glauben das womöglich?
ARTHUR, *während auch Bruce lacht*:
Im Ernst, Vater wollte seinen nicht rentierenden Sohn
mit einbringen in die Stiftungsurkunde
als Kustos, der zugleich die Uhren reparieren kann.
ARNOLD, *ist zurückgekehrt, einen eingelegten Holz-Werkzeugkasten, tragbar, in der Hand*:

Muß man bewundern, Mr. Baldwin – tatsächlich, Bruce:
ich wüßte meist nicht, wie diese Dinger noch in Gang
zu setzen sind …

ARTHUR: Ich muß deshalb oft nachfragen, in Basel
sitzt ein Horlogerie-Besitzer,
der noch gewisse Wasseruhren
wieder zum Laufen bringen kann,
leider aber mich nicht.
Schräges Lächeln, unterbricht sich:
Arnold, wenn Sie da drüben erst Tonmeister sind …
«Da drüben» ist eine hier festgefügte, oft verwendete Formel für: Im Weißen Haus, das ja tatsächlich, Luftlinie gerechnet, benachbart ist; das merkt man an der Art, wie die Geschwister, auch Gerald, diese Formel benutzen und mit Blick kommentieren, vertraut damit wie andere mit ihrer väterlichen Firma …

ARNOLD: Ja, Mr. Baldwin?

ARTHUR: … ich hab mir eine, glaub ich,
wesentliche Verbesserung
für Mikrofon Köpfe ausgedacht … sehen Sie, hier –
Er hat von einem rotbraunen altenglischen Mahagoni-Klapptisch Zettel und Füller genommen und zeichnet, ein Buch auf den Knien, Arnold auf, was er meint:
Hier haben Sie den Tonkopf … Sie wissen,
hinsichtlich der Übersteuerbarkeit der Mikrofon-Membrane ist noch keiner zufriedenstellend.

ARNOLD: Bezüglich der Verzerrung
ist jede Verbesserung recht.

ARTHUR, *noch zeichnend, gibt ihm dann den Zettel*:
Nicht das Ei des Kolumbus, aber wenn auch nur ein
wenig mit diesem eingebauten Kopf … hier –
Er gibt Arnold einen Messing-Gucker an schwarzem Band, den man sich an die Stirn und bei Bedarf vor ein Auge als Vergrößerungsglas spannt, während Arnold, ganz geläufig, einen dort liegenden Tonkopf aufschraubt, um zu sehen, was

Arthur ihm da anzubieten hat; Arnold nimmt dazu einen pinzettenfeinen Schraubenzieher aus seiner Tasche.
Wenn Sie meinen Zusatz da einführen im Weißen Haus,
dann ist dies Modell automatisch
dauernd im Fernsehen zu sehen,
bei der Übertragung von Pressekonferenzen.
– Und wenn erst der Präsident diese Sorte
von Mikrofonen vor der Nase hat, dann lasse ich sie
patentieren – und teile mit Ihnen, Arnold,
selbstverständlich
die Lizenz, da machen wir beide einen guten Schnitt.
Nun fahrt: rush hour, laßt den Alten nicht warten.
Bruce: Sie müssen die Uhr nicht tragen wie TNT.
Die ist aus Eisen, sonst hätte sie nicht
vierhundert Jahre gehalten, die können Sie unbesorgt …
auch legen in den Kofferraum,
die übersteht die Fahrt. Danke.
Die beiden Brüder gehen ab, man hört die Korridortür – da schreit Arthur:
Die Zeichnung – Judith, schnell: meine Zeichnung!
Hol sie, Arnold –

JUDITH, *ohne schon zu begreifen, rennt zur Korridortür, man hört den Lift, sie ruft ins Treppenhaus*:
Arnold – gut, da sind Sie noch … mein Bruder …

ARNOLD, *kommt zurück, ruft bevor er eintritt*:
Mr. Baldwin?

ARTHUR: Haben Sie meine Skizze eingesteckt?
Ich hab da nämlich
… da ist ein Brief auf der Rückseite.

ARNOLD, *der in seiner Rocktasche sucht, dann in einer Innentasche des Jacketts die Zeichnung findet*:
Entschuldigen Sie, ich hab nicht gesehen,
daß da ein Brief …
sehen Sie: da ist auch gar kein Brief, das war ein –
Sie haben doch ein leeres Blatt genommen.

ARTHUR, *nimmt das Blatt aus Arnolds Hand entgegen, sagt*:
Tatsächlich – ich dachte ...
Judith, wo ist der Brief,
der gestern von meinem Institut ...
Danke, Arnold, entschuldigen Sie ...
Ich wollt nämlich jetzt vor sechs da noch anrufen
und finde den Brief nicht.

ARNOLD, *schon im Abgehen*: Bis nachher dann, 'n Abend!

ARTHUR, *hält das Blatt an sich, wartet, bis draußen die Tür einklinkt, dann verlegen*:
Ich werd hysterisch. Plötzlich dachte ich,
an einem Hufeisen kann ein Pferd sterben ...
wenn meine Skizze post festum gefunden wird
in Arnolds Rock ...

JUDITH: Du glaubst doch nicht, der liefert uns ans Messer!
Mitmachen würde Arnold, wenn wir ihn brauchten.

ARTHUR: Möglich, daß wir ihn brauchen!
Natürlich denunzierte der uns nie,
aber irgendwo liegt dann meine Skizze
in Arnolds Wohnung ...
oder steckt in einem Kittel.
Dumme Ärzte, schöne Frauen und vergessene Zettel
bringen den Schlausten zur Strecke,
und ich bin nicht der Schlauste
... so, Schwesterchen!
Nimm bitte dieses Mikrofon, nimm das, halt's dir
an deinen schönen Hals ... und geh weit weg von mir.
Dort hinten bleib stehen.

JUDITH: Arthur! – das war aber eine Ladung,
muß ich abwaschen, bevor mich Gerald küßt ...
sonst verätzt er sich die Lippen.

ARTHUR: Zu stark – ich weiß –, ich wollte dir ja auch nur die
Entfernung, nicht die Menge demonstrieren ...
So, nun guck dir an, wie klein der Sender ist,
mit dem ich die Parfumladung zündete ...

Judith, *küßt ihn, gibt ihm den Tonkopf zurück, den er hinter die Bücher legt in dem Regal, neben dem er sitzt:*
Ist mein ganzes Chanel draufgegangen?
Sie nimmt den Sender aus seiner – in ihre Handfläche.

Arthur: Doppelt so groß wie ein Druck-,
halb so groß wie mein Manschettenknopf,
jedenfalls kannst du ihn nach Gebrauch runterschlucken.
Ich wollte dir lediglich die Kraft demonstrieren,
mit der in Mikrofonen oder
Spraydöschen die Feder funktioniert,
die du mit dem Sender auslösen wirst;
nur die Kraft – nicht: die Entfernung.
Du brauchst nämlich keineswegs so nahe
an das geladene Mikrofon heran,
wie ich von dir nur entfernt saß ...
Judith hat sich mit einem Schal Hals und Gesicht abgewischt. (Sie hat hier auf der Bühne natürlich auch einen Mikrofon-Kopf benutzt, der – wie dann ihr Flakon – nicht durch den Sender in Arthurs Hand gezündet worden ist, sondern durch einen für Zuschauer unsichtbaren Hand-Druckknopf, erhältlich zum Beispiel bei Toningenieur Marcus Bowald, Güterstraße 78 in CH-4053 Basel/Schweiz, Tel. 0041-61-234612.)
Du könntest in der letzten Reihe
einer Pressekonferenz den Zünder zünden.

Judith, *ungeduldig:*
Warum denkst du überhaupt noch daran? Ich war immer
gegen den Sender – und für die Handschaltung!

Arthur, *gereizt:* Ich aber nicht!
Mit dem Sender kannst du nicht entdeckt werden,
bei Handschaltung aber entkommst du nur dann,
wenn Nervengas oder Kontaktgift so verdünnt sind,
daß der Exitus frühestens zwei Stunden
nach der Berührung eintritt ... und da hab ich Zweifel.
Wann kommt Gerald?

JUDITH: Bald – aber noch nicht.

Daraufhin nimmt Arthur ein nicht zu kleines goldenes Spraydöschen, mehr als doppelt so groß wie ein Lippenstift, aus der Schublade seines Queen Victoria-Tischs.

Mein Flakon – Geralds Geschenk?

Sie geht zur Handtasche, die auf dem Sessel liegt, und nimmt genauso eines heraus. Während sie es holt, sagt rasch

ARTHUR: Das ist in deiner Tasche,
ich nahm's dir weg und kaufte das gleiche.

JUDITH, *hält ihres hoch, geht auf Arthur zu, sagt*:
Ähnlich wie zwei Eier.

ARTHUR: Natürlich denkst du an Eier!

JUDITH, *mit Humor*:
An Hühner-Eier, du Scheusal!

ARTHUR: Sind aber gar nicht ähnlich. Denn an meiner
habe ich die Handschaltung angebaut,
mit der du von Hand
die Gift- oder Gasampulle zum Platzen bringst ...
da mußt du aber selber auf sieben Meter
an den Nachbarn heran. Besprüh den Spiegel –
das hinterläßt keine Spur.
Hol erst einen feuchten Lappen.

Judith tut das im Bad und kommt rasch zurück. Dann nimmt sie das goldene Flakon und tritt auf vier Meter Entfernung an die Spiegelwand heran; sie spritzt aus dem Flakon rote Farbe aufs Glas.

Arthur, ganz sachlich, während Judith das Flakon abstellt und die Farbe vom Spiegel wischt:

Bedient sich leicht, nicht wahr?
Nur ein Hauch, ein Hauch,
ein Drittel dessen, was du einatmest
mit jedem Atemzug – ist tödlich ... mein Problem:
wie sehr darf ich's verdünnen,
daß du – a) eins:

Zeit genug hast wegzukommen, weil der Betroffene
gar nichts merkt: erst nur Übelkeit,
kaum schon Schwäche, und daß er trotzdem
– a) zwei: doch mit Sicherheit den Tod
bereits unter der Haut hat ...

JUDITH: Auch dann, wenn ich's nur auf die Kleidung spraye?

ARTHUR: Ja – oder in seinen Handschuh, seinen Hut
oder an etwas, das er anfaßt.
Redemanuskript, Golfschläger: ja!
Kontaktgift ist noch konzentrierter als einzuatmendes.
Vielleicht, Judith, kann ich's doch nur
mit Sender. Was hast du?

JUDITH *gibt ihm das Flakon zurück, ihres liegt im Sessel neben ihrem Täschchen*:
Schlecht ist mir ... warum du ausgerechnet
mit roter Farbe probiert hast?
Schweigen, dann:
Auf dem elektrischen Stuhl – fließt kein Blut.

ARTHUR, *nach einer Pause*:
Da ich dein Wort habe, daß du's nur machst,
wenn du keinen Unschuldigen mittötest
– weiß ich, daß auch du nicht umkommst.
Wisch besser ab, sonst sieht's noch Gerald.
Judith steht schwer auf, belastet. Sie nimmt nochmals den nassen Waschlappen und reibt dann mit einem seidenen Schal, den sie aus dem Koffer holt, die Spiegelscheibe ganz blank.

JUDITH, *schon während sie den Spiegel putzt*:
Ist das nicht dumm, daß du Arnold
eine Verbesserung des Mikrofons anbietest, wenn –

ARTHUR: Im Gegenteil: das hat den Vorteil,
daß Arnold es mühelos mitnehmen kann
an seinen neuen Arbeitsplatz.

JUDITH, *war wieder beim Kofferpacken; damit aufhörend, schlagschnell, nervös, aggressiv*:

Wieso denn das nun plötzlich, du hast immer
verboten, bisher, auch nur zu denken ans Weiße Haus!

ARTHUR, *ebenso*:
Weil du mich nie ausreden läßt!
Natürlich kämst du drüben nie mehr lebend heraus,
die haben in jeder Zimmerecke Kameras, Monitore,
es sei denn, du arbeitest doch mit dem Sender.
Aber Arnold geht ja
mit dem Nachbarn auch auf Reisen, natürlich.
Und nichts könnte der Tonmeister so selbstverständlich
mit sich herumtragen wie ein von dir
ihm in sein Gepäckstück mitgegebenes
zusätzliches Tonbandgerät ...

Arthur, amüsiert jetzt, offenbar entlastet, «das» Thema für heute hinter sich zu haben:
Willst du diese leichten Fähnchen in Moskau und Minsk
im Schnee tragen?

Judith war dauernd beschäftigt, Reisezeug aus den Schränken und auch aus der Tasche, die sie mitgebracht hat, auf dem Sessel auszulegen, Strümpfe, Toilettenkram, eine Bluse. Sie geht öfter sehr rasch aus und ein, weil sie auf der Diele und im Bad Sachen holt, die sie in die Koffer packt.

JUDITH: Der April soll oft schon heiß sein in der Ukraine.

ARTHUR: Verwechsle Minsk nicht mit Kiew,
Minsk liegt nicht in der Ukraine,
es liegt ...

Er steuert den Rollstuhl ans Bücherbord, dorthin, wo er in der «Enzyklopædia Britannica» nachschlagen kann. Seine Schwester packt, mit dem Rücken zu ihm, so daß er sehr gereizt sagt:
Nun gib mir doch den verdammten Wälzer!

JUDITH: Entschuldige, ich dachte,
du wolltest den Atlas.

ARTHUR, *dem sie das Lexikon gegeben hat; und dem sie jetzt*

noch aus dem untersten Regal, das er hätte erreichen können, den Atlas dazulegt:
Nein, will vorlesen, was dich in Minsk erwartet.
Er blättert, dann:
Hauptstadt von Weißrußland, bis 1798 dem Großfürstentum Litauen zugehörig, auf der Linie Warschau–Moskau liegend, also, hörst du: weit nördlich der Ukraine!
Zwei Millionen Einwohner, im Zweiten Weltkrieg zerstört
– doch, hattest recht mit deinen vielen Kleidern;
es gibt da Theater, Museen, Universität ...
nur mußt du auch warme einpacken.
JUDITH: Ich hoffe, wir können mit einem Wagen
aus unserer Botschaft
von Moskau nach Minsk fahren.
Arthur hält den Atlas; das Lexikon hat er zu Boden gelegt, man spürt die Mühe, mit der er den schweren Band absetzt. Judith nimmt jetzt einen armlangen Stiefel und beginnt, ihn zu putzen. Zurückfahrend an seinen Tisch, Bücher, die er aus dem Regal genommen hat, auf dem Rollwagen, sagt
ARTHUR: Muß ich warten, bis ich dich lesen kann,
oder telefonierst du?
JUDITH: Lesen kannst du mich
vielleicht nicht, ich hab noch keinen Auftrag;
die «Washington Post» hat selber gute Leute in Moskau.
ARTHUR: Eine Reportage über deine Begegnung
mit der Attentäterin von 1943
wirst du in jeder Zeitung los,
gib sie der «New York Times».
JUDITH: Bezahlt werde ich schließlich von den Filmern,
die mich als Dolmetscherin mitnehmen;
wer weiß, ob die sich's gefallen lassen, daß ich
ihren Fernsehfilm um seinen Neuigkeitswert bringe.
ARTHUR: Ein historisches Ereignis,
das vierzig Jahre zurückliegt – hat überhaupt keinen
schützbaren Neuigkeitswert.

Ohne Max Rychner zu kennen, den Thomas Mann einst den «bestschreibenden Eidgenossen» genannt hat, übernimmt Arthur dessen Postulat: «Geschichtliche Dichtung soll Gegenwart hergeben und gründen helfen.» Der Amerikaner hat hier, nicht anders als der Zürcher, «eine scharfe Nase für das unechte dichterische Historisieren, für Verharmlosung oder psychologische Überstrapazierung geschichtlicher und mythologischer Motive, das heißt für ein beliebiges individuelles Schalten mit diesen, nicht weil damit ein Unrecht an einem geschichtlichen Weltbild geschähe, sondern weil mangelnde oder irrende Begabung sich zu kostümieren liebt und gern Bedeutung übernimmt, wo sie keine zu verleihen vermag. Geschichtliche Dichtung soll Gegenwart hergeben und gründen helfen.»

Wo überhaupt sehen deine Filmleute heute noch
in diesem Attentat ein Problem?
Wo Geschichte nicht nur Stoff ist,
sondern uns existentiell berühren soll,
da muß sie doch problematisch für uns sein!
Aber einen zu killen,
der Hitlers Herrschaft in Rußland repräsentiert:
das war ja schon damals kein Problem, sondern
Ehrenpflicht für jeden anständigen Russen – oder?
Mit Zärtlichkeit für die Schwester:
«Seid aber Täter des Worts – und nicht Hörer allein»!
JUDITH: Wunderbar. Woher hast du das?
ARTHUR: Jacobus I, Vers 22.
JUDITH: Wie gern hätte ich dich dabei in Minsk:
du könntest der alten Partisanin die Fragen stellen,
die man philosophische nennt.
Türklingel.
ARTHUR: Da mußt du den Gottes-Profi fragen!
JUDITH, *hinausgehend*: Ja, muß Edward sein –
Sie kommt mit einem etwa dreißigjährigen Jesuiten-Pater

herein, der heute den Priesterkragen trägt, und die Begrüßung zeigt, daß er ein Intimus des ungefähr gleichaltrigen Arthur ist.

EDWARD: Hallo. Wieso ziehst du heute zu deinem Vater?

ARTHUR: Weil das Schwesterchen sich beim Fernsehen
den Auftrag besorgt hat, in Minsk
die Attentäterin zu interviewen,
die Hitlers Holofernes im Bett gekillt hat.

EDWARD: Ganz schöne Fachleute werdet ihr beide allmählich.

JUDITH, *reicht ihm eine dicke Flasche*:
Schenk dir selber ein, spanischer Brandy Veterano,
laut Gerald und Arthur der bekömmlichste.

EDWARD, *sich einschenkend, im Stehen*:
Danke, du auch, Arthur?

ARTHUR: Jetzt nicht, will heute abend noch arbeiten.
Rasch, ehe Gerald kommt, der dich hier besser
gar nicht zu sehen kriegt ... hier ist das Blatt,
mein Original schon zerfetzt im Klo,
dies nur eine schwache Kopie –
Arthur hat aus dem dicken Chemiebuch auf dem Tisch ein Blatt genommen, DIN A 4, einseitig mit Maschine beschrieben. Edward nimmt es und liest den offenbar nicht langen Text. Arthur weist ihn an:
Tu's zwischen alte Briefe,
aber erst, wenn du's abgetippt hast,
nicht etwa auf deiner Maschine.
Tu auch meine Kopie dann ins Klo.
Heb auch du nicht dein abgetipptes Original
– heb nur eine Kopie auf,
immer nur e i n e. Erst bevor du die absendest,
machst du wieder eine. Nur e i n e.
Steck's erst ins Kuvert, wenn du's einwirfst.
Fände es wer, müßtest du sagen können,
das sei dir in der U-Bahn
als Flugblatt hingelegt worden!

Es ist diese Drohung, daß er umkommen wird
an dem Gift, das er ab Winter
in die Serienproduktion gehen läßt.

EDWARD: Noch geheim?

ARTHUR, *heftig*: Nicht die Spur! Liest du keine Zeitung:
das Pentagon gibt an damit, der Senat hat's bewilligt,
der Kongreß berät es ...
Geheim ist nur: Du erhältst von Judith Anrufe dann,
wenn wir genau wissen – was wenige wissen,
bevor er da ist –, wohin der Nachbar demnächst fährt ...

EDWARD: Der Nachbar?

ARTHUR: Unser Kennwort für den Mann da drüben:
«Der Nachbar» ... wirklich ist ja das Weiße fast
unser Nachbar-Haus.

EDWARD: Gut, der Nachbar ... ja.

ARTHUR: ... wohin der Nachbar fährt,
Schiffstaufen, Veteranentreffen, Pressekonferenzen,
Golfspielen, NASA, Staatsbesuch
– gut: Du tippst lediglich jeweils auf das Blatt,
das du immer wieder, bevor du's betippst und absendest,
fotokopieren wirst, in nur einem Exemplar!
... tippst du das Datum der angedrohten Hinrichtung,
wenn er nicht den Entschluß revidiert,
das Nervengas in Waffen umzufüllen.
Da – Ort und Datum mußt du eintragen. Weiter nichts.

JUDITH, *die weitergepackt hat, richtet sich auf und sagt*:
Daß ich Edward anrufe, ist nicht klug.

EDWARD: Daß du mich triffst, noch unkluger
– ein dem Zölibat Unterworfener trifft eine
so schöne Schöne: wer guckte da nicht hin?

JUDITH: Wie wär's, jeden zweiten Mittwoch, neun Uhr
abends in der Nationalgalerie –
im Saal der Renoirs und Manets.
Mittwochs ist bis 22 Uhr geöffnet.

EDWARD: Renoirs für Priesteraugen? Noch verdächtiger!

Im Beichtstuhl meiner Kirche?
Und jeden zweiten Dienstag genügte?

ARTHUR: Eher zuviel – öfter als einmal monatlich
sollte dein Liebesbrief, daß er hingerichtet wird,
ihn nicht erreichen: sonst härtet er ab!

Beide lachen, Judith nicht.

EDWARD *kommentiert, da er die Zeilen inzwischen gelesen hat*:
Ja, verdammt herzlich-ultimativ formuliert
habt ihr das – also ich schreib nichts dazu
als nur immer Ort und Datum seiner Hinrichtung.
Und ihr meint, das schreckt ihn ab?

JUDITH: Nein, meinen wir nicht.
Aber wir haben dann unsrer Christenpflicht genügt,
nämlich mehrfach gewarnt.

EDWARD, *beeindruckt*:
Und warum wollt ihr ihn so verunsichern?

ARTHUR: Verunsichern – der erste Zweck. Der zweite:
ihn sicher machen, daß nichts passiert.
FBI und CIA sollen sicher sein,
daß dieser Spinner, der regelmäßig
den Drohzettel einsendet,
diese Drohung nur ausspricht, wie andere
von fliegenden Untertassen herumspinnern …

JUDITH: Wenn einer zehnmal schreit,
gleich kommt der Wolf … gibt keiner
mehr acht.

EDWARD: Verstehe! Und was sollen diese tausend Dollar?

Er hat sie aus dem Kuvert gezogen, das er mit dem Blatt bekam.

JUDITH: Wegstecken!

ARTHUR: Damit finanzierst du deine Spazierfahrten.
Je weiter entlegen die Briefkästen sind,
desto besser: nur der Text
sowie die beiden Adressen von FBI und CIA
sind immer die gleichen.

EDWARD, *will ihm das Geld geben*:
Quatsch, die Fahrten finanziere ich selber!
ARTHUR: Kannst du nicht, du sollst auch mal so weit fliegen,
daß du über Nacht bleiben mußt – irgendwo,
wohin du nur fliegst, um die Briefkästen zu benutzen.
Marken vorher kaufen, nie auf einem Postamt
einen der Briefe aufgeben.
Und nie vor Ablauf von mindestens sechs Stunden
wieder zurückfliegen aus einer Stadt:
so lange ein Geschäftsbesuch dauert – muß immer
auch dein Aufenthalt dauern.
EDWARD: Klar – und ich haue nun ab, wegen Gerald.
ARTHUR: Neun Tage bin ich bei meinem Vater.
EDWARD, *nickt. Dann*:
Unser erstes Treffen, Judith, vorgestern
in vierzehn Tagen. Komm gut zurück aus Minsk.
ARTHUR *zu dem abgehenden Edward, der ihm die Hand gibt*:
Sei bedankt ...
EDWARD: Wieso? Tu ich doch für uns alle. Beichte 18 Uhr.
ARTHUR *zu der schnell zurückgekehrten Schwester, die weiterpackt:*
Bin froh, daß er nicht pünktlich kam,
so konnte er nicht mehr fragen,
als die Polizei erlaubt ...
Tut dir das seelisch nicht wohl,
daß er als Jesuit so einverstanden ist?
JUDITH, *Schulterzucken*:
Wir haben ihm die Hälfte gesagt – die harmlose.
ARTHUR: Vielleicht helfen seine Drohzettel doch!
Wirst du sie fragen, die Minskerin,
von Frau zu Frau – was dich so erregt hat
im Untersuchungsbericht der Nazi-Polizei,
warum allein sie nicht wie alle anderen,
die im Amt und Haushalt

des Deutschen beschäftigt waren,
aufs schärfste observiert worden ist?
Du hast mir das nämlich schon zweimal erzählt,
weil dich natürlich die Vermutung aufrührt,
daß sie seine Geliebte war.
Immerhin war sie achtzehn Monate
im Haushalt des Deutschen!
Wirst du sie fragen,
ob sie ihm nichts anderes ins Bett gelegt hat
als die britische Mine?

JUDITH, *lacht laut*:
Wozu? Welche Antwort auf eine so dumme Frage
könnte je so originell sein wie die Naivität:
überhaupt eine Antwort zu erwarten!
Übrigens dürfte die Angst der Filmemacher,
von der alten Frau verklagt zu werden,
wenn man vorspielt, sie habe sich wie Judith in der Bibel
bei Holofernes verhalten, berechtigt sein.

ARTHUR: Aber ich muß doch tadeln, Schwesterchen,
daß du nicht bibelfest bist: weißt du nicht,
daß die alten Juden natürlich dem Holofernes
auch noch anhängen,
er habe ihre Heldin gar nicht beschlafen?
Obgleich sie das schönste aller Weiber war:
habe er den Alkohol bevorzugt ...
Was könnte heuchlerischer sein
als ein nationales Heldenlied?

JUDITH: Kommt davon,
wenn allein die Sieger Geschichte schreiben.
Wieso kam ich zu der Annahme,
sie habe ihn nicht bei Tische, sondern im Bett
müde gemacht, um ihn zu enthaupten?

ARTHUR: Weil das nur natürlich ist.
Fünf Tage und Nächte ging Judith bei Holofernes
aus und ein in seinem Zelt.

JUDITH: Ja – bei so viel Intimität ist es freilich leichter;
ich komme nicht in sein Bett, sondern nur in seinen
– Pferdestall. Ich werde
in der Regenbogenpresse,
die hundert Millionen Auflage hat,
vier Farbseiten mit rührenden Fotos und Texten
über das Tier-Reservat, das Präsident Jimmy Carter
der Nation geschenkt hat, unterbringen ...

ARTHUR: Gerald wird verrückt! Du bist doch nicht
im Pressestab des Weißen Hauses – um für den Gegner,
die Demokratische Partei, Reklame zu machen!

JUDITH: Arthur, sei nicht naiv.
Damit Gerald im Weißen Haus sagen muß,
wenn nicht ich das machte
– machte das ein anderer,
schlage ich das vor. Und um die Wirkung
einer solchen Reportage zugunsten der Demokraten
abzufangen – führe ich für die Republikaner
den gleichen Reklamefeldzug!

ARTHUR: Hat denn auch der jetzige
einen Nationalpark geschaffen?

JUDITH: Das nicht, aber er hat, wie alle seine Vorgänger,
einen Reitstall.
Und ich zeige die Geburt eines Fohlens
beide lachen –
in Anwesenheit, ja: mit Hilfe des großen Mannes.

ARTHUR, *jetzt ernst*: Einleuchtend, sehr seriös:
näher kannst du dem Mann nie auf die Haut rücken,
als wenn er sich mit aufgekrempelten Ärmeln in den Arsch
seiner fohlenden Stute vertieft ... wie aber,
wenn keine seiner Stuten trächtig ist?

JUDITH: Dann bringe ich eine mit.
Wäre alles so leicht zu beschaffen
wie ein schwangeres Pferd!

ARTHUR, *pfeift durch die Zähne*:

Gib acht, daß der nicht noch das Fernsehen hinbeordert!
Das Fernsehen zieht sofort einen
Riesenrattenschwanz von Bewachern nach sich …

JUDITH: Sowieso: Bewacher!
Doch in der Box, in der die Stute fohlt? – schon kaum.
Für wen, wenn ich da noch knipsen soll,
für wen sollte noch Platz sein?

ARTHUR: Für den Tierarzt, natürlich. Aber wenn du
das Fernsehen hinholtest, würde tagelang vorher
der Stall ausgeleuchtet bis in alle Ecken,
die Sicherheitsbeamten wären zahlreicher
als die Fernseh-Equipe.
Eine Fohlengeburt ist auch dann von allergrößtem Nutzen,
wenn du nicht zum Ziel – sondern nur in die
innerste Herzkammer seines Vertrauens kommst,
fürs nächste Mal:
Wenn er vielleicht als Knecht Ruprecht
einem Waisenhaus beschert.

JUDITH, *zögernd, nach langer Überlegung, im Raum auf und ab gehend, während sie aus Nervosität Trauben ißt, auch ihrem Bruder Trauben gibt*:
Aber der Plan ist zu neu, um seriös zu sein
– oder: als daß wir's wissen könnten, ob er seriös ist.

ARTHUR: Unwahrscheinlich – aber dennoch w a h r:
daß kaum je eine Methode erfolgreich war,
die abwich von den üblichen,
von Schießen oder Sprengen.
Man sollte vermuten, umgekehrt:
daß allein noch nie erprobte
noch eine Chance hätten – nein!
[Meist wird geschossen oder gesprengt.
Wer hätte für möglich gehalten, daß die in Irland
den Onkel der Queen mit Sprengstoff
wegräumen könnten?

Arthur sagte nicht: «Die Iren» – weil er gelesen hat, daß der konservative britische Unterhausabgeordnete Enoch Powell, langjähriges Mitglied des Geheimen Staatsrates der Queen, Gesundheitsminister unter Heath, heute MP der Ulster-Union von Nordirland –, daß Powell behauptet, der CIA habe Mountbatten ermordet: «Der ‹Guardian› zitierte aus einem Brief Powells ... der Mord stehe in Verbindung mit der ‹Nuklearstrategie› der USA. Powell meinte, Washington wolle Irland in der NATO als strategischen Stützpunkt benutzen ... Drei Monate vor seiner Ermordung hatte Lord Mountbatten in Straßburg eine umstrittene Rede über nukleare Waffen gehalten und dabei die Ansicht vertreten, das atomare Wettrennen habe keinen militärischen Sinn. Mountbatten hatte auch den wachsenden Widerstand gegen die SALT-Verhandlungen in den Vereinigten Staaten kritisiert und gesagt, die Welt sei am ‹Rande des letzten Abgrundes›. Es habe ... Hinweise gegeben, daß der CIA in Nordirland und in der Republik operiere, schrieb Powell in dem Brief. Der frühere britische Nordirlandminister Rees sagte der Zeitung, Kontakte des CIA in beiden Teilen Irlands seien ‹unvermeidlich›. Er hob hervor, daß kein Grund zur Annahme bestehe, daß der amerikanische Geheimdienst mit dem Mord zu tun gehabt habe» («Frankfurter Allgemeine Zeitung», 10. Januar 1984).

JUDITH: Daß du jetzt den so menschlichen Mountbatten
nennst – drückt mir sehr aufs Gemüt.
ARTHUR: Mit Recht – denn natürlich
war dieser Seemann und Rentner
so unschuldig wie seine Hunde
und Enkelkinder.
JUDITH: Dann zieht er als Beispiel nicht.
ARTHUR: Sprenger werden im Gegensatz zu Schießern
fast nie erwischt.
Die klassische Methode: Stauffenberg mit Aktentasche

in Hitlers Hauptquartier – ist nicht wegen der Mine,
die er hineintrug,
sondern wegen der Aktentasche abgenutzt.
Ich hab mir Sonntag, als ich allein herumsaß,
dein Sammelsurium von Fotoapparaten angesehen.
Einen könntest du mir schenken, damit ich ihn
mit Dynamit lade. Wer achtet schon darauf,
ob eine im Pressekorps akkreditierte Dame,
mit den drei Kameras, die sie mitbrachte, den Saal verläßt
nach einer Explosion – oder nur mit zweien!

JUDITH: Sprengstoff trifft öfter Herumstehende als den,
der gemeint war.
So stürbe im Stall zwar die Stute,
aber dem Nachbarn würde vielleicht nur
wie dem Hitler Trommelfell und Hose zerrissen.]
Wer schießt und getroffen hat,
wird zwar meist erwischt – aber er hat
eben auch getroffen.

ARTHUR, *ultimativ*:
Ich lasse aber nicht zu, daß du etwas riskierst,
das dich umbringt – also nur Kontaktgift
oder Nervengas, zum Beispiel im Mikrofon-Kopf,
den du auswechselst am Tonbandgerät eines Kollegen,
gegen einen, den ich mit Gas gefüllt habe.
Du stehst in seiner Nähe,
irgendwo auf Reisen oder auf der Ranch,
wenn er den Nachbarn interviewt
– und der Sender, der die Giftkapsel aufsprengt,
klein wie ein Knopf,
ist in deiner Hand, bis du ihn runterschluckst.

JUDITH: Kommt der nicht auch um, dessen Mikrofon
ich austauschte?

ARTHUR: Nein – allenfalls wird er ohnmächtig,
was nur glaubhafter macht, wenn er beteuert,
keine Ahnung zu haben,

wer sein Mikrofon präpariert hatte.
Natürlich kommt man auf mich, als den Giftbeschaffer,
da du in der Nähe warst,
aber beweisen kann man nie, daß es von mir kam.
Ich werde zeitlebens unter Aufsicht gestellt: nebbich,
als wäre ein Kriegskrüppel im Rollstuhl
nicht sowieso zeitlebens unter Aufsicht!
Auch du wirst immer in Verdacht stehen,
doch nie zu überführen sein ...
Gerald!
Dreimal kurz hat es geläutet.
Judith geht öffnen.
Es dauert, bis Gerald eintritt, offenbar umarmt er Judith, die nicht mitkommt.

GERALD, *trägt Managerlook, «dezent» abendblau, aber keine Weste. Er hält ein Körbchen mit gezuckerten Früchten und Pralinen in der Hand, ihren «Reiseproviant», und erläutert:*
Hallo, Schwager – Judith sieht noch die Post an.

Gerald ist der «blendend» (nicht nur aussehende) «Ladykiller»; in ihm streitet der «Mann der Tat» mit dem Intellektuellen. Er ist noch größer als seine Geliebte, ungefähr einsneunzig, hat Schultern «breit wie die Kotflügel seiner Limousine», um einen neidvollen Witzbold zu zitieren, der – wie viele – allzu gern Geralds Rolle bei der schönsten Witwe Washingtons spielte. Und da Gerald Norman Ph. D., so sein voller Name, noch nie in seinem sechsunddreißigjährigen Leben einen Rückschlag erlitten hat oder auch nur ein Hindernis fand, das er nicht bezwungen hätte – Judith zu bekommen war wesentlich schwerer als alle Prüfungen in Yale, doch seine Schönheit hat die Schöne besiegt –, wurde er oberflächlich. Konkret heißt das: unfähig zu lesen wegen pausenloser gesellschaftlicher Umtriebe, deren Wichtigkeit er deshalb überschätzt, weil er nicht von Hause zur ersten

Gesellschaft, sondern nur zum Geld-«Adel» gehört; so spricht er – und meint das auch – von seinen gesellschaftlichen «Verpflichtungen». Wer kein Buch mehr für wichtiger hält als jede Einladung, nennt verächtlich jene, die Leser und daher anfällig für Zweifel geblieben sind, gern «Theologen» – und ist von ungebrochenem Selbstbewußtsein.
Gerald hat mit Judiths «Eroberung» auch noch die einzige Brücke passieren dürfen, die ihm nicht bereits von Geburt zugänglich war; die ins alte Establishment aus den Oststaaten, deren Töchter seit Generationen nachmittags im Rock Creek Park ausreiten und sogar in die feinsten Familien, in die namhaften New Yorker einheiraten: Haben sie auch zuweilen nicht mehr die gewaltigen Vermögen, so doch Eltern, die schon als Kinder in einer der altmodischen und bewußt so erhaltenen Villen in der Washingtoner Massachusetts Avenue wohnten, dort, wo noch in Präsident Nixons siebziger Jahren die über neunzigjährige Tochter Theodore Roosevelts Hof hielt und in auserlesenstem Kreis Essen gab, zu denen auch die Präsidenten kamen. Kaum war Gerald in Judiths Bett gekommen – nahm man ihn, da er nunmehr die Referenzen dazu hatte, auch im exklusivsten Club Washingtons auf, im «Metropolitan», der einen getarnten Antisemitismus «kultiviert», wie die New Yorker Bankiers einen ungetarnten und wie der Links-Club, in den erstaunlicherweise John F. Kennedy hineinkam, obgleich dieser Club auch Katholiken nicht will ...
Schon in Groton, dem exklusivsten Internat, sind die (eindrucksvoll von David Halberstam sezierten) Söhne der Oberschicht ziemlich «gefeit» gegen den Umgang mit «halben Amerikanern», also Katholiken, Juden, Negern. So viele herrliche Wahlsprüche der junge Gerald auf dieser Schule auch eingehämmert bekam: soziales Gewissen und Aufnahmebereitschaft gegenüber Minderheiten predigte ihm keine der glanzvollen Devisen. Daß ein Mann sich vom Groton-Geist wieder freimacht im späteren Leben,

setzt Charakter voraus; der berühmteste Schüler, Franklin D. Roosevelt, hatte ihn, als er einem maßgebenden Antisemiten in der Hitlerzeit einmal sagte, es tue ihm leid, daß er kein Jude sei ...

Es wäre Gerald niemals allein auf Grund seiner Herkunft geglückt, was dem verhängnisvollsten amerikanischen Blender der vorigen Generation, dem «Wissenschaftler» McGeorge Bundy, gelang: ohne ein einziges nennenswertes Buch geschrieben zu haben – er half, noch ein Jüngling, die Memoiren des ihm verwandten Verteidigungsministers Henry Stimson herauszugeben, dann veröffentlichte er die Briefe des Schwiegervaters seines Bruders, des Außenministers Acheson, das war alles –, schon Professor und Dekan in Harvard zu werden, zum Entsetzen des Chemikers und Präsidenten der Universität James B. Conant, der seufzte: «Bei der Chemie hätte das nicht passieren können!» Der unergründliche Star-Karrierist wurde dann der einflußreichste Berater und Vorzimmer-Tyrann John F. Kennedys und Lyndon B. Johnsons und Hauptverantwortlicher erst für die Intervention in Vietnam, dann für die Greuel dieses Krieges – nur weil er ein «Wunderkind von Familie» gewesen war.

Gerald dagegen, der nicht «von Familie», sondern nur reicher Herkunft ist, weiß, daß er arbeiten müßte für eine Professur; er hat auch ein sehr ernstes Thema, an dem er aber nicht mehr ernsthaft schreibt – seit er die Aura der Macht geschmeckt hat; er benutzt diesen Buchplan nur noch, um seine CIA-Karriere zu tarnen. «Die vier Invasionen Rußlands» heißt der Titel; merkwürdigerweise hat ja noch niemand Karls XII., Napoleons, Wilhelms des Letzten und Hitlers Überfälle auf Rußland im Zusammenhang beschrieben. Auch Gerald wird das nie mehr tun, aber das eindrucksvolle Vorhaben erlaubt ihm, ständig in Rußland herumzufahren – obgleich er und seine Auftraggeber diesen altmodischen Stil, Nachrichten zu sammeln, längst be-

lächeln. Er tarnt sich gut: sogar Judith – ihm an Intellekt wie an Instinkt beträchtlich überlegen – ahnt nicht, daß Gerald auch noch ein anderer ist als ein ehrgeiziger «Historiker» und Mitmacher im Pressestab des Präsidenten …

ARTHUR: Schwager nennst du mich schon,
wie grausam ihr seid,
da reist das Schwesterchen zu den Bolschewiken,
und während man auf ihre Rückkehr hofft …
GERALD, *sympathisch, aufrichtig*:
Sollte es uns
in den heiligen Stand der Ehe ziehen –
Judith tritt ein.
– ziehst du mit, selbstverständlich,
da ist Platz genug im Haus.
ARTHUR: Dann könntet ihr gleich eine Ehe
mit der Schwiegermutter unterm selben Dach
beginnen –
GERALD: Du bist keine Schwiegermutter!
ARTHUR: Nicht einmal, ich weiß.
Die könnte euch wenigstens
den Babysitter machen … ich nur Kartoffeln schälen.
JUDITH, *legt ihrem Bruder einen Brief hin*:
Für dich, Arthur – Gerald, hast du Zeit,
mich zum Flugplatz zu fahren?
GERALD: Mit schlechtem Gewissen, daß ich nicht mitfliege.
Hier die Liste, alle mit Telefon,
der Russen, die du anrufen kannst. Alle Historiker,
mit denen du über deine Judith aus Minsk
oder über mein Manuskript sprechen kannst.
JUDITH: Positiv oder negativ, Brüderchen, dein Bescheid?
ARTHUR, *den Brief öffnend*:
Siehst du nicht, daß ich erst noch auf Mut warte,
den Brief zu öffnen: ich habe von Amtsbriefen
nie Gutes erfahren.

GERALD: Wer hätte das? Kann ich dir helfen, Löwin?

JUDITH: «Löwin» – damit willst du mich darüber täuschen,
daß ich deine Leibeigene bin.
Du könntest die Koffer auf den Flur tragen.

GERALD, *mit einem Koffer beschäftigt*:
Kann zugemacht werden? – Was ist?

ARTHUR *reicht Judith den Brief und erläutert dem Schwager*:
Positiv: Der Sonderfonds der Kriegs-Invalidenkasse
des Pentagon schreibt, daß ich mit neun anderen
Versuchs-Krüppeln von September bis März
bei Neapel in den Montegrotto-Thermen baden soll
– und von diesem Filippini,
der angeblich der bedeutendste
Orthopäde ist, verarztet werde.

JUDITH *reicht den Brief auch Gerald*:
Wird dein Institut dich sechs Monate beurlauben?

ARTHUR: Mein Professor hofft sogar, daß ich dort
meine Habilitation schreibe, weil die Universität Neapel...

GERALD, *pathetisch, gibt Arthur den Brief zurück*:
Gratuliere! Du dachtest zu schlecht von unsern Behörden.

ARTHUR, *bitter*:
Als wüßtet ihr nicht, wie das gedreht wurde.
Papa hat bei Industriellen Geld aufgerissen,
auch bei Quäkern und beim Kardinal von New York,
weil ja das Geld nach Süditalien geht,
und hat im Pentagon durchgesetzt, daß auch sein Sohn
zu den neun anderen auf die Liste gesetzt wird.

GERALD: Du kannst aber nicht sagen, der Staat
tue nichts für seine Kriegsopfer...

ARTHUR: Gerald, muß denn das sein:
daß du auch bei uns hier
Public-Relations fürs Weiße Haus machst:
einer aus dem State Department
hat das erreicht für seinen Sohn!

JUDITH: Freuen wir uns drüber. Statt Tee Champagner.
Wozu die Flasche aufheben im Eis?
Sie ist schon hinaus.
ARTHUR: Schiebung kränkt mich besonders,
wenn ich der Geschobene bin:
Relikt unseres eingefleischten Puritanismus.
GERALD: Als habe nicht jeder seinen Job dank Schiebung
... die Gleichheit hört schon auf im Bett,
in dem einer gezeugt wird, nicht nur
wegen der verschiedenen Brieftaschen der Väter.
Ist doch schon ungerecht,
daß der eine schön, der andere häßlich zur Welt kommt.
Die Dinge so sehen, Arthur ...
ARTHUR: ... heißt, sie allzu sehr verharmlosen.
Wir sind keine Bomberpiloten,
die den gehörigen Abstand haben
und von den Menschen da unten
nicht mehr irritiert werden.
Wir sind mitten drin,
und da ist's halt nicht zu übersehen,
daß ich zu den arrivierten Krüppeln gehöre,
zu dem nullkommanullnulleins Prozent,
das behandelt wird, dank des passenden Papas,
als sei es gar kein Opfer der eigenen Armee ...
übrigens auch dank des Schwesterchens,
ja – ist wahr!
Denn Judith mit Champagner und Gläsern ist wieder da.
JUDITH: Was ist mit mir –
ARTHUR: Bin überzeugt, daß mindestens dein letzter Artikel
eine ganze Menge Leute, an der Spitze
unseren Papa, dermaßen schockierte,
daß man beschlossen hat, wenigstens dem Bruder
dieser wortgewandten Furie zu seinem Recht zu verhelfen,
damit dem Schwesterchen
das Interesse an Vietnam-Krüppeln vergeht.

JUDITH: Worin man sich getäuscht hat. Aber dann tu auch du mir einen Liebesdienst, Brüderchen: hör endlich auf –
Sehr laut, fast schreiend:
dich Krüppel zu nennen!
ARTHUR: Gib mir einen Kuß, der Krüppel sagt's nie wieder!
Judith küßt ihn ostentativ nicht.
GERALD, *der die Flasche entkorkt hat und jetzt einschenkt*:
Tust du mir auch einen Liebesdienst?
Er redet sich mehr und mehr in eine heftige Erbitterung hinein:
Schreib nun wirklich solche Artikel nicht mehr!
Es bringt mich bei meinem Boss um das Vertrauen,
wenn ausgerechnet meine Frau derartige Polemiken ...
JUDITH: Frau? – nicht so stürmisch.
GERALD: Es war keine Heldentat,
dich drüben zu akkreditieren,
wer aus Familien wie eurer ist schon Journalist.
Aber jetzt machst du mich im Weißen Haus unmöglich!
Und ich hab ja nicht deinen superfeinen Hintergrund ...
hör auf ... mit solchen ... da!
Er hat einen langen Artikel, noch als Korrekturfahne, aus der Tasche gezogen und Arthur gereicht – und sagt wütend:
Gezeichnet von Jane Kayser – wer das glaubt!
Jede dieser radikalen Wendungen
verrät Sprache und Wut deines sanften Schwesterchens:
sag's ihr, Arthur!
ARTHUR, *der offensichtlich diesen Artikel kennt*:
Böses Weib!
JUDITH: Sogar das Honorar laß ich an Jane überweisen,
sie hat die Korrekturen gemacht
– niemand in der Redaktion weiß von mir.
GERALD: Denkst du! Einer aus der Redaktion
hat mir diese Philippika gegeben mit den Worten:
Kennen Sie schon Judiths neuesten Artikel?

JUDITH: Ist das der Preis, bei euch zu arbeiten:
der Maulkorb gegen alles, was nicht regierungsfromm ist?
GERALD: Herrgott – du sollst ja schreiben, aber nicht immer
dieser fixen Idee nachlaufen, daß wir
die B- und C-Waffen nicht wieder produzieren dürften!
Die Entscheidung ist nun mal gefallen – vorgestern.
Fahr nach Tokio und schreib, wie die Japsen uns
von den Märkten verdrängen ...
JUDITH: Du findest in Ordnung, daß der Mann da drüben
als erster wieder Nervengas produziert
und Agent Orange – obwohl seine vier Amtsvorgänger,
entsetzt über Opfer wie Arthur,
es verboten hatten.
GERALD, *sehr heftig und verletzt*:
Der Nachweis, daß Entlaubungsgift ...
JUDITH, *lacht böse*: «Entlaubungsgift»:
kannst du nicht noch neutraler ausdrücken
was ihn – ihn und zwölftausend andere GIs,
Vietnamesen zählt ja hier keiner – «entlaubt» hat!
GERALD, *auch aggressiv*: Sie waren nützlich,
deine wütenden Artikel – nur dürfte jetzt
der Moment gekommen sein,
da ihr besser Mediziner und Juristen vorschickt,
statt weiter in der Presse –
JUDITH: Wenn du der Presse so wenig Kraft zutraust,
warum bist du dann im Presseamt?
GERALD: Umgang mit der Macht – macht Spaß.
Stolz, aber nicht unangenehm; nur sehr selbstsicher:
Dienstag früh bin ich einer der nur drei,
die mit dem Präsidenten die Sprachregelung formulieren,
um die Hysterie der Europäer wieder abzubauen:
die ganze Presse zwischen London und Moskau
ist voller Wehgeschrei, seit der Boss gesagt hat,
er halte einen Atomkrieg für möglich,
der auf Europa begrenzbar bleibe.

JUDITH: Und wieso wäre hysterisch
– wer sich seitdem fürchtet in Europa?
GERALD: Grober Unfug, überhaupt davon zu sprechen.
Aber der Alte hat natürlich recht.
JUDITH: «Natürlich» sogar, Donnerwetter.
GERALD, *laut, beharrend, gereizt*:
Natürlich, ja. Ein solcher Krieg ist machbar, begrenzbar,
sofern die Supermächte sich darauf einigen,
ihn nur auf dem Boden ihrer Verbündeten zu führen.
Anständig wäre das nicht, gebe ich zu.
Aber machbar durchaus.
JUDITH: Wie anständig, immerhin zuzugeben,
es sei nicht anständig!
GERALD, *in Wut*: Kann's dir nicht passieren, zuviel zu reden,
wenn du zwei Gläser über'n Durst getrunken hast?
JUDITH: Ich bin nicht der Präsident.
GERALD: Und weil's dem passiert ist,
müssen wir's ja auch abstreiten.
Man spricht zur Ablenkung von dem,
was die Russen gesagt haben:
Die haben vor zehn Jahren vorgeschlagen,
geheim, versteht sich …
JUDITH: Wieso weißt du das dann?
GERALD, *lachend, überheblich*:
Kissingers zweiter Memoirenband …
[ARTHUR: Auch so dick wie der erste?
GERALD: Genauso:
der redseligste Memoirenschreiber aller Epochen –
für ein Jahr als Außenminister
benötigt er so viele Seiten,
wie Bismarck über siebzig Jahre seines Lebens diktierte.
Kein Mensch im Weißen Haus liest Kissinger.
So kann ich am Dienstag
vor dem Präsidenten damit brillieren,
daß ich weiß, auch die Russen haben damals

den gleichen Vorschlag gemacht,
der jetzt dem Präsidenten öffentlich
entwischt ist wie ein Wind:]
Die Supermächte könnten sich hinter dem Rücken
ihrer europäischen Satelliten einigen,
nur bei denen Atomwaffen einzusetzen,
nie aber bei sich zu Hause!

Gerald hat das vom ehemaligen Außenminister übernommen, obgleich der durchaus keinen Beleg für seine Behauptung mitliefert – weshalb sie von Judith sofort angezweifelt werden wird. Henry Kissinger schreibt: «Zu meiner Überraschung traf am 7. September 1972 die sowjetische Antwort ... auf meine drei Fragen ein, die lautete: Die in Aussicht genommene Vereinbarung schloß die Verwendung von Kernwaffen in einem Krieg nicht aus, an dem die NATO und der Warschauer Pakt beteiligt waren. Ihre Verwendung würde jedoch auf das Gebiet der Verbündeten beschränkt bleiben. Der Einsatz gegen das Territorium der Vereinigten Staaten und der Sowjetunion wäre jedoch untersagt ... Es wäre schwierig gewesen, eine deutlichere und zynischere Definition für ein Kondominium zwischen den Vereinigten Staaten und der Sowjetunion zu formulieren. Ein solcher Vertrag würde die Supermächte sogar in einem europäischen Krieg vor der Vernichtung durch Kernwaffen schützen, aber die Verwüstung eines jeden verbündeten Landes garantieren. Nichts konnte mit größerer Sicherheit den europäischen Neutralismus fördern oder den Wert von Bündnissen herabsetzen ...» Aufschlußreich und beängstigend, daß hier ein Außenminister der USA einen «europäischen Neutralismus» zu f ü r c h t e n scheint, wenn die europäischen Satelliten beider Supermächte ihn anstreben, weil sie ihrer Verwüstung in einem Krieg zwischen West und Ost entgehen wollen. Als ob für diese Völker der Neutralismus zum Beispiel Österreichs, Schwedens, Jugoslawiens und der

Schweiz tatsächlich bedrohlicher sei als die Präsenz von «Schutz»-Mächten für Eingeborene bedrohlich ist, wenn diese Schutzmächte gar keinen Hehl daraus machen, daß sie die Territorien ihrer «Verbündeten», ohne den Verbündeten Mitspracherecht über den Einsatz mit B- und C- und A-Waffen einzuräumen, atomar «verteidigen» werden …

JUDITH: Vor zehn Jahren, so! Ich glaube nicht,
daß wir versäumt hätten – würden tatsächlich
die Russen das vorgeschlagen haben –,
einen weltweiten Propagandafeldzug gegen sie
daraus zu machen. Denn was wäre geeigneter gewesen,
sämtliche Europäer gegen Moskau aufzubringen
– wie man der jetzigen Empörung in Europa
über unseren Präsidenten ablesen kann!
GERALD: Aber wir können mit dieser Kissinger-
Behauptung, die ja niemand überprüfen wird,
so viele Worte machen,
daß niemand mehr heraushört, was wir meinen.
Im übrigen seid ihr zwei ziemliche Heuchler:
Denn wenn man sich einig wäre,
West wie Ost, daß der nukleare Krieg
nicht geführt werden könnte,
weil er Selbstmord ist,
dann könnten ja Atomwaffen
niemanden mehr abschrecken,
weil man von ihnen wüßte,
die werden doch niemals eingesetzt …
also ist es nur vernünftig, wenn der Präsident erwägt,
einen Atomkrieg begrenzbar zu machen.
Unvernünftig war lediglich,
den Europäern zu sagen,
was Amerikaner denken.
JUDITH: Abschiedsgespräch bei Champagner, mein Gott,
gut, daß da Arnold klingelt!

GERALD, *während Judith hinausgeht, um zu öffnen*:
Noch nie ist ein Krieg ausgebrochen,
wenn beide Seiten ein gleich hohes Risiko
einzukalkulieren hatten …
ARTHUR: Daß du als Historiker
einen solchen Unsinn sagst:
Kam nicht im Gegenteil der Erste Weltkrieg
genau deshalb, weil beide Seiten das gleiche Ausmaß
von Furcht voreinander hatten?
ARNOLD: Guten Abend.
ARTHUR, *während Gerald nur huldvoll die Hand hebt*:
'n Abend, Arnold.
JUDITH: Kommen Sie, Arnold,
ich gebe Ihnen schon die Koffer meines Bruders.
ARTHUR, *während Judith mit Arnold in Arthurs Zimmer geht*:
Nenn mir ein Beispiel,
daß ein Riesen-Arsenal von Rüstung
nicht irgendwann
aus sich selbst heraus
zum Krieg getrieben hat?
[GERALD: Weiß nicht, ob Rom die Flotte baute,
um Karthago zu vernichten
– oder ob es sich zutraute, Karthago wegzumachen,
weil es die Flotte gebaut hatte.
1914 allerdings erklärte Berlin deshalb
Russen und Franzosen den Krieg,
weil es sich einbildete, mit seiner Flotte
England heraushalten zu können …
während allein die deutsche Flotte
England zur Entente getrieben
und also die Franzosen ermutigt hatte,
Elsaß-Lothringen zu erobern.
ARTHUR:] Seit 1914 hat die Natur des Menschen
sich gewiß nicht verändert!

Gerald: Aber die Natur seiner Waffen – Gott sei Dank.

Judith *kommt mit Arnold zurück ins Zimmer. Arnold setzt Arthurs zwei Koffer ab; sie schenkt für Arnold Champagner ein, er nimmt, sich verneigend, das Glas*:
Das müssen Sie den beiden Männern selber sagen!

Arnold, *verlegen, aber ehrlich mitfühlend zu Arthur*:
Ja, ich habe an Sie denken müssen, Mr. Baldwin,
Ihr Vater hat im Auto Nachrichten gehört.
Also, der Präsident hat entschieden,
daß erstmals nach zwölf Jahren die Giftgas-Produktion
wiederaufgenommen wird:
für sechs Milliarden Dollar
in den kommenden fünf Jahren.
Schweigen, Pause, während Arnold austrinkt. Dann streckt

Arthur *Gerald zum Abschied die Hand hin, hält seine fest und sagt aggressiv*:
Wirst du nun im Pressebüro auch das noch günstig
verkaufen?

Judith: Sechs Milliarden –
ohne erst einmal für zwölftausend GIs,
die Opfer dieses Zeugs wurden …

Arthur: Die Vietnamesen, drei Millionen Tote,
gar nicht mitgezählt.

Judith: Die Bevölkerung zählt doch nie jemand mit.
Wäre nur logisch, wenn jetzt einer von euch
Nervengasgeschädigten diesen Handlanger umlegte!

Arthur: Bist du verrückt, Judith?

Judith: Ob das nicht verrückt ist, was der anordnet,
der Handlanger?

Gerald, *erregt*: Handlanger – wessen?

Judith, *sanft, aber bestimmt*:
Der Rüstungsindustrie – und ihrer Prokuristen,
der Generale.
Sobald die pensioniert sind, die meisten,
kommt's ja auch heraus,

in wessen Diensten sie immer schon waren:
indem sie offiziell als Reisende der Industrie auftreten.
Peinliche Pause.

ARNOLD *ergreift, um die Pause zu beenden, Geralds Hand, schüttelt sie, und sagt*:
So kann ich mich endlich noch einmal bedanken, Dr. Norman, daß Sie mich drüben als Tonmeister empfohlen haben!

GERALD: Ihre zwei Vietnam-Medaillen haben Sie empfohlen und daß Sie seit sieben Jahren den Botschafter fahren!

JUDITH, *einlenkend, weil Arthur sie angesehen hat, als wolle er sagen: halt's Maul, bist du wahnsinnig, so vor Gerald dein Visier zu öffnen ...*:
Und schließlich, weil Sie doch Tonmeister sind, Arnold,
schlimm genug, daß Sie den Job verloren haben,
nur weil Sie damals einrücken mußten.

ARTHUR, *er hat die Schwester an der Hand gefaßt, sie steht so nahe bei Gerald, daß plausibel ist, wenn er jetzt sagt*:
Geht ins Bett ihr zwei – Friedenmachen fängt daheim an!
Gott schütze dich, Schwesterchen –

JUDITH, *wehmütig*: Ohne Bruder – ohne Hände!
Was mache ich ohne dich in Rußland.
Sie küßt ihn.

ARTHUR: Schwager – identifizier dich nicht zu sehr
mit dem da drüben.

GERALD: Wer könnte das – der sie zum Chef hat!
Er hat Judith an sich gezogen. Arthur fährt selbst seinen Wagen zum Flur, sie geht mit hinaus.
Gerald, zu Arnold, der sich noch einmal verneigt, ehe er Arthur nachgeht mit dem vielen Gepäck:
Also – ab ersten sind wir dann Kollegen!

ARNOLD: Noch einmal sehr herzlichen Dank, Dr. Norman.

JUDITH, *kommt zurück, stellt ein viktorianisches Tablett mit Zutaten für einen Pfirsichsalat auf Arthurs Tisch. Sie «umzingelt», hinter ihm stehend, Gerald mit den Armen*:
Wie abscheulich von dir, nicht nach Minsk mitzufahren.

GERALD: Führe ich mit – geht wirklich nicht –, hätten wir's
trotzdem schwer: Du wirst sehen,
die Russen haben in manchen Hotels keine Doppelbetten,
sondern noch keusch durch Nachttische getrennte,
wie hier nicht mal mehr Pfarrersfamilien.
Sein Rock ist auf den Boden gefallen, längst; sie hat ihm den Schlips nicht abgenommen, aber sein Hemd geöffnet, küßt auch seine Brust. Er greift zum Champagner, der noch nicht ganz ausgetrunken ist, und schenkt in ein Glas ein, das er ihr gibt.

JUDITH: Mach bitte den Maraschino auf.
Und zieh dich doch aus.
Sie schneidet rasch in eine schöne Schale die Pfirsiche.

GERALD, *der ihr die Flasche gereicht hat, steht hinter ihr und küßt «die Zone». Er wirbt; die Belastung durch das Thema hält ihn noch zurück, sich auszuziehen:*
Du hattest ein großes Thema:
die Versorgung der Invaliden, und hast es noch.
Aber aus der neuen, der Nervengassache
halte dich raus! Die geht uns gar nichts an.
Die ist Sache allein der Deutschen!

Der «Dünkel» des Verfassers, sein Volk hier wieder einmal für ein «auserwähltes» zu halten, hat leider nachprüfbare strategische Ursachen. Nicht «nur», weil die BRD der einzige Staat ist innerhalb der NATO, der B- und C-Waffen aus den USA eingekellert bekam, ohne Einblick, ohne Mitspracherecht seiner Politiker. Sondern auch deshalb, weil, wie Marion Gräfin Dönhoff am 6. Januar 1984 in ihrem Leitartikel in der Hamburger «Zeit» geschrieben hat, allein die Deutschen in einem Land leben, «dessen beide Teile in die feindlichen Militärallianzen integriert sind, die sich hochgerüstet an der Trennungslinie dieser Welt gegenüberstehen. Von den 6000 atomaren Sprengköpfen, die sich in Westeuropa befinden, lagern 4000 allein in der Bundesre-

publik; und von diesen haben 60 Prozent eine Reichweite von unter 30 Kilometern. Sie würden also im Ernstfall das eigene Territorium verwüsten. Und nun sollen beide Deutschlands auch noch zu Abschußrampen für die Raketen der Supermächte gemacht werden, ohne daß die eigene Regierung irgendeinen Einfluß auf deren Einsatz hat? Ist es wirklich Pazifismus, wenn den Leuten unter solchen Umständen bange wird?
Was also soll das irrationale Geschwätz von Pazifismus, Neutralismus und Nationalismus? ...
Dennoch ist die französische Presse voll von Verunglimpfungen: ‹Le Figaro› spricht von der ‹deutschen Krankheit›, ‹Le Matin› vom ‹Aufkommen des National-Pazifismus›; der ‹Nouvel Observateur› stellt fest: ‹Es gibt einen bestimmten deutschen Pazifismus, der sehr deutlich anzeigt, daß es denen heute so wenig wie zu Hitlers Zeiten darum zu tun ist, für die Demokratie zu sterben.›»
Also auch Franzosen nehmen den Deutschen neuerdings übel, daß sie nicht sterben möchten! Von Amerikanern wußte man das bereits, zum Beispiel aus jenem Leserbrief an die «New York Times», den am 29. August 1983 der Hamburger «Spiegel» zitiert hat: «Warum sind die Deutschen nicht bereit, ein Opfer zu bringen? Die Menschen von Hiroshima haben es auch gebracht, und viele von ihnen leben noch.»

Denn es ist völlig sicher von allen Planungen her,
daß wir dieses Zeug – wenn überhaupt –
nur bei Nahkämpfen in Europa einsetzen.
Und schließlich, so traurig das ist, weil es natürlich
auch wieder Unschuldige träfe –
wer in Auschwitz vormachte,
wie man mit Gas Menschen behandelt,
der darf nicht Krokodilstränen heulen,
wenn auch s e i n Volk dem Gaskrieg ausgesetzt wird.

JUDITH: So dürftest du nicht einmal reden,
wenn du Jude wärst ...
GERALD: Es sind aber Juden unter denen,
die hier die Planung machen
– so wie Juden die Atombombe mitgebaut haben.
Ich wäre bestimmt rachsüchtig,
hätten die Deutschen meine Angehörigen vergast.
JUDITH: Ich auch, Rache ist so unanständig
wie sie menschlich ist.
Sie gibt ihm Gabeln und Obstschälchen, sie essen:
Freud muß einer nicht sein, um herauszufinden,
warum du hier so antisemitisch redest!
GERALD, *betroffen*: Antisemitisch? – Du spinnst ...
JUDITH: Wie unser ganzes Establishment, wie auch Vater:
warum machst du hier Juden zum Sündenbock
nach altbewährtem Verfahren.
Du schickst die Juden vor, weil du selber
die Deutschen für grade gut genug hältst,
uns den nächsten Kriegsschauplatz zu stellen!
GERALD: Kennst du einen einzigen Amerikaner,
der nicht für selbstverständlich hält,
daß der nächste große Kriegsschauplatz
die deutschen Staaten sind?
JUDITH: Sicher denkt das jeder hier – nur sag mir:
warum überhaupt Krieg? Was änderte sich
am Kräfteverhältnis der Großmächte, wenn sie
das zwischen ihnen liegende Europa weggemacht haben?
GERALD: Liebling, das ist platt rationalistisch gedacht,
Kriege haben aber nie rationale Gründe,
Krieg war stets das Ende der Ratio ...
JUDITH: Die Juden, die Deutschen, die Europäer
– nur von uns redest du nicht, kein Wort,
daß wir es sind, die Armageddon planen: unser Präsident.
Der wäre jetzt fällig, an dem zu sterben,
das er in die Welt setzt.

GERALD, *blickt auf, aber durchaus nicht beunruhigt – er glaubt, sie scherze*:
Wie gelassen du das Entsetzliche aussprichst.
Du bist ja gefährlich, fast so gefährlich,
wie du schön bist, Judith!

JUDITH, *als wolle sie gradeheraus sagen: halt mich nicht für eine, die Befehle ausführt statt gibt*:
«Du, Herr», zitierte mir Arthur aus «Judith»,
«kannst wohl Sieg geben ohne alle Menge und hast
nicht Lust an der Stärke der Rosse!»

GERALD, *murmelt, zitierend, und wirft seine Kleider auf den Sessel*:
«Kannst wohl Sieg geben ohne alle Menge»:
also ein Einzeltäter?

JUDITH, *leicht, während sie ihn küßt*: Ist doch klar,
vor meinem Abflug zur Minsker Attentäterin.

GERALD: Schliefen wir nicht zusammen,
ich müßte das Amt vor dir warnen.

JUDITH, *so kurz, als höre sie kaum hin*: Tu's!

Gerald, kurzes Auflachen, doch nicht überheblich. Er hat sie bei den schönen nackten Schultern gefaßt unter dem schon tief offenen Hosenanzug, den er, vor ihr auf die Knie sinkend, in den Händen behielt, die an ihr herabglitten – so steht sie nackt vor ihm.

Da 140 Jahre, nachdem Manet den Mut gefunden hat, in Paris sein «Frühstück im Grünen» auszustellen, endlich auch im Theater Darstellerinnen genug nackt spielen – beunruhigt geradezu die Frage, warum dort Männer noch immer das alberne Vorurteil «kultivieren», das jahrhundertelang der Malerei fast immer nur den weiblichen – jedoch höchst selten auch den männlichen Akt als Sujet der Kunst «gestattete» …

Vorhang

Zweiter Akt
Unter den Blutbuchen

Von den jüdischen Ärzten abgesehen, hatten die Einsatzgruppen zu Beginn des Rußland-Feldzuges eigentlich sämtliche auf dem feindlichen Territorium angetroffenen Juden vom Säugling bis zum Greis vernichten wollen. Erst an Ort und Stelle hatte sich dann meist herausgestellt, daß … die Wiederingangsetzung der Wirtschaft auf große Schwierigkeiten stoßen mußte, wenn man nicht wenigstens die … jüdischen Handwerker und Facharbeiter verschonte … Vor der Räumung von Minsk wurden dann auch die letzten 600 von den ursprünglich 250000 in Weißruthenien angetroffenen Juden vernichtet.

Krausnick / Wilhelm:
Die Truppe des Weltanschauungskrieges

Der amerikanische Präsident Ronald Reagan halt es nach Darstellung eines Washingtoner Lobbyisten für durchaus möglich, daß sich die Welt gemäß der Offenbarung Johannis dem Jüngsten Gericht und der Entscheidungsschlacht von Armaggedon zwischen Gut und Böse nähert. Thomas Dine, Geschäftsführer eines für gute Beziehungen zwischen den USA und Israel werbenden Komitees, bestätigte am Freitag, daß Reagan mit ihm darüber gesprochen hat. Dine sagte, Reagan habe ihn am 18. Oktober empfangen und ihm gesagt: «Wie Sie wissen, gehe ich immer wieder auf eure alten Propheten im Alten Testament und auf die Anzeichen zurück, die Armaggedon ankündigen. Ich ertappe mich dabei, daß ich mich frage, ob wir die Generation sind, die erlebt, wie das auf uns zukommt. Ich weiß nicht, ob Sie in letzter Zeit eine dieser Prophezeiungen wahrgenommen haben. Aber glauben Sie mir, sie beschreiben ganz gewiß die Zeit, die wir jetzt erleben.»

Basler Zeitung, 1. November 1983

Minsk. Am Rande eines Soldatenfriedhofs.

Fast scheinen die Zweige ins Parkett hineinzuhängen – so nahe der Rampe stehen zwei in ihrem Astwerk ineinander verschlungene, jahrhundertalte Blutbuchen, die Partisanenbuchen, wie man sie nennt, seit dort von deutschen Besatzern Russen aufgehängt wurden, die als «bandenverdächtig» galten: Frauen und Männer, von denen – zumeist – niemand mehr sagen könnte, ob sie im Krieg tatsächlich Partisanen gewesen sind oder Partisanen unterstützten oder auch völlig unbeteiligt waren …

Ein Rabenpaar, riesige, fette Vögel, hier unsichtbar, haust in den Wipfeln. Das laute Krächzen ist der düstere Kontrapunkt im Meinungskampf der Judith des Jahres 1943 mit der amerikanischen des ABC-Waffen-Zeitalters, die hier schon weiß, daß ihr aus dem Mythos ebenso die Bestimmung erwächst wie in der Hitlerzeit der Russin.

Daß «der Vögel Fittiche» – oder ihr Krächzen – «ein Gott in Bewegung setzt … ist (zwar) unserem Bewußtsein fremd», wie Bachofen notierte, als er 1851 in Mykene, während der letzten Strahlen des schwindenden Tages, zwei Adler über der Mordstätte kreisen sah, «doch machte mir jene Erscheinung die Möglichkeit eines solchen Glaubens recht klar und in eigenem Busen vernehmlich, was die Brust des beobachtenden Sehers in der Stille seines erhabenen Templum bewegen mochte. Die Augurienlehre ruht mit der Symbolik auf der gleichen Grundlage. Es ist beides Offenbarung der Gottheit durch die … Natur. Ein Glaube, der aus der ältesten Zeit der Menschheit stammt, wo dieses höchste der irdischen Geschöpfe sich selbst noch in der vollsten Harmonie der gan-

zen übrigen Schöpfung fühlte ... Es ist kein System des Betrugs oder künstlicher Verbindung und Willkür, jenes System der Augurien, das bis in die christliche Zeit hinein den ganzen römischen Staat und sein Recht beherrschte ... Überlieferung eines Menschengeschlechts, das in der Natur lebte ... und nach ihrem Vorbild sein Leben, seinen Glauben, selbst sein Recht sich gestaltete. Welch ein Sprung von jenem Geschlecht zu dem heutigen! Welche Verwandtschaft herrscht zwischen jenem Menschen, der ... aus den bewegten Wipfeln des hohen Eichbaums seines Gottes Stimme vernahm, und dem heutigen, der in keinem Zusammenhang mehr mit der Schöpfung steht.»

Diese Frage unter dem Löwentor der Burg Agamemnons und Klytemnästras ist nicht zu beantworten. Doch daß sie sich stellt, genügt als Beleg, daß es jenseits und über unseren bürgerlichen Gesetzbüchern und Empfindungsweisen Taten gibt, deren Maßstäbe nicht unserer Welt entnommen werden können – sondern dem Mythos: So wie beispielsweise ein Statthalter Hitlers, ausgesandt, ein fremdes Volk seinem eigenen hörig zu machen und es – bei Widerstand – auszurotten, zu einer verstehbaren Figur erst dann wird, wenn man ihn und sein Ende aus den Zufälligkeiten des Jahres 1943 herausisoliert – und als die Wiederholung der entsprechenden Figuren und ihrer Geschichte aus dem apokryphen Buche Judith begreift.

Ebenso weit von unseren bürgerlichen Moralnormen ist auch der unbegreifliche Entschluß eines amerikanischen Präsidenten, die Produktion von B- und C-Waffen wieder anzuordnen, obwohl er weiß, daß der Vorrat an solchen Waffen schon jetzt ausreicht, den Planeten zu vergasen.

Weder parlamentarisch noch juristisch einzuschränken, ruft auch diese entsetzliche Anordnung nach einer ebenso radikalen Entgegnung, die – ganz natürlich – genauso weit entfernt ist von unseren abendländischen Rechts-Überlieferungen wie dieser gottlose Frevel, das Gift wiederherzustellen. Ziviler

Ungehorsam wäre dagegen nur kindisch – so verächtlich, wie er ohnehin in den Augen der Machtkranken ist! Golo Mann hat die Erfahrung eines antiken Historikers wiederaufgefunden: «Gegner tauschen Eigenschaften aus»: es ist nicht moralisch, aber doch logisch, Mittel und Anwendungsmöglichkeiten zur Beseitigung eines Mannes zu ersinnen, der Chemikalien zur Beseitigung eines Erdteils aufhäuft. Und zwar, soweit sie erreichbar sind für einen gegnerischen Präventivschlag, nicht aufhäuft in jenem Erdteil, den er selbst mit seinem Volk bewohnt; sondern in einem transatlantisch gelegenen. Und weder die dort Wohnenden noch ihre Regenten haben Einblick in die Giftlager auf ihrem Boden oder Mitspracherecht über die Anwendung dieser Chemikalien, die ausreichen, das «Gastland», das nicht um sie gebeten hat, sich ihrer aber auch nicht erwehren kann, so restlos zu vergasen, daß weder Menschen noch Tiere noch Pflanzen dort mehr leben würden, jahrzehntelang ... Nie zuvor in der überlieferten Weltgeschichte hat eine Großmacht einen Satelliten, unter dem – möglicherweise sogar ehrlich gemeinten, tatsächlich aber irrsinnigen – Vorwand, diesen Satelliten mit diesem Gift zu «verteidigen», einer ähnlichen entsetzlichen Existenzbedrohung ausgesetzt! «Und des Menschen Feinde werden seine eigenen Hausgenossen sein!» (Matthäus 10,36)

Wie sehr diese Fragen von höchstem Ernst selbst das höchste Gericht einer Nation überfordern, wurde wieder einmal deutlich am 30. Juni 1983, als der Bonner Justizminister die am Vortag durch das Bundesverfassungsgericht erfolgte Abweisung der Verfassungsbeschwerde eines Bürgers gegen die Einkellerung amerikanischer B- und C-Waffen mit dem hilflosen Satz kommentierte: «Politische Fragen müssen auch von der Politik entschieden werden.»

Die Karlsruher Richter hatten die Beschwerde des namenlosen Bürgers nur dann für zulässig – zulässig zu einer Gerichtsentscheidung – erklärt, wenn dieser Bürger durch «ei-

nen konkreten Art der öffentlichen Gewalt in seinen Grundrechten verletzt sei».
Verletzt: was für eine harmlose Umschreibung der Tatsache, daß dieser Bürger nicht anders als diese Richter in der roten Robe und der zitierte Minister auch total entmündigt sind angesichts der Anordnung überseeischer Militärs und Politiker, auf dem Territorium eines vor Jahrzehnten von ihnen unterworfenen Volkes Nervengas zu lagern, das im Falle eines Krieges dieses Volk vergasen wird. Und ohne die Garantie, daß jene, die diese Waffen nach Europa importieren, das Risiko eines von ihnen selber oder ihrem Gegner entfesselten Krieges in Europa mittragen; während doch allein dieses Risiko sie auf die Dauer friedeliebend stimmen könnte.
Bei Abschluß dieses Dramas war der Stand der Dinge: Die Russen beantworteten die Wiederaufnahme – die erste seit fast anderthalb Jahrzehnten – der C-Waffen-Produktion durch die USA mit folgendem Angebot, zitiert aus der «Basler Zeitung», die eine Meldung der Schweizerischen Depeschen-Agentur am 11. Januar 1984 abdruckte: «UdSSR für Verbot chemischer Waffen. Die UdSSR hat den NATO-Staaten ein gemeinsam mit den anderen Warschauer-Pakt-Staaten ausgearbeitetes Papier über ein Verbot chemischer Waffen in Europa unterbreitet. Eine entsprechende Note sei den Botschaften der NATO-Länder überreicht worden.»
Am nächsten Tag meldete die gleiche Zeitung, auch nach SDA: «C-Waffen-Vorschlag Moskaus: Skepsis. Brüssel. Mit Skepsis haben NATO-Kreise in Brüssel den Vorschlag der Sowjetunion für ein Verbot chemischer Waffen in Europa aufgenommen. Vor einer endgültigen Stellungnahme wollten die Kreise jedoch zunächst eingehend das Dokument prüfen, das Moskau am Dienstag über sein Außenministerium den Botschaftern der sechzehn Mitgliedstaaten des westlichen Verteidigungsbündnisses übermittelt hat.»
Im April 1984 nahm der Präsident der USA die russi-

sche Initiative auf und schlug eine vertraglich abgesicherte weltweite Ächtung aller chemischen Waffen vor. Jedoch wurde am gleichen Tag gemeldet: «Für kommendes Haushaltsjahr fordert die Regierung rund 105 Millionen Dollar für die Produktion neuer Gaswaffen» («Süddeutsche Zeitung», 6. April 1984). Der Präsident zitierte am Ende seiner Pressekonferenz dann jedoch General MacArthur: «Es gibt keinen Ersatz für den Sieg», wie Hans Kirchmann am 5. April 1984 im Norddeutschen Rundfunk berichtete.

Gerhart Hauptmann notierte auf Korfu, auf den Steinen eines antiken Tempelchens sitzend: «... höre ich über mir in der Luft das beinahe melodische Knarren eines großen Raben. Ich sehe ihn täglich: den Lieblingsvogel Apollons. Er überquert eine kleine Bucht des Gartens. Der Wind trägt seine Stimme davon, denn ich sehe nur noch, wie er seinen Schnabel öffnet ...» Vogelstimmen haben auch Hauptmann in Griechenland persönlich anzusprechen vermocht als Prophezeiungen oder Mitteilungen der Götter, die ihm – entschwunden, aber keineswegs abgestorben – durch den Gesang der Natur, das Rauschen der Bäume und des Meeres, das «Sprechen» der Vögel, auch einzelner Menschen zu reden schienen. In Korfu hatte er, während der große Rabe sein «melodisches Knarren» vernehmen ließ, seine Verwunderung darüber festgehalten, wie viele verschiedene «Formen die Menschenseele anzunehmen befähigt» sei: «Eine große Summe halluzinatorischer Kräfte sehen wir heut als krankhaft an, und der gesunde Mensch hat sie zum Schweigen gebracht, wenn auch nicht ausgestoßen. Und doch hat es Zeiten gegeben, wo der Mensch sie voll Ehrfurcht gelten und menschlich auswirken ließ.»

Dem Teiresias auf diesem Minsker Friedhof, dem Entsetzen – lebendig begraben war er drei Tage – das Haar früh angstweiß gemacht hat, haben «die Toten für das Leben die Augen geöffnet». Er spricht mit ihnen, statt mit Lebenden.

Er betreut auch noch einige sehr wenige der 1265 deutschen Soldatengräber, die in Rußland seit Hitlers Überfall wiederaufgefunden und vom Internationalen Roten Kreuz aktenkundig gemacht worden sind; nur 1265 Gräber bei 985316 gefallenen und 1100000 in russischer Gefangenschaft umgekommenen Deutschen. Noch bedrückender ist das Mißverhältnis zwischen den Zahlen der Gräber russischer Soldaten, die gefallen oder in deutscher Gefangenschaft umgekommen sind. Churchill zitierte Stalin, der ihm einst deprimiert sagte: «Die Rote Armee verliert pro Tag 10000 Mann!» Viele Millionen in vier Jahren, genaue Zahlen fehlen … Mindestens 2,6 Millionen, möglicherweise aber sogar 3,3 Millionen russischer Soldaten kamen um in deutscher Gefangenschaft. Gräber von ihnen gibt es fast keine, so wenig wie verläßliche Totenlisten … Auch ist der Anteil der russischen Zivilisten, die Hitlers Krieg umbrachte, an der Gesamtzahl der russischen Toten enorm; nur Polen hat von allen in den Zweiten Weltkrieg verwickelten europäischen Ländern einen noch höheren Anteil von Zivilisten unter allen seinen Toten.
Das Krächzen der Raben wird zuweilen wild und zänkisch, als sei da oben in den zwei ineinander verwachsenen Bäumen ein Ehestreit: sehr laut werden die beiden Raben erst, wenn Teiresias auf seinem Baggerchen herangetuckert kommt. Sie kennen ihn, er füttert sie seit Jahren.

Kaum, daß ich auf den alten Thron der Vogelschau
mich setzte, wo mich Vögel aller Art umschwirren,
vernehm ich Vogelruf: undeutbares Gekreisch,
böswütiger Stimmen unentwirrbares Gewirr.
Daß sie einander mörderisch rissen mit den Klauen,
konnt ich erkennen, denn die Flügel peitschten laut …
Was Vögel krächzen, deutet nicht auf Gutes hin:
Gefallenen Mannes fettes Blut hat sie gelabt …
(Teiresias in der «Antigone» des Sophokles)

Noch leuchten die Blätter der Baum-Giganten rostrot wie nur im Frühling; im Sommer und Herbst werden sie graugrün. Opfer wie Teiresias mußten in die Gruben, die sie meist auch selbst ausgehoben hatten, hineinsteigen und sich – eine neue Schicht – auf Tote oder Angeschossene legen, um den Genickschuß abzuwarten, der oft genug fehlging, sie nur verletzte. Dieses Schicksal des Teiresias, das Deutsche ihm und anderen bereitet haben, ist vielfach dokumentarisch abgesichert in dem Werk der zwei Historiker Helmut Krausnick und Hans-Heinrich Wilhelm: «Die Truppe des Weltanschauungskrieges: Die Einsatztruppen der Sicherheitspolizei und des SD 1938 bis 1942», Stuttgart, Deutsche Verlags-Anstalt, 1981. Dort wird auch berichtet von zwei Frauen, die aus einem Massengrab bei Riga entkommen sind; und daß besonders oft Kinder nur angeschossen, doch nicht tot, in die Gruben kamen. Über eine der zahllosen Massenerschießungen in Osteuropa, bevor die Gaskammern dort gebaut wurden, sagte ein Eisenbahnbeamter vor Gericht aus:

«Die Erschießung begann … am Morgen des 30. November 1941. Noch in der Nacht wurden auf die freie Fläche vor dem Wald große Kolonnen von Juden geführt; in diesen Kolonnen gingen Männer, Frauen und Kinder …

Die zur Vernichtung vorbereiteten Menschen waren dicht zusammengedrängt und von Wachsoldaten umstellt worden. Aus der Menge heraus bewegten sich in einer nicht abreißenden Kette jeweils zwei Menschen nebeneinander zu den Gräbern, vorbei an lettischen Wachsoldaten und deutschen Soldaten, die den Weg beidseitig umstanden. Die Frauen, Männer und Kinder waren fast nackt, sie durften lediglich ein Hemd oder eine Unterhose anbehalten, selbst die Kinder trugen nur ein Hemd. Vor dem Abmarsch zu den Gräbern mußten die Menschen ihre Kleider auf besondere Haufen legen, die zusehends größer wurden. An den Gräbern standen deutsche Soldaten mit einer Kiste, in die jeder einzelne der zu Erschießenden die letzten ihm verbliebenen Wertgegen-

stände wie Uhren, Ringe, Halsbänder usw. legen mußte ...
Den ganzen Tag haben die deutsch-faschistischen Mörder ihre schändliche ‹Arbeit› nicht unterbrochen; eine endlose Schlange zog sich zu den Gräbern hin, wo die nackten Menschen von ihren Henkern empfangen wurden. Wie der eigentliche Vorgang der Erschießung vonstatten ging, vermag ich nicht zu sagen, denn die aufgeschütteten Erdhaufen versperrten mir die Sicht. Doch die nicht endenwollende Schlange von Menschen sah und das Schreien und Stöhnen hörte ich den ganzen Tag über.
... Um elf Uhr nachts kam ein Offizier der lettischen Wachmannschaft zu mir auf die Bahnstation, ein gewisser Uolin, der am Ort der Erschießung seinen Angaben zufolge als Leiter der Wachmannschaft zurückgelassen worden war. Aus meiner Wohnung telefonierte Uolin nach Riga und verlangte, man möge ihn ablösen oder Essen schicken, denn er sei sehr müde und hungrig. Da aus Riga lange keine Antwort kam, saß er bei mir etwa eine Stunde und erzählte über den Ablauf der Erschießung. Nach seinen Worten sind an diesem Tag mindestens 35 000 Menschen erschossen worden. Infolge der Dunkelheit seien am Abend viele Menschen nur angeschossen worden, und zwar vor allem viele Kinder. Die zurückgebliebene Wachmannschaft habe diese Personen zu Tode bringen müssen, und damit erkläre sich auch seine Müdigkeit.
Am Tage nach der Massenerschießung, am 1. Dezember gegen 11 Uhr mittags, kamen auf den Hof der Bahnstation zwei blutüberströmte nackte Frauen. Die eine hatte einen durchschossenen Hals, der anderen hatte eine Kugel beide Wangen durchschlagen und die Zunge zerfetzt. Die beiden Frauen waren aus einem mit den Leichen Erschossener angefüllten Grab gekrochen, hatten trotz des nächtlichen Frostes überlebt und sich bis zu dem Häuschen geschleppt, in dem ich wohnte. Die beiden Frauen hatten noch kein Wort herausgebracht, als zwei lettische Polizisten der Wachmannschaft auftauchten und die

Frauen ergriffen. Sie wollten sie auf dem Hof der Station erschießen, doch die Frau des Stationsarbeiters, Helena Bandere, flehte sie unter Händeringen an, sie sollten die Frauen nicht hier umbringen, denn im Hause seien Kinder. Die beiden Polizisten haben dann die Frauen, die schon halb tot waren, auf einen Schlitten gelegt und sie zurück zu den Gräbern geschafft, wo sie sie vermutlich erschlagen haben ... Am 8. Dezember fand die zweite Massenerschießung statt.» Krausnick, Wilhelm, a.a.O., S. 565 ff

Während so weit im Hintergrund wie möglich das amerikanische Kamerateam zunächst noch Gräber aufnimmt, in denen Soldaten beerdigt sind, was man an den uniformen Grabsteinen sieht, kommen Jelena und Judith langsam auf die Rampe zu. Noch ist es warm.
Die alte Frau, ungefähr von jener Statur, daß sie glaubhaft die Jelena des Prologs gewesen sein kann, ist schwarz gekleidet und trägt ein Kopftuch, das übergeht in eine Stola. Judith trägt ein blaues Stirnband und einen khakifarbenen Hosenanzug. Sie hat ein Tonbandgerät über die Schulter gehängt und hält in der Hand neben dem Mikrofon ein zusammenklappbares Stühlchen für die Russin, an deren linker Seite sie geht. Sie kommen schweigend. Sobald sie unter den Zweigen stehen, lebhaftes Rabenkrächzen.
Jelena Masanik tritt nahe an den Stamm, dort, wo eine große Marmor-Gedenktafel hoch unter den ersten Ästen angebracht ist; die Tafel ist vom Parkett aus sichtbar, aber nicht lesbar.

JELENA: Halb sechs ... ich bat Sie zum Ausgang
ohne Ihr Fernsehteam, weil der Mann,
der hier vorbeikommen wird, ein Irrer ist:
er hat drei Tage
in einem Massengrab verbracht ... «nur» angeschossen!
Als er herausfand aus der Grube,
die nur eine flache Mulde war,

kaum mit Erde verschüttet ... fand er seinen Verstand
nicht mehr. So sagt man –
weil er vormittags die fetten Raben
füttert und mit ihnen spricht ... Doch spüre ich,
daß er nur einen a n d e r e n Verstand hat:
die Toten haben ihn nie wieder herausgegeben.
Er ist seit seiner Beerdigung Epileptiker –

JUDITH: Und was macht er hier?

JELENA: Totengräber:
Arbeitet wie besessen ... Jahrelang mußte er mit Gewalt
abends vom Friedhof in die Anstalt zurückgebracht,
auch zum Essen gezwungen werden.
Es dauerte eine Weile, bis man heraushatte, wie man ihn
ruhigstellen konnte: da half kein Präparat
... man mußte ihn nur gewähren lassen,
er drängte zum Friedhof, um zu untersuchen,
ob wirklich tot sei – wer beerdigt wurde.

JUDITH: Öffnet er die Särge?

JELENA: Särge s i n d hier offen,
die Toten werden, das Gesicht zum Himmel
zur Gruft getragen –
Es wäre taktlos, nicht wahr,
ihn im Fernsehen auszustellen!

JUDITH: Natürlich ... ich hätte Sie,
Frau Masanik, sowieso gebeten,
mit mir allein zu sprechen; ohne Tonband.
Wo es ernst wird –
schaltet ohnehin das Fernsehen ab!
Sie tritt unter die Gedenktafel, versucht sie zu lesen.
Die Tafel muß ich aber noch filmen!

JELENA: Elf Namen – doch von den meisten,
die hier aufgehängt worden sind,
kennen wir nicht einmal die Namen.

JUDITH: ... ich hatte bisher nur einige Grabsteine,
die ohne Namen sind, gesehen: in Florenz,

auf unserem amerikanischen Soldatenfriedhof.
So deprimierend groß wie ein Flugplatz.

JELENA, *skeptisch lächelnd*:
Vielleicht ist der Tod eine Startbahn!

JUDITH, *ebenso*: Und nicht das Ende vom Lied?

JELENA: Die Toten sind es, die uns Lebenden
die Augen öffnen.

JUDITH: Wenn wir das wollen!
Sie klappt das Stühlchen auf und stellt es der alten Frau hin:
Setzen Sie sich doch wieder.

JELENA: Und Sie?

JUDITH: Ich will mir erst die Tafel abschreiben.
Schweigen. Die alte Frau setzt sich, Judith liest, manchmal auf den Zehenspitzen, offenbar mit Mühe die schon verwitterte Schrift und notiert; dann geht sie zu der Frau, lehnt sich an den Stamm.

JELENA: Der Friedhof wurde hier angelegt,
weil im Krieg aus den zwei Blutbuchen
die Partisanenbuchen wurden: früher war hier
ein Ausflugslokal, Kegelbahn, Kinderspielplätze
– die Wirtschaft zu den «Zwei Buchen».
Populär: daher machten die Deutschen
diese Buchen zum Galgen für Partisanen.
Die meisten, die sie faßten, auch meinen Mann,
meinen ersten, haben sie aber Gott sei Dank
gleich draußen im Wald erschossen.
Sie haben schon gestern in unserem Stadtmuseum gelesen
sie unterbricht sich –
... daß Sie auch Deutsch so gut können wie Russisch!

JUDITH: O nein, nicht so gut,
ich hatte zwar eine deutsche Großmutter ...

JELENA, *lächelt*: Wie Lenin!

JUDITH: Aha? Aber die sprach wenig Deutsch mit uns.
Ich machte nur mein russisches Dolmetscher-Examen.

JELENA, *während Judith sich zu ihren Füßen unter den Baum ins Gras setzt, das so spärlich und grau ist wie immer unter großen Bäumen, unter denen – auch im übertragenen Sinne – nichts heranwachsen kann*:
Aber ich sah gestern im Stadtmuseum, daß Sie
auch deutsche Dokumente lesen können ...
JUDITH: Ja, da stand «bandenverdächtig». Was heißt das?
JELENA: «Bandenverdächtig»:
das reichte für Kugel oder Strick.
Bandenverdächtig waren sehr oft, ja meist,
Bauern samt Kindern und Frauen
– Kinder wurden oft mit den Eltern erschossen –,
Bauern, die dort lebten,
wo man Partisanen gesichtet hatte.
JUDITH: Konnten Sie gut Deutsch sprechen?
JELENA: Ich hatte es studiert – und wurde deshalb
von den Partisanen für den Generalkommissar ausgesucht:
ich verstellte mich, er sollte nie merken,
daß ich fast fließend sprechen konnte.
JUDITH: Es war Ihnen nicht an der Wiege gesungen worden,
als Partisanin einen Menschen töten zu müssen!
JELENA, *lacht*: Was wollen Sie wissen,
das das Fernsehen nicht hören soll?
JUDITH: Nie ist davon die Rede, daß Sie doch immerhin
einen Menschen getötet haben,
bei dem Sie anderthalb Jahre sogar im Schlafzimmer
aus und ein gegangen sind ...
JELENA: Noch intimer:
Sogar seinen Schreibtisch durfte ich abstauben.
JUDITH: Wie lächerlich, daß die Juden ihre Judith
zu einer zwar überirdisch Schönen,
dennoch aber ganz Fleischlosen stilisieren:
Sie sei «rein» geblieben, was immer das heißen soll,
weil Holofernes niemals nach ihr
– sondern immer nur nach der Flasche gegriffen habe.

JELENA: Wie beleidigend für uns Frauen
eine solche Darstellung!
Wenn ein Mann seinen Körper einsetzt,
einen Kampf zu entscheiden,
dann ist das heldenhaft – bei Frauen aber hurenhaft:
Wo nur Männer die Bücher schreiben, da muß ja
ein solcher Unsinn verbreitet werden.
JUDITH: Genauso pervers wie die widernatürliche Frechheit,
von einer unbefleckten Empfängnis zu reden:
als könne überhaupt ein Mensch Unbefleckteres tun,
als ein Kind empfangen oder zeugen!
Fünf Tage und Nächte war Judith in seinem Zelt,
aber nur durch Wein sei er so fest eingeschlafen,
daß sie ihn mit seinem Schwert köpfen konnte!
JELENA, *überhört souverän genau das, wonach Judith gefragt hat*:
Der Generalkommissar war ein Träumer,
besessen von dem Wahn,
Statthalter Hitlers und dennoch Freund der Russen
sein zu können! Er war
so verrückt, die Lebensberechtigung
aus blonden Haaren abzuleiten;
so suchte er, einige blonde Juden vor der SS zu retten.
Und er machte sich verdächtig bei Generalen,
die er zum Essen einlud,
weil er uns Russinnen in seinem Dienst
diesen soupierenden Schellenbäumen
vorstellte, als seien wir Damen seiner Gesellschaft.
Er wollte damit die Nazis provozieren,
um sein Gewissen darüber zu beruhigen, daß er
hierzulande ihr Repräsentant war.
Für das, was er Gutes versuchte,
rettete immerhin meine Bombe ihn vor dem Strang,
an dem zwei Jahre später
mein Volk ihn gehängt hätte!

JUDITH: Verzeihen Sie meine Hartnäckigkeit,
Jelena Iwanowna!
Hitlers Statthalter ist so tot wie Holofernes,
aber geblieben ist die Problematik des Einzelmordes!
JELENA, *entschieden widersprechend*:
Es war kein Mord!
Wir Partisanen hatten ihn zum Tode verurteilt.
Auch seinen Nachfolger, der sich aber
bei Kriegsende erschoß ...
JUDITH: Mord oder nicht: Sie wußten,
seine Hinrichtung werde Wutorgien der Rache
auslösen, nicht wahr?
JELENA, *nickt leise, plötzlich tief bedrückt; die Raben krächzen*:
Gewiß – wir wußten ja ungefähr
welche Rache-Rasereien die Deutschen
ein Jahr zuvor ausgetobt hatten, als Tschechen
ihren Nazi-Gouverneur umgebracht haben.
Zwei ganze Dörfer tilgten sie aus:
Lidice und Lezhaky,
viele Tschechen wurden außerdem
in Prag durch die Guillotine abgeschlachtet.
Schweigen. Die Raben krächzen.
JUDITH. Ja, den Tschechen ist es nicht geglückt,
den Deutschen zu entführen!
Sie wollten ihn kidnappen und nach London bringen,
um die vorausgesehenen Rache-Exzesse
unmöglich zu machen.
Churchill hatte das Attentat verlangt,
weil – nach seiner Meinung –
die Tschechen den Deutschen zu reibungslos
als Rüstungssklaven in Pilsen parierten.
Doch die Maschinenpistole hatte Ladehemmung,
so konnten sie Heydrich nicht abführen,
sondern mußten ihn mit Handgranaten zerfetzen.
Präsident Benesch hatte Churchill bestürmt,

auf das Attentat zu verzichten, weil er ahnte,
wie seine Mitbürger massakriert werden würden.

JELENA, *düster, die Worte suchend; sie blickt auf, weil das Rabenkrächzen sie ablenkt*:
Man schätzt, die Rache
kostete in Minsk sogar zwölftausend das Leben!

JUDITH, *entsetzt*: Welcher eine – wäre wert,
zehntausend aufzuopfern, ihn zu töten?
Der Bluthund Gottberg, der ihm folgte,
war unvergleichlich schlimmer!

JELENA: Ich vollstreckte das Urteil meines Volkes
und versuche nicht, mich zu rechtfertigen.

JUDITH: Gewiß. Auch ein Soldat,
der in einem Verteidigungskrieg abdrückt,
muß sich nicht rechtfertigen.

JELENA: Ich danke Ihnen. Aber wahr ist auch:
die Tötung eines Hochberühmten, nur sie
setzt auch ein Zeichen,
ist ein Signalfeuer.
Hitlers Statthalter von Bjelorußland
töten zu können – und jeder Russe wußte,
wie fürchterlich der Mann bewacht war –,
diese Tat war das Versprechen,
daß nirgendwo die Okkupanten
gegen Partisanen mehr ausrichten können
als Äxte gegen Fliegen.
Sie lacht ohne Triumph.
Attentate auf einzelne sind unentbehrlich,
um gegen das Unerträgliche zu rebellieren:
daß sonst allein die Völker,
wir Normalverbrauchten in allen Ländern,
mit unserem Blut bezahlen, was die Großen
auf Kosten ihrer Völker anrichten!

JUDITH: So haben offenbar auch Deutsche gedacht,
die in nur fünf Jahren immerhin

zweimal zu Füßen Hitlers Bomben zündeten,
die seine Mitarbeiter zerrissen haben!

JELENA: Wofür hat Gott
die Oberbestie selber so lange aufbewahrt?

JUDITH: Wer könnte Gott danach befragen!
Sind nicht aber Marxisten der Auffassung,
die Tötung eines einzelnen sei historisch sinnlos?

JELENA, *selbstbewußt*: Ich vermute, seit meinem Auftrag,
den Mann hier hinzurichten, sind auch wir Russen
geteilter Meinung über Attentate.

JUDITH: Plechanow hat das Attentat, das 1882 geplante,
auf Alexander den Zweiten verworfen!

JELENA, *lacht aggressiv*: Vielleicht nur deshalb,
weil er sonst hätte mitmachen müssen
– statt vorher in die Schweiz zu reisen!

JUDITH: [Aber auch Marx und Lenin
waren Gegner von Attentaten.
Marx hat in London heftig
die Attentate auf den alten deutschen Kaiser
als Idiotie verurteilt. Und Lenin,
der 1895 in Berlin Arbeiterversammlungen besuchte,
hob ausdrücklich hervor in Briefen,
wie sehr er die Sozialdemokraten bewundere,
daß die trotz der kochenden Wut
gegen die Polizei der Bourgeoisie
sich durch die Erkenntnis zügeln ließen,
individuelle Morde seien sinnlos ...

Lenin schrieb nach seinem Besuch einer Berliner Arbeiterversammlung in der Frankfurter Allee 193 am 3. August 1895:
«Schauen Sie sich doch bitte eine beliebige deutsche Arbeiterversammlung an ... und Sie werden sehen, von welchem Haß, etwa gegen die Polizei, die Gesichter glühen, was für wuterfüllte Sarkasmen es hagelt, wie sich die Fäuste

ballen. Dieses brennende Bedürfnis nach einer sofortigen Abrechnung mit den Bourgeois und ihren Lakaien, die das Volk verhöhnen – durch welche Kraft wird es zurückgehalten? Durch die Kraft der Organisation und der Disziplin, durch die Kraft des Bewußtseins, durch die Erkenntnis, daß individuelle Morde sinnlos sind, daß die Stunde des ernsthaften, vom Volk getragenen, revolutionären Kampfes noch nicht geschlagen hat, daß die dafür geeignete politische Konstellation nicht vorhanden ist.»

JELENA: Warum hätte Lenin dann den letzten Zaren
– und sogar dessen Kinder erschießen lassen?
Lächelnd:
Wir Frauen, Judith, sind vielleicht auch dazu da,
die Theorien der Männer der Praxis auszusetzen.
Theoretisch mag Lenin gedacht haben,
der einzelne sei austauschbar
– doch in der Praxis?
Immerhin hat ihn auch zum Revolutionär gemacht,
daß sein Bruder als Attentäter aufgehängt wurde:
einer von vier Studenten, die versuchten,
den letzten Alexander hinzurichten, vergeblich.
JUDITH: Ich dachte, Frauen hätten das getan.
JELENA: Nein – die brachten den vorletzten Alexander um.
JUDITH, *in ihre Augen kommt ein Leuchten*:
Aha, das habe ich verwechselt.
Ich bewundere Sophie Perowskaja und Vera Figner
für ihre geistige Unabhängigkeit, besonders
die Perowskaja: daß sie als Gräfin und Tochter
des Gouverneurs der Hauptstadt …
JELENA, *lächelnd*: … des abgesetzten Generalgouverneurs!
JUDITH, *ebenso*: Immerhin – daß eine Aristokratin
aktiv teilnahm an diesem Attentat!
JELENA, *beiläufig*:
Nun, adlig – besagt ja nichts. Adlig war auch Lenin,

nicht nur vom Vater her, schon vom Vater seiner Mutter,
die Herkunft eines Menschen legt ihn nicht fest
– er wäre denn ein Dummkopf.

JUDITH, *belustigt*:
Man weiß aber, wie oft einer als charaktervoll
nur deshalb gilt, weil er zu dumm ist,
verjährte Ansichten abzuschütteln.
Dabei haben schon vor hundert Jahren
sogar engste Verwandte des Zaren,
die Definition Voltaires
für die zaristische Regierungsform benutzt:
«Le despotisme tempéré par l'assassinat» ...

JELENA: «Despotismus – gemildert durch Mord.»
Und ich habe den Verdacht, daß kein Despot
durch eine so riesige Leibwache
sich vor seinem Volk hat schützen lassen,
wie heute alle Herrscher es tun.
Demokraten genieren sich weniger
als Fürsten, offenbar.

Bismarck hatte erregteste Auseinandersetzungen mit seinem über achtzigjährigen Kaiser durchzukämpfen, ehe der alte Mann – nachdem bereits zweimal auf ihn geschossen worden war, beide Male wurde Wilhelm I. verwundet – endlich erlaubte, daß ihm bei Waldspaziergängen, zum Beispiel in Baden-Baden, wenigstens e i n *Offizier folgen durfte ... Als noch sehr unpopulärer König war Wilhelm I. zuweilen auch allein Eisenbahn gefahren, ohne jede Begleitung in einem gewöhnlichen Abteil erster Klasse ... zum Beispiel nachts von Baden-Baden nach Jüterbog, wohin – ebenfalls allein – sein Kanzler ihm entgegengefahren war. Sich wie Bonner Minister, die gefährliche Reisen ohnehin im Helikopter machen, für eine Viertelmillion aus Steuergeldern den Wagen panzern lassen – hätten die Monarchen sich geschämt! Erstaunlich liberal in der Tat, daß zum Bei-*

spiel die Schwiegertochter dieses Monarchen und Tochter der Queen Victoria, die Mutter des letzten deutschen Kaisers, aus Berlin nach London schrieb, als die Nachricht kam, man habe versucht, den Zaren Alexander II. samt seiner Familie am 17. Februar 1880 in ihrem Petersburger Speisesaal in die Luft zu sprengen – doch die Bombe explodierte bereits, als die Zarenfamilie noch auf der Treppe unterwegs zum Essen war: «... ich fürchte, daß die Taten, welche die Behörden, die Polizei usw. gegen russische Untertanen verübt haben, nicht weniger grausam sind; Sibirien mit all seinen Schrecken, die furchtbare Behandlung der Polen sind entsetzliche Dinge, die nach Rache schreien. Aber den letzten Akt der Propheten ... in seinem eigenen Speisesaal erleben zu müssen, ist zu schrecklich ... Frühere Kaiser von Rußland, die irgend jemand im Wege standen, wurden erdrosselt, vergiftet oder auf sonst irgendeine Weise umgebracht. ‹Le despotisme tempéré par l'assassinat›, wie Voltaire die russische Regierungsform nannte ...»
Als ein Jahr später tatsächlich der Zar auf offener Straße durch eine Bombe zerrissen worden war, kommentierte diese spätere Kaiserin Friedrich in einem Brief an die Queen das Attentat auf den Vetter (ersten Grades) ihres Mannes: «Die Regierung hat während langer Jahre zu viele Grausamkeiten begangen und sich zu streng gezeigt, als daß nicht Rachgelüste hätten entstehen sollen ... Der Zustand aller Gesellschaftsschichten dort ist zu tief und traurig! Wie wollen sie jemals einen zivilisierten, freiheitlichen und ordentlichen Staat bei all der grausamen Unterdrückung, dem Verbannen nach Sibirien und langsamen En-gros-Töten von Familien schaffen? Wann wird das Leben und die Freiheit der Untertanen durch kluge und menschliche Gesetze gewissenhaft geschützt werden! ...

Vor dem Sklaven, wenn er die Kette bricht,
Vor dem freien Menschen zitt're nicht.»

Welche Frau eines demokratischen Herrschers wird wohl Briefe dieses Niveaus, wie diesen der englischen Kronprinzessin von Deutschland vom 14. März 1881, einst in ihrem Nachlaß haben?

JUDITH: Lustig, Jelena Iwanowna, fand ich,
was Sie gesagt haben
über Plechanows pünktliche Abreise vor dem Attentat
in die Schweiz!
JELENA, *lacht, wehrt ab*:
Aber – das war nur ein Verdacht, ja: nur ein Witz ...
JUDITH: Witze stimmen oft;
es paßt in die historische Erfahrung:]
Wie selten war dabei,
wer eine historische Tragödie überlebt hat!
Wo war Platon in der Nacht, nicht wahr,
als Sokrates Gift trinken mußte?
Die wahren Märtyrer sind jene,
deren Namen man nicht einmal kennt.
Vielleicht, Jelena, ist es wirklich
der tiefste Sinn historischer Attentate,
anzukämpfen gegen die Ohnmacht der vielen
unter der Allmacht der einzelnen?
JELENA: Nicht wahr? –
Denn welche andere Auflehnung
der Ohnmächtigen als die durch Attentat ...
würde auch nur wahrgenommen?
Natürlich waren die Verteidiger von Stalingrad,
die Erstürmer Berlins ungleich wichtiger,
aber ihr Amerikaner dreht euren Film
über eine Attentäterin und ihre Freundin,
die in einem Korb mit Brombeeren
die Mine der Partisanen in die Stadt schmuggelte!
Und warum?
Weil aus dem Wust der unpersönlichen Geschichte

die so persönliche von Täterin und Exekutiertem
anschaulich herausragt.
Und gar nicht anders war das schon im Krieg.
Was ist denn Hitlers Satrapen zugestoßen?
Er wurde zerrissen durch eine Mine – hunderttausend
an allen Fronten wurden in diesen Jahren
zerrissen durch eine Mine!
Zu Land, auf den Meeren.
Niemand kennt sie
– daß meine Mine ihn im Bett zerriß,
die Uhr auf ihn gestellt war:
hat dieser einen Minenzündung – ja,
mythische Kraft gegeben!

JUDITH, *nickt*: Magie – wie schon in alten Zeiten,
als es doch Regel war, daß Feldhauptleute
umkamen durch das Schwert
– daß dieser eine Holofernes
uns deshalb überliefert wurde,
durch Mythen, durch Märchen:
weil eine Frau es war,
die ihn beseitigt hat:
Das zündet – wie in der Mitwelt in der Nachwelt.
Pause.

JELENA: Sie schweigen?

JUDITH, *die sich einige Schritte entfernt hatte, raucht nun wieder, auch die Russin raucht jetzt eine Zigarette. Die Amerikanerin ist sehr erregt, denn Jelena hat Judiths seit Monaten zentralen Gedanken freigelegt und mit der Hauptschlagader der geschichtlichen Überlieferung verbunden*:
Es wird ja keiner gewählt,
zum Beispiel die Vernichtung halber Erdteile
in seine Entscheidungen mit einzukalkulieren!

JELENA: Es wächst der Schrecken der vielen
vor immer weniger einzelnen.

JUDITH: Und das Potential ihrer Gewalt
wird im gleichen Maß größer
wie die Zahl der Befehlenden geringer wird.
JELENA: Wie viele Regimenter mußten früher aufmarschieren,
um – verglichen mit heute –
wenige Menschen umzubringen,
während seit Hiroshima ein einziges Flugzeug
doppelt so viele Menschen
töten kann, wie früher in den menschenreichsten
Schlachten der Weltgeschichte fielen.
Und nur noch e i n e r entscheidet. Früher aber
wurden Anfang und Ausgang
einer Schlacht mitentschieden
von Ungezählten, ja, vom Wetter!
JUDITH: Und damit wächst die Notwendigkeit
von Attentaten ...
Jelena Iwanowna, w a n n ü b e r h a u p t,
sind Attentate zu rechtfertigen?
JELENA, *ohne zu überlegen*:
Nur wo sie viele vor einem schützen
– und wo das Attentat der e i n z i g e Schutz ist.
JUDITH: Gerald, mein Verlobter, der Historiker ist, erzählte,
die Briten hätten in Berlin einen Militärattaché gehabt,
der vier Monate vor Kriegsbeginn forderte,
Hitler umzulegen.
Die Wohnung dieses Engländers
war vis-à-vis der Hitlertribüne
bei den jährlichen Geburtstagsparaden:
Musikkorps, Panzertruppen – niemand hätte
den Schuß auch nur g e h ö r t ...
doch Downing Street hat dem Attaché
den Scharfschützen verweigert!
JELENA: Nichtstun, ja – kann schuldhafter sein
als ein Mord ... da kommt der Mann,
den ich auf dem Gewissen habe ...

Judith, *da Jelena sich rasch veränderte – verdüsterte:*
Sie, Jelena – wieso … haben Sie –
Jelena: Ich: natürlich. Dachten Sie, Hitlers Satrap
drücke mein Gewissen!
Doch die erschossen wurden oder gehängt.
Dieser alte Mann da, der alt nur aussieht,
kam auch – meinetwegen ins Massengrab,
als einer von zwölftausend.
Judith, nicht der Raben wegen,
so sehr die jetzt auch lärmen
sie schaut auf den Baum –
gehe ich so oft hierher … sondern weil hier …
eines der großen Gräber ist, die nach meiner Tat
mit Menschen gefüllt wurden.
Sie werden gewiß den Mann so wenig wie ich:
einen Irren nennen, hören sie ihm zu.
Nicht immer spricht er …
Man hat schon beim letzten Satz Judiths aus sehr großer Entfernung das Tuckern eines Zweitakters gehört. Auf einem niedrigen gelbverschrammten Bagger, die Schaufel so schmal, daß sie gerade genügt, Einzelgräber auszuheben, kommt ein ungefähr wie siebzig Jahre alt aussehender, wolkenweißer, schmaler Mann angefahren, hinter sich, dem Bagger angehängt, ein zweirädriges Wägelchen, das Handwerkszeug zu den Gräbern und vertrocknete Kränze und Blumengebinde von den Gräbern in die Abfallecken transportieren soll. Heute liegen neben den Schaufeln und der Spitzhacke nicht verwelkte Kränze auf dem Anhänger, sondern drei Skelette mit nur zwei Schädeln. Der dritte blieb unauffindbar, die zwei sind durch Einschüsse gekennzeichnet als die Schädel Hingerichteter, auch ein russischer Soldatenhelm, stark angerostet, liegt noch bei diesen Menschenresten, die der Totengräber ins Beinhaus bringen wird. Ein Skelett und ein Schädel sind die eines Kindes. Kaum daß der hutlose Alte den Bagger stoppt, den Motor

abschaltet, wird er von wieder laut einsetzendem Rabengekrächz begrüßt. Die Raben haben oft, oder genauer: ein Rabe hat oft den Dialog der Frauen mit Krächzen kontrapunktiert. Der Mann sieht jetzt hoch in die undurchdringlich dichten rostroten Blätter, lächelt kaum Jelena zu, die mit Kopf und einer Hand in die Wipfel deutet; sie ist auf ihn zugegangen, hat ihm die Hand gegeben –

Ihre Vögel begrüßen Sie. Warum kommen sie nicht
zur Erde geflogen?

TEIRESIAS: Nur zur Fütterung, nur in der Frühe.
Und nur, wenn ich allein mit ihnen bin.

JELENA, *stellt Judith vor*:
Von ganz weit her, aus Washington …

TEIRESIAS, *unterbricht, deutet in den Hintergrund, wo die Kameraleute – die längst gegangen sind – vorher gefilmt haben*:
Vom Fernsehen, ja – ich sah sie
Gräber filmen.
Judith reicht ihm die Hand.

JELENA: Wollen Sie auch den Amerikanern vom Krieg
in Rußland etwas berichten?
Sie deutet auf Judiths Mikrofon und Tonbandgerät.

TEIRESIAS, *noch immer auf seinem Fahrersitz*:
Vom Krieg sollen nicht die berichten,
die ihn überlebt haben, sondern die Toten –
Er deutet gräberwärts mit einer Handbewegung.

JUDITH, *freundlich, werbend*: Aber die Toten schweigen!

TEIRESIAS: Nein, sprechen nur anders …
Jelena Iwanowna: wieder ein Grab,
von dem wir noch nichts wußten!
Er steigt vom Bagger und nimmt in jede Hand einen der durchschossenen Schädel.
Dieser lag bei dem Frauenskelett, dieser bei dem
des Kindes … doch bei dem dritten Skelett – da
hat der Kopf gefehlt … niemand wußte,

daß dort ein Grab war, wo ich heute
ein neues auszuheben hatte.

JELENA: Die bringt er, auch das Skelett des dritten,
ins Beinhaus an der Pforte.

JUDITH: Wer hat das getan, Deutsche?
Wessen Opfer sind sie?

TEIRESIAS: Niemand weiß das ...
es leben stets in allen Ländern
Menschen genug, die sagen: Befehl ist Befehl
– ob sie eine Fahrkarte lochen oder ein Genick!
Wie kamen denn Sie beide zueinander
... ausgerechnet Sie?

JELENA, *erstaunt*: Ich sagte doch:
das Fernsehen in den USA ...

TEIRESIAS, *unwirsch, abbrechend*:
Das konnte jede – jede andere Reporterin auch tun:
doch daß S i e kam, hier nach Minsk!

JUDITH, *sieht verständnislos auf Jelena, dann lächelnd*:
Warum hätte nicht i c h kommen sollen?

TEIRESIAS, *winkt ab*: Oh – das ist ganz in Ordnung so!
... Sie fragen Prominente aus?
Auch den, der eure ... wie heißt diese Waffe,
die ihr jetzt habt, und die alles verschont,
Häuser, Flugzeuge, Schiffe, sogar Bäume
– nur nicht die Menschen?

JUDITH: Die Neutronen-Bombe!
Was wissen Sie von der?

JELENA, *rasch*: Alle wissen wir von ihr: Fernsehen,
Zeitungen berichten darüber ...

TEIRESIAS: Der die erfunden hat, den kennen Sie auch?

JUDITH: Nein, den sah ich nie, Herrn Dr. Cohen.

TEIRESIAS, *sehr bestimmt*:
Den dürfen Sie nicht töten, der trägt das Mal,
der ist gezeichnet,
daß niemand ihn töte, der ihn fände!

JUDITH: Töten? – wie sollte ich!

TEIRESIAS, *ganz beiläufig, als sei es zu selbstverständlich, um davon zu reden (die im Druck kursiv erscheinenden Worte und Sätze des Teiresias sind der Luther-Übersetzung der Offenbarung des Johannes entnommen)*:
Der ist angekündigt:
Einer, *der einen der Schlüssel hat*
zum Brunnen des Abgrunds; und es ward ihnen gesagt,
daß sie nicht beschädigen das Gras auf Erden noch ein Grünes noch einen Baum, sondern allein die Menschen ...

Was er jetzt offensichtlich nicht nur s a g t, *sondern sich vorstellt, erregt ihn dermaßen, daß er zu stottern beginnt; kein Sprachfehler bei ihm, sondern die Ankündigung eines epileptischen Anfalls; dieses Stottern geht rasch vorüber, er redet dann wieder normal:*

Dann wieder gibt es solche, die auch die Menschen
nicht sterben lassen:
Und in den Tagen werden die Menschen den Tod suchen
und nicht finden; werden begehren zu sterben,
und der Tod wird vor ihnen fliehen.

JUDITH: «Die Überlebenden werden die Toten beneiden»
hat ihr früherer Ministerpräsident Chruschtschow gesagt.

TEIRESIAS: Hat Nikita Sergejewitsch das gesagt?
Nun, der hat natürlich auch
Johannes auf Patmos gelesen.

JUDITH, *skeptisch*:
Aber wird nicht zum Trost immer versichert,
schon auf viele frühere Geschehnisse
hätten solche und ähnliche Zeilen aus der Offenbarung
ebenfalls zugetroffen?

TEIRESIAS: Nein, da steht zuviel, was uns versiegelt war;
erst die Atombombe hat das enträtselt.
Daß am großen Tag seines Zorns

die Könige auf Erden und die Großen und die Reichen
und die Hauptleute und die Gewaltigen
und alle Knechte und alle Freien sich verbargen
in den Klüften und Felsen an den Bergen
und sprachen zu den Bergen und Felsen:
Fallet über uns und verberget uns –
Haben Sie je aus bisherigen Kriegen gehört,
daß die Großen und die Gewaltigen und die Reichen
und die Hauptleute dieser Welt
sich in Bergen und Felsen verborgen hätten?

JUDITH, *erschrocken*: Das steht in der Apokalypse?
Diese Felsen habe ich beschrieben:
Das Innere des 2880 Meter hohen Cheyenne Mountain
bei Colorado Springs – dort ist NORAD:
Das Hauptquartier des Nordamerikanischen
Luftverteidigungskommandos.
Fünfundzwanzig Tonnen sind die Eisentüren schwer
vor den Fels-Ausgängen.

JELENA: Sind tatsächlich erst heute – heute zum erstenmal –
die Kommando-Zentralen in Felsen?

TEIRESIAS: Früher saßen die doch in ihren Hauptstädten.
Der erste, der sich in einem Felsennest verbarg,
war der Installateur von Auschwitz.
Doch sogar der war noch nicht Gebieter über Waffen,
die ein Viertel bis ein Drittel der Menschen
treffen können.
Erst seit Hiroshima sind die Projektionen
des Verbannten auf Patmos
– geerdet möcht ich sagen.
Daß sie töteten den dritten Teil der Menschen
und die Zahl des riesigen Volkes
war vieltausendmal tausend
... sie hatten feurige und bläuliche und schweflige Panzer.
Tiere mit sechs Flügeln und sie waren außenherum
und inwendig voll Augen

und hatten keine Ruhe Tag und Nacht
und ihnen ward Macht gegeben zu töten
das vierte Teil auf der Erde:
Heute existieren sie,
aber doch vor dem Atomzeitalter nicht.

JUDITH: Flügeltiere, ruhelos Tag und Nacht
und voller Augen: wann hätte es sie gegeben, wahrhaftig,
bevor die vierundzwanzig Stunden lang kreisenden
Bomberflotten aufkamen
samt Radar-Augen und Vorwarnsystem!

TEIRESIAS: Und auch die Siegel, von denen geschrieben steht,
sie seien aufzutun, ehe die Gewalten losgelassen werden,
die warten auf die Stunde und den Tag, daß sie töten?

JUDITH: Siegel? Steht da tatsächlich Siegel?
Was sollen die sonst sein,
wenn nicht die Code-Schlüssel
für die Entsicherung der Sperren
– meist drei Stufen –,
die in die Nuklear-Sprengköpfe eingebaut sind?

TEIRESIAS, *wie zuvor Judith nach «Siegel» fragte*:
Köpfe sagen Sie? Heißt das heute Sprengköpfe?
So sagte der nämlich auch:
Hatten Häupter, mit denen taten sie Schaden.
Aus ihrem Munde ging Feuer, Rauch und Schwefel,
denn ihre Macht war in ihrem Munde, und ihre Schwänze
waren den Schlangen gleich.

JELENA: Raketen.

TEIRESIAS: *Die Sonne ward schwarz*
wie ein härener Sack, und der Mond ward wie Blut.
Und der Himmel entwich wie ein zusammengerolltes Buch
und alle Berge und Inseln
wurden bewegt aus ihren Örtern.
Ihre Leichname werden liegen auf der Gasse
der großen Stadt und es werden etliche
von den Völkern und Geschlechtern und Sprachen

ihre Leichname sehen drei Tage und einen halben
und sie nicht lassen in Gräber legen ...

Immer erregter:

Der dritte Engel goß aus seiner Schale in die Wasserströme
und in die Wasserbrunnen, und es war Blut.
Blut wie eines Toten,
und alle lebendigen Seelen sterben in dem Meer.
Das Wasser ward bitter!

JUDITH: «Das Wasser ward bitter». Bakteriologische und chemische Waffen.

Dunkelheit bricht langsam herein. Die Raben lärmen.

JELENA: Die Raben warten aufs Brot.

TEIRESIAS: *Und dem vierten Engel ward gegeben,*
den Menschen heiß zu machen mit Feuer,
und sie zerbissen ihre Zungen vor Schmerzen ...

Dies spätestens ist der Augenblick, da auf der Probe zu Darsteller und Regisseur der beratende, demonstrierende Neurologe treten muß, denn genau diese Worte: «... und sie zerbissen ihre Zungen vor Schmerzen» bestätigen dem Visionär, daß die Identität seiner Person mit ihrer Aussage den gefürchteten Anfall beschleunigt ... Die Not bis zur Erstickungsgrenze, die mit der Fallsucht den später jäh Hinschlagenden ankommen wird, kündigt sich ihm an, und es ist bekanntlich die Zunge, die der sich Windende oder Erstarrende «verbeißt» oder an der er zu ersticken droht, wenn dann nicht Helfende ihm zwischen Zähne und Zunge einen Keil schieben. Er murmelt – den Blick nach innen gerichtet, schweigt dann –, lehnt sich aber schon stocksteif an den Bagger.

Nun kommen sie über mich
... sie sind mächtiger als der Menschenwille,
sie unten – u n t e n zu halten,

acherontische Treiber, die mich jagen.
... mich jagen.
Stoßendes Atmen, Griff zum Taschentuch, er wischt sich die Stirn, sein Mund zuckt, sich verzerrend.

JELENA, *während Judith fast so erstarrt ist wie der von Visionen Gepeinigte*:
Sagen Sie nichts mehr ...

TEIRESIAS, *sich gleichsam anklammernd an seine Worte, sie überstürzend*:
Doch – doch: alles aussprechen, herauszukommen
aus der Aura ... es ist jetzt kein Grand-mal-Schlag,
nur – heute nur optische Halluzinationen
– sie aussagen, heraussagen!
Ruhiger:
Dann lassen sie mich meist in Frieden,
die Treiber.

Er kann und wird weiterreden, hat jedoch Absenzen, durch «Bewußtseinsstörungen von meist wenigen Sekunden Dauer gekennzeichnet, während welchen die Patienten in ihrem Tun und Reden plötzlich innehalten. Sie blicken starr vor sich hin und nehmen dann ihre Tätigkeit dort wieder auf, wo sie sie kurz vorher unterbrochen hatten ... Hinstürzen oder größere motorische Phänomene gehören nicht zum typischen Bild der Absenzen. Immerhin kommen Mund- und Zungenbewegungen, Herumnesteln mit den Fingern oder andere diskrete motorische Entäußerungen vor, so daß von Petit-mal-Automatismen gesprochen wird» (Mumenthaler).

Auch daß die Flüsse austrocknen, ist angekündigt,
wieder ein anderer
sah ein gläsernes Meer, mit Feuer gemengt.

JUDITH: Und hat der Prophet vorausgesagt, wann ...?

TEIRESIAS: Nein – weil *hinfort keine Zeit mehr sein soll,*

die Ernte der Erde ist dürr geworden.
Doch betrifft es uns allesamt,
denn jene, die für Harmageddon
– so heißt der Ort der letzten Schlacht –
die Völker versammeln,
gehen aus zu den Königen auf dem ganzen Kreis der Welt,
sie zu versammeln in den Streit
auf jenen großen Tag Gottes: Armageddon!

Mit Teiresias sind stark in ihn eingreifende – oder aus ihm heraufbrechende – Veränderungen vorgegangen: Im Anzuge ist ein Anfall der sogenannten – wir zitieren des Berners Marco Mumenthaler Lehrbuch der Neurologie, zuerst in Stuttgart 1967 erschienen – «Jackson-Epilepsie, die gekennzeichnet ist durch einen lokalisiert beginnenden Anfall, der sich allmählich auf benachbarte Körperregionen ausbreitet (march of convulsion) und schließlich eine ganze Körperhälfte erfaßt oder gar in einen generalisierten Grand-mal-Anfall ausmündet. Meist ist der Beginn in der Hand ... seltener im Gesicht und ausnahmsweise im Fuß. Selten sind andere Initialsymptome, wie zum Beispiel Lichtsensationen oder optische Halluzinationen ... Die Anfälle können Bruchteile von Minuten bis zu mehreren Minuten dauern. Sie gehen oft ohne Bewußtseinsstörungen einher.»
So ist es bis eben dem von Visionen Geplagten ergangen – doch nun erschlagen sie ihn in der «klassischen, auch dem Laien wohlbekannten Form der Grand-mal-Epilepsie», wie Mumenthaler sie beschreibt – und wie sie hier sich jetzt ereignet «in dem großen, generalisierten Krampfanfall und der Bewußtlosigkeit ... Es tritt dann plötzlich mit Hinstürzen und einem Schrei verbunden ein (Erstarrung auslösender) tonischer generalisierter Krampf mit Atemstillstand auf. Diesem folgt nach zehn oder mehr Sekunden ein

Zucken der Extremitäten, auch des Halses, des Kopfes. Es tritt Schaum vor den Mund, vielfach kommt es zu einem Zungenbiß. Die Zuckungen dauern bis zu Minuten, anschließend bleibt Bewußtlosigkeit ...»
Teiresias ist hingestürzt, als er zum zweitenmal «Armageddon» gesagt hat.
Während Judith reglos erstarrt, unfähig zu reagieren, hat Jelena geistesgegenwärtig ihre Stola abgelegt und dem Hingefallenen ein Kopfkissen daraus gemacht.
Teiresias sagt noch, nicht stotternd:

Und ward ein großes Beben,
wie solches nicht gewesen ist, seit Menschen auf Erden sind.
Und aus der großen Stadt wurden drei Teile ...
In einer Stunde ist sie verwüstet ...

Er schweigt.

JELENA *kniet bei ihm, hält seinen Kopf. Judith hat ihr ein Taschentuch gegeben, mit dem Jelena ihm den Schaum von den Lippen wischt. Sie kniet hinter dem Liegenden, so daß man sieht, wie sie Stärke aufbieten muß, um seinen hin- und herschlagenden Kopf auf der Stola ruhig zu halten. Aufgeschreckt ruft sie jetzt:*
In den Mund – wir müssen ihm etwas
zwischen Zähne und Zunge tun,
er erstickt sonst – oder verbeißt sich ...
geben Sie doch ... Ihren Lippenstift!

JUDITH *hat sich gefaßt, sie reagiert jetzt rasch, sie hat ihren langen goldenen Parfumflakon aus ihrem Täschchen genommen und hockt nun bei dem Fallsüchtigen. Sie schiebt ihm, der wild um sich beißt, den Flakon zwischen Zähne und Zunge, während sie sagt:*
Lippenstift benutz ich nicht –

JELENA: Jetzt tut's mir leid, daß Ihr Team nicht mitkam,
die könnten ihn wegfahren – am Ausgang ist Telefon.

Judith, *aufstehend, während er, noch um sich schlagend, doch ruhiger wird, der Anfall verebbt, aber seine Bewußtlosigkeit hört nicht auf*:
Da – auf dem Anhänger schieben wir ihn zum Ausgang.
Sie öffnet rasch die hintere Klappe des Anhängers. Hastig räumt sie die Skelette, die beiden Schädel, auch Spitzhacke und Schaufeln vom Wagen.
Dann nimmt sie den Bewußtlosen bei den Füßen, läßt sie wieder los und sagt:
Fassen Sie ihn an den Füßen, Jelena Masanik,
dort ist er ein wenig leichter –
Sie faßt den Liegenden unter den Achseln, seine Kopfhaltung zeigt, daß er noch nicht wieder bei Bewußtsein ist: angestrengt, so leicht der Alte auch ist, heben die beiden Frauen ihn auf das Wägelchen, dessen Deichsel Judith vom Bagger löst. Jelena schiebt dem Liegenden die Stola wieder unter den Kopf.
Als sie ihn wegfahren wollen, richtet er sich auf, mühsam stützt er sich auf einen Ellbogen, murmelt unhörbar ... Jelena, während Judith die Deichsel hält, beugt sich über ihn, dann richtet sie sich auf und läßt ihn wieder sich hinlegen, wobei sie seinen Kopf hält.

Jelena: Die Raben füttern – hat er gesagt ... hier –
in diesem Beutel ... ist das Brot.
Den Beutel, der ihm über die Schulter hing, hat sie ihm abgenommen. Während Judith wartet, die Deichsel in der Hand, wirft Jelena den Raben Brot unter den Baum. Es wird dunkler. Man hört das wilde Krächzen, heftige Flügelschläge, mit denen die großen Vögel aus den Wipfeln fliegen. Judith hat den Karren gedreht, schiebt ihn vor sich her und fährt den Fallsüchtigen rasch ab, Jelena folgt ihr mit dem ausgeleerten Brotsack.

Vorhang. Pause

Dritter Akt
Kontaktgift oder Nervengas

Unblutiges Ende einer Geiselnahme auf dem Golfplatz von Augusta im US-Bundesstaat Georgia, wo Präsident Reagan das Wochenende verbrachte.

Ein mit einer Pistole bewaffneter Mann hat am Samstag im Golfklub von Augusta, im amerikanischen Bundesstaat Georgia, einen Mitarbeiter von US-Präsident Ronald Reagan und vier weitere Personen zwei Stunden lang als Geisel genommen. Reagan selbst, der mit Frau Nancy, Außenminister George Shultz und Finanzminister Donald Regan das Wochenende in dem Klub verbrachte, war nach Angaben des Geheimdienstes nicht in Gefahr.
Der Geiselnehmer, der fünfundvierzigjährige Charles Harris, wollte den Behörden zufolge ein Gespräch mit Reagan erzwingen, hängte aber, als der Präsident mehrmals mit ihm zu telefonieren versuchte, immer wieder auf.
Er hatte mit einem Lieferwagen ein unbewachtes Tor der Golfanlage durchbrochen, die als Austragungsort des Masters-Turniers bekannt ist und zu den besten in den USA gezählt wird.

Basler Zeitung, 24. Oktober 1983

Washington. Wohnraum Judiths und Arthurs, der gleiche Grundriß, das heißt, Türen zum Gang und zum Nebenzimmer wie im ersten Akt.
In ihrem (fast bühnengroßen) Zimmer steht, gut sichtbar mit Namenszug, ein Foto des ehemaligen Moskau-Botschafters und heutigen Harvard-Professors George F. Kennan, den Judith als Studentin mit dem Vorsatz aufsuchte, ihn in einem Interview lächerlich zu machen, als er seine gegen die Studentenrevolte gerichtete Broschüre «Rebellen ohne Programm» veröffentlicht hatte. Kennan aber hat Judith zu ihrem Schrecken, später zu ihrem Vergnügen, nicht ganz, doch nahezu bekehrt, zurück zu der alten Freihändler-Maxime «Alle rechtmäßigen Interessen stehen in Harmonie» – womit sie ungefähr der politischen und wirtschaftlichen Auffassungen des Mannes nahekam, den sie später heiratete.
Sie hat ihren Mann an Hand einiger Fotos nach seinem Tod malen lassen, sehr ähnlich, in spätimpressionistischem Stil, ein dunkler, melancholischer fünfunddreißigjähriger Mann, so sportlich und intellektuell (im kragenlosen Pullover) wie der junge Robert Kennedy aussah. Das Porträt ist kein bedeutendes Kunstwerk, aber doch zweifellos ein unverhältnismäßig viel schöneres Bild, als ein Farbfoto je sein könnte. Lebensgroß, ein Knie-Stück, beherrscht das Bild den Raum so sehr, daß es Gerald, den Nachfolger, zu irritieren vermag: auf seine Bitte hängte sie es aus dem Schlafzimmer weg und über ihren kleinen Schreibtisch ...
Sooft sie das Bild betrachtet, leidet sie unter dem Selbstvorwurf, dem Mann kein Kind geboren zu haben, weil sie eine Schwangerschaft für verfrüht hielt; sie glaubte, wie so viele,

ihren Beruf damit nicht vereinbaren zu können. Ihren Namen machte sie sich durch ein Interview mit Jean-Paul Sartre zu der Zeit, als der alte Mann in Paris auf offener Straße seine verbotene Linkszeitung «La Cause du Peuple» verkaufte. Judith hat Sartre nicht aus politischen Gründen imponiert und zum Reden gebracht – denn nie war seine Meinung die ihre –, sondern weil sie kenntnisreich mit ihm über Racine sprechen konnte, über den sie ihre Doktorarbeit schrieb. Auch von Sartre hat sie ein signiertes Foto, ebenso eingerahmt wie das von Kennan.

Der Living-room wirkt kühl, weil er modisch «transparent», wie das momentan heißt, eingerichtet ist: aus Glas und Stahl sind sogar noch die Büchergestelle, natürlich auch die Tische. Wärme, Farben bringen zwei große chinesische Teppiche ins Bild, auch der obligate Kamin, einige Tierfelle auf den zwei weißbezogenen Sofas, die Bücherrücken und die schwarzbunten Lackmalereien auf einer stattlichen chinesischen Vitrine mit buntem Teegeschirr.

Zwei bemerkenswerte Kunstwerke: Eine meterhohe, sehr ausgebauchte Amphore aus kaiserlich-petersburger Porzellan, bemalt mit einem griechischen Gastmahl und – auf der Rückseite – den Porträts des letzten Zaren Nikolaus und seiner deutschen Gattin; und eine achtzig Zentimeter hohe Bronze von Georg Kolbe: Sitzende, eine schöne Frau, zu der ihre jetzige Eigentümerin 1935 nackt Modell gesessen haben könnte. Beide, die Vase wie die Bronze, stehen auf niedrigen China-Tischchen gut sichtbar im Raum: Erbstücke des Bruders von Judiths Mutter, der als amerikanischer Soldat in Berlin 1945 diese Werke «günstig kaufen» konnte, wie er das nannte. Das heißt: er hat sie gestohlen. Und zwar die unersetzliche Amphore aus dem Besitz der Berliner Philharmoniker, denen Zar und Zarin sie geschenkt hatten, weil die Musiker 1896 deren Krönung zu Moskau musikalisch verherrlicht haben; die Bronze aus dem Haus eines kommandierenden Generals. Der GI sagte sich damals, was die Großen Reparationen nennen, davon kriegen überhaupt nichts jene, die ihren Kopf im Kampf dafür hingehalten

haben, daß Deutschland erobert wurde – und er maß sich selber seinen Anteil zu, so wie ja auch in den Kriegen früherer Jahrhunderte die Soldaten beteiligt wurden an der Beute.
Sinn für Kunst hat Judith nicht entwickelt, sondern sie wuchs mit und in ihm auf – gemeint ist Sinn für Kunst auch als Wagnis, der allein die Sammlerleidenschaft legitimiert, weil unterscheidet von der würdelosen Sucht, Aktien aufzuhäufen: Denn nur klassisch gewordene, überall schon marktfähige Kunst zu sammeln, wie das zum Beispiel der Schweizer Oskar Reinhardt für Winterthur getan hat, unterscheidet sich ja in nichts vom Aufkauf sicherer Wertpapiere und ist daher keineswegs ein kunstförderndes, kunstfreundliches Lebensziel. Den legitimen Sinn aber für Kunst entwickelte schon eine Urgroßmutter Judiths, eine jener Amerikanerinnen, auf die zutrifft, was Holthusen in seinem Chicago-Buch überliefert: als dort ein arroganter Europäer 1950 den Direktor der eindrucksvollen Impressionisten-Sammlung Art Institute an der Michigan Avenue fragte, woher die Stadt das viele Geld gehabt habe, diese erstklassigen Renoirs zu kaufen – bekam er den Denkzettel: «Wir haben die nicht gekauft, sondern von unseren Großmüttern geerbt!»

Ausklang eines Abendessens. Sommerabend, 22 Uhr, am Vortag jenes Samstags, an dem Arthur für die Wintermonate abfliegt in ein Sanatorium nach Italien.
Judith trägt ein schwarzes, braunbordurtes, wallendes indisches Kleid, das ihr Blond noch betont, ein schwarzes Haarband, und sie ist barfuß wie immer zu Hause. Arthur im Rollstuhl trägt zu einer schwarzen Hose einen eidechsengrünen dünnen Rollkragenpullover. Seine Freundin Kathleen sitzt in einem whiskyfarbenen Hosenanzug neben ihm auf dem Teppich, ihren Kopf an Arthurs Beine gelehnt.
Im Vordergrund – einander gegenüber wie in Eisenbahncoupés – sitzen auf den breiten weißen Sofas, deren Rücken parallel zu den Seitenwänden der Bühne stehen und zwischen denen hindurch das Parkett frontal auf den (bren-

nenden) Kamin blickt, mit dem altfranzösischen Spiegel darüber, der so groß ist, daß er den Raum sehr vertieft, auf den Sofas sitzen einander vis-à-vis Arthurs Chef und der Jesuit Edward. Beide haben die Beine ausgestreckt, so daß ihre Schuhsohlen einander fast berühren. Arthurs Chef ist Ordinarius für anorganische Chemie in Boston, eisgrau, sechzig, mit hochgewölbter Glatze, heute hier in der dekorierten Uniform eines Colonel der Luftwaffe, da er in Washington an einem Veteranentreffen teilgenommen hat; weil in Washington auch sein Scheidungsanwalt wohnt, übernachtet er meist beim Vater der Geschwister, der Botschafter hat Platz für Gäste.

Arthurs Freund, der Jesuit, trägt heute den Priesterkragen. Neben dem Professor sitzt Judith. Alle haben Gläser in der Hand, Rotwein, nur der Professor trinkt Bier.

ARTHUR, *während er Judith sein leeres Glas hinhält, Judith schenkt Rotwein ein; er nennt seinen Chef «Prof»:*
Prof, ich habe Sie gar nicht vorgewarnt,
wen Sie alles bei uns treffen, weil meine Schwester
dauernd Umgang mit dunklen Elementen hat:
Dissidenten, Friedensbewegten und Katholiken.

EDWARD: Und sogar mit Jesuiten wie mir.

ARTHUR: Und zwar nur deshalb, um ihrem Verlobten
Schwierigkeiten zu machen:
Die CIA hält meinen Schwager
für einen bedeutenden Historiker,
die Historiker halten ihn
für einen bedeutenden CIA-Beamten ...

KATHLEEN: Arthur, wie gemein
– nur weil Gerald nicht da ist!
Trinken wir auf sein Wohl: Salute!

ARTHUR, *sich vorbeugend, als wolle er ein Staatsgeheimnis ausplaudern, alle haben mitgetrunken auf Gerald:*
Er fliegt mit dem Präsidenten spazieren,
der Nachwuchs erwartet – in seinem Pferdestall!

JUDITH: Auch nicht wahr,
der Präsident erwartet sein Fohlen erst ...
Gerald mußte mit ihm nach Georgia,
Golfspielen in Augusta.
ARTHUR, *die Geschwister fallen einander rasch ins Wort*:
Kurz, eine Staatsaktion,
die der Bedeutung meines Schwagers
ebenso entspricht wie der des Präsidenten.
JUDITH: Ich werde ihm alles weitererzählen.
ARTHUR: Nein – wenn du ihm erzählst,
daß Edward hier war,
ist er ebenso ergrimmt wie über deine Reise
nach Minsk!
PROFESSOR: Ergrimmt, weil Sie in Minsk waren,
ein Historiker?
JUDITH: Überhaupt nicht – mein Besuch
der alten Partisanin hat ihn weniger irritiert
sie zeigt auf Arthur –
als meine sogenannten subversiven Artikel zugunsten
unserer Agent-Orange-Opfer.
PROFESSOR: Was würde Ihr Verlobter erst sagen,
flögen Sie nach Nicaragua,
um auch noch
die Judith von Managua zu filmen?
KATHLEEN: Darf man Judith eine nennen,
die ihren Holofernes
gar nicht köpfen wollte, sondern nur kidnappen lassen?
JUDITH: Hast recht, Kathleen. Aber sag das mal Gerald,
der die Nora Astorga eine «Mörderin» nennt
– «wir wollen diese Mörderin hier nicht als Botschafterin»,
sagt er und behauptet, die Astorga habe gewußt,
daß der General
in ihrem Schlafzimmer umgebracht wird.
ARTHUR: Absurd: Natürlich wollten die den l e b e n d
und die sechsundfünfzig Gefangenen freipressen.

EDWARD: Von wem sprecht ihr? Ich kenne keine
«Judith von Nicaragua».
ARTHUR: Stehen sogar Zeitungen auf eurem Index?
KATHLEEN: Und Fernsehen?
EDWARD: Natürlich haben wir Glotze und Gazetten
im Ordenshaus, aber da ich
zuweilen auch noch ein Buch lese ...
JUDITH: Verhört ihn doch nicht, [weil ihm diese
«Mörderin von Nicaragua», wie Gerald
sie nannte, entgangen ist ...]
KATHLEEN: Also, Edward: die stellvertretende
Außenministerin in Managua
sollte hier in Washington
Botschafterin von Nicaragua werden –
und da kam ans Licht, daß sie
während der Revolution als sehr schöne Witwe ...
ARTHUR: Wie in der Bibel!
KATHLEEN: ... und Mutter von vier Kindern,
wie nicht in der Bibel,
den General Vega in ihr Schlafzimmer lockte,
um ihn dort von fünf Versteckten ...
ARTHUR, *obszön belustigt*:
Fünf schon «versteckt» in ihrem Schlafzimmer!
KATHLEEN, *gibt Arthur einen Tritt, als sei sie empört*:
... um ihn kidnappen zu lassen,
bis er 56 Revolutionäre aus dem Gefängnis
freigelassen habe. Doch wurde der General
nicht gekidnappt – sondern erschlagen
im Schlafzimmer.
ARTHUR: Und da aufkam,
daß dieser General gegen sein Vaterland
von der CIA bezahlt wurde,
nannte unser Schwager die schöne Astorga
«eine Mörderin» ...
PROFESSOR: Kurz, unser ach so moralisches

State Department
hat ihr empört das Agrément verweigert.

EDWARD: Was ich dann nicht begreife:
wieso Nicaragua überhaupt noch bereit ist,
einen Botschafter nach Washington zu schicken?

PROFESSOR:
Nicaragua muß sich hier diplomatisch vertreten lassen,
sonst würden wir's noch mehr entrechten.
Wo man nicht ist – hat man nicht recht.

JUDITH, *die sich, nervös geworden wegen dieses Themas, bisher zurückhielt*:
Aber Sie haben mir tatsächlich Lust gemacht, Professor,
diese «Mörderin» vor die Kamera zu holen ...
Ich werd's versuchen!

«Der Spiegel» brachte am 25. Juni 1984 ein Interview mit ihr, samt Foto des Erschlagenen. Die «Frankfurter Rundschau» kommentierte am 21. April 1984 das Veto der US-Regierung gegen die von der nicaraguanischen Regierung benannte neue Botschafterin des Landes in Washington: «Daß die US-Regierung, die mit Mitteln weit außerhalb des Völkerrechts einen Geheimdienst-Untergrundkrieg gegen den zentralamerikanischen Staat führt, plötzlich so tiefe moralische Maßstäbe anlegt, wenn es um die andere Seite geht, wird in der Öffentlichkeit doch als eine ziemliche Heuchelei empfunden.
Nora Astorga, Mutter von vier Kindern ... lockte in einer geheimen Mission den General Reynaldo Perez Vega in ihr Schlafzimmer. Dort warteten fünf Sandinisten, die ihn kidnappen wollten, um ihn gegen 56 in Gefängnissen einsitzende Sandinisten auszutauschen. Nach Aussagen von Nora Astorga widersetzte sich der General und wurde in dem darauffolgenden Handgemenge getötet. Der General war, was inzwischen in Washington bekannt ist, ein bezahlter Informant des US-Geheimdienstes CIA.»

Edward *hebt sein Glas*:
Arthur – ich besuch dich in Italien,
Flüge nach Rom zahlt mir der Orden,
wenn ihr mir helft, eine dienstliche Begründung dafür –
Arthur, *zu Judith*:
Hört ihr, er konspiriert schon wieder,
was willst du um Gottes willen in Italien?
Ich muß da zum angeblich besten Orthopäden der Welt;
aber du, in Italien, wo nur Linke wohnen?
Kathleen: Oder Polen, wie der Papst, linke Polen –
Judith: Ja, Katholiken sind noch subversiver!
Wie man an Edward sieht.
Arthur: Die CIA hat herausgefunden
– Gerald hat monatelang recherchiert –,
daß sogar der Papst katholisch ist!
[Katholiken setzen sich ja neuerdings für Abrüstung ein.
Prof, wir dürften beide ab morgen Ihr Labor
nicht mehr betreten, würde man herausfinden,
daß wir mit Jesuiten
essen und trinken. Salute!
Kathleen: Nicht mit irgendeinem,
sondern mit Edward,
der zur Soutane ein Anti-Atomtod-Plakat
über die Massachusetts Avenue geschleppt hat!
Judith: Ja, am hellen Tag: Edward, Edward!
Arthur: Weil er schon als Schuljunge Ministrant
eines Kommunisten war: des Kardinals Cushing.
Edward: Cushing ein Kommunist? Auf so was
kommt doch sonst nur Gerald.]
Judith, *schroff, wenn auch lachend*:
Schluß jetzt – kein Wort mehr gegen Gerald,
sonst reise ich noch heute nacht zu ihm!
Kathleen: Ich denke, der schläft heute beim Präsidenten.
Judith: Aber nicht mit ihm.
Professor: Ich fand Ihren Verlobten immer höchst

charmant und interessant ... Judith,
wer so gescheit wie er über die Katastrophe
Karls XII. in Rußland spricht,
der kann sich meinetwegen seine Reisen
zum Schlachtfeld von Poltawa und auf die Krim
von der CIA bezahlen lassen.

JUDITH: Und abgesehen davon ist Gerald nicht bei denen.
Das behauptet Arthur nur.
Der hat Verfolgungswahn, seit er in ihre
supergeheime Giftküche eintrat, Professor.

[KATHLEEN, *demonstrativ aufs Thema zurückkommend*:
Ich gestehe, daß ich, als Bostoner Katholikin,
vielleicht nur deshalb der Kirche treu geblieben bin,
weil Cushing unser Kardinal war ... klingt
blasphemisch, aber er hat mich erotisiert!

EDWARD: Viele Frauen. Mich hat er beeindruckt,
weil er vorlebte,
daß wir Christen, wenn wir schon nicht mehr arm sind,
zuerst da sein sollen für die Armen.
Der Kardinal war zwar kein Linker – doch immerhin
so links wie hierzulande kein Politiker!

PROFESSOR: Cushing war natürlich Politiker!
Mindestens seit er geholfen hat, Kennedy
ins Weiße Haus zu hieven.

EDWARD: Was gab das für einen Aufruhr, als er stolz
vor Gewerkschaftern erklärte, in der gesamten
Hierarchie Amerikas sei ihm nicht ein einziger Bischof,
Erzbischof und Kardinal bekannt, dessen Eltern
das College besucht hätten – jeder sei Sohn
von Arbeitern!

JUDITH: Das hat aber leider nichts geholfen:
– denn das System hat diese Arbeitersöhne
zu durchweg erzkonservativen, autokratischen,
dogmen-verdummten Kirchenfürsten gemacht.

EDWARD: Richtig – alle außer Cushing selbst!

Sabina Lietzman schrieb am 4. Dezember 1982 in der «Frankfurter Allgemeinen Zeitung»:
«Kardinal Cushing von Boston hat vor Gewerkschaftern nicht ohne Stolz erklärt, daß ‹mir in der gesamten amerikanischen Hierarchie nicht ein einziger Bischof, Erzbischof oder Kardinal bekannt ist, dessen Vater oder Mutter das College besucht hat. Jeder einzelne unserer Bischöfe oder Erzbischöfe ist Sohn eines Arbeiters oder einer Arbeiterfrau› ... Entsprechend war der Zuschnitt der Bischöfe, die bis in die sechziger Jahre amtierten: Autokratische, erzkonservative Figuren.»

KATHLEEN: Wie kommt das?
Auch in der Politik bleiben Kinder
enger Verhältnisse häufig eng, streng, diktatorisch,
wenn sie oben angekommen sind;
ganz anders die Sprößlinge des Establishments:
Lenin, Che Guevara, Tschu En-lai, Nehru.
Die sind liberaler.
PROFESSOR: Hat Sie, Pater, und Sie, Kathleen,
am Segen Cushings nicht irregemacht,
daß der Kardinal so rasch, nachdem er den Einzug
Kennedys ins Weiße Haus gesegnet hatte
– schon dessen Auszug wieder segnen mußte?
EDWARD: Wieso: Sie zahlen ja auch Ihren Arzt schon
für die Behandlung – nicht erst für die Heilung!
ARTHUR: Gut, Cushing war unschuldig am Attentat
– aber sein Dienstherr: wie steht's um einen Gott, Edward,
der so kugelrasch einen Präsidenten
von der Szene räumt?
EDWARD, *ironisch*:
Gott? Warum sollte Gott die drei Attentate erklären:
auf die Brüder und auf Luther King,
wenn eine Nation keine Eile hat,
die Wahrheit zu hören!

PROFESSOR: Und waren sogar vier Attentate:
die Ermordung des angeblichen Kennedy-Erschießers
in den Armen der ihn abführenden Polizei
war weitaus das Spektakulärste: nie wurde so schamlos
Spurentilgung vor den Augen der ganzen Welt betrieben!
JUDITH: Ich finde nichts grotestker als die Zumutung,
daß zwar der Oberste Richter verkündet,
dieser Oswald sei der Alleinschießer gewesen
– dennoch darauf beharrt, unsere Generation
dürfe die Wahrheit aus Sicherheitsgründen
noch nicht erfahren …
EDWARD: Der formulierte sogar: die «volle» Wahrheit
– ein Richter macht einen Unterschied, lustig,
zwischen der Wahrheit und der vollen!
KATHLEEN: Ein bißchen schwanger und ein bißchen
unschuldig, nennt man das.
Und warum zeigen sie nicht die Röntgenaufnahmen
Kennedys?
Schweigen, sie trinken.
Alle blicken auf Sie, Colonel – Sie scheinen zu
wissen, wer die vier hat totschießen lassen?
PROFESSOR, *geschmeichelt-entrüstet*:
Ich? – aber Arthur und ich: wir machen doch nur Gift
und keine Kugeln, wie sollten wir …
wenn schon die Seriösen unter denen,
die dicke Wälzer über Kennedy schrieben,
Sörensen, Schlesinger, Galbraith, den Oswald
nicht einmal in ihren Registern erwähnen,
um sich nicht lächerlich zu machen.
ALBERT: Galbraith, glaub ich, hat immerhin
in seinem Tagebuch festgehalten, daß Schlesinger
und die Chefs von «Washington Post» und «Newsweek»,
die beide mit ihm vom Attentat erfuhren,
nicht einen Moment daran zweifelten,
die äußerste Rechte sei der Mörder des Präsidenten.

Aber sonst – gebt mir das zu: nicht Gott allein,
sondern ganz Washington D. C. schweigt!

Galbraith notierte: «Mein stärkster Gedanke war, daß wir jetzt den Preis für den giftigen Haß der äußersten Rechten zu bezahlen hätten. Irgendwie hätte ihr die nationale Empörung das Wort verbieten und auf diese Weise dafür sorgen müssen, daß der Anreiz zur Gewalttat bei denen, die nicht in der Lage sind, sich geistig mit unserer Zeit auseinanderzusetzen, nicht zum Tragen kam. Wir drei setzten als selbstverständlich voraus, daß die Tat auf das Konto der äußersten Rechten ging.»

JUDITH, *lakonisch*:
Scham! Natürlich bedeutet unser Schweigen – Scham.
KATHLEEN: Und dann bedenkt auch, daß alle
– ausnahmslos alle Mitarbeiter des Ermordeten
sich beeilten, Mitarbeiter auch seines Erben zu werden.
PROFESSOR: Daß die Polizei Oswald verhört habe,
von abends bis mittags, aber kein Meter Tonband
existiert, weil sie vergessen habe, vergessen,
das Tonband anzumachen, beweist mindestens,
daß die Polizei nicht will,
daß herauskommt, wer geschossen hat!
EDWARD: Das ist der Beweis ex silentio:
der einzige, der zu erbringen ist, wenn
ein Staatsorgan selber bei einer Verschwörung mitwirkt.
De Gaulle hatte recht: die Polizei schoß!
Das würde erstens erklären, daß sie sofort nach der Tat
Oswald schon hatte, denn die Polizei mordet nie,
bevor sie einen «Täter» hat;
zweitens erklären, warum so viele Zeugen
plötzlich starben …
ARTHUR:
Von allen Sterblichen sind die Zeugen die sterblichsten!

Der Jesuit spielt darauf an, daß General de Gaulle – nach Jean-Raymond Tournous «La Tragédie du Général» – gesagt hat: «Die Polizei hat die Tat ausgeführt oder sie hat den Befehl dazu gegeben ... Sie haben sich auf diesen Kommunisten gestürzt, der nicht daran beteiligt war ... ein herrlicher Angeklagter ... Sie wollten ihn auf der Stelle erschlagen, ohne daß die Justiz hätte eingreifen können.»

KATHLEEN: Sind wir nicht alle ein wenig paranoid?
ARTHUR: Logisch – wo Prominenten-Morde
so selten aufgeklärt werden.
PROFESSOR, *seufzt hörbar*:
Ja, angenehm ist's nicht, zuzugeben, daß die USA
öfter als jedes andere Land
seine Regierungswechsel durch Meuchelmord vollzieht!
KATHLEEN: Ist doch nicht wahr!
PROFESSOR, *nickt*:
In den hundert Jahren zwischen Lincolns
und Kennedys Ermordung
haben wir doppelt so viele Präsidenten umgebracht,
wie sogar Zaren in Rußland ermordet wurden
in dem Jahrhundert vor der Erschießung
des letzten, 1918.
ARTHUR: Und der jetzige Präsident stirbt ja ebenfalls
während seiner Amtszeit –
Judith sieht – auffällig nur für Edward und Arthur – beunruhigt zu ihrem Bruder hin –
wenn die alte Prophezeiung noch wirksam ist,
die hundertzwanzig Jahre lang zutraf.
KATHLEEN: Prophezeiung? Welche?
Glaubst du neuerdings an Horoskope?
ARTHUR: Ob das auch in den Sternen stand,
weiß ich nicht – nur sagt man,
daß 1840 dem Präsidenten Harrison
von einem Indianerhäuptling prophezeit wurde ...

JUDITH, *ironisch, tut so, als höre sie das oft Besprochene zum erstenmal*:
So, «sagt man».

ARTHUR: Deine blöde Ironie. Es traf doch zu,
ohne Ausnahme, hundertzwanzig Jahre lang
traf es zu,
daß jeder Präsident im Amt stirbt,
der am Ende eines seiner Wahljahre eine Null hatte,
also auch der 1940 wiedergewählte Roosevelt ...
Tatsächlich starben alle sieben im Amt,
die am Ende oder Beginn jeder zweiten Dekade
gewählt worden waren.
Von diesen sieben starben vier durch Mord.

PROFESSOR: Dann würde auch der jetzige im Amt sterben?

ARTHUR, *gleichmütig*: Sage ich doch.
Und einmal wurde er ja auch schon
durch ein Revolver-Attentat verletzt,
so wie sein Vorgänger vor genau einem Jahrhundert
natürlich auch erschossen wurde; gleich hier
am Bahnhof haben sie den umgelegt.

PROFESSOR: Wer war der? – Ach ja, Garfield.

EDWARD: Und die Namenlosen, die's trifft,
wie bei Roosevelt ...

KATHLEEN: Teddy Roosevelt?

PROFESSOR: Nein – Teddy Roosevelt bekam seine Kugel
selber in die Brust, doch rettete ihn sein Brillen-Etui.
Aber Franklin Roosevelt überlebte,
in Chicago, weil an seiner Statt
der neben ihm stehende Bürgermeister starb
mit dem denkwürdigen Satz:
«Besser so – Sie sind wichtiger.»

EDWARD *steht auf, erregt*:
Wichtig oder nicht – Terrorismus ist immer
sinnlos, zwecklos ... was ändert's, einen töten?
Wer schießt, hat nichts mehr zu sagen.

ARTHUR: Was läufst du so herum, als seist du plötzlich
selber angeschossen worden?
Natürlich gibt es Situationen, wo nichts mehr zu sagen
– wo nur noch zu schießen ist.
Hätte Stauffenberg mit Hitler reden sollen?

EDWARD *zuckt die Achseln*:
Sicher muß man den töten, der einen Weltkrieg macht.
Meist aber sind Attentäter nur solche,
die vom Wahn der Herrscher, unersetzlich zu sein,
angesteckt wurden, und selber
Herrscher für unersetzlich halten.
Dabei sind sie meist austauschbar
wie Coca-Cola-Flaschen.

ARTHUR, *der wegguckt von Judith, die ihn unruhig mit einem Blick gestreift hat; er nimmt Edwards Worte in normalem Ton auf, erregt sich dann aber und wird eine Spur zu scharf, fast ausfallend*:
Flaschen muß keiner beseitigen,
Gift-Flaschen aber doch.
Und zwar die Flaschen selbst, nicht nur jene,
die sie gefüllt haben. Absurd, die Theorie,
es komme nie auf einzelne an,
sondern immer nur auf «Hintermänner», die sie
«anonyme gesellschaftliche Kräfte» nennen:
als ob die nicht auch versammelte einzelne wären.
Und einzelne sind es, drei oder sieben,
die Kriege beschließen ...

EDWARD, *aggressiv*:
Und wenn die weg sind, kommen keine Kriege?

ARTHUR, *ruhiger jetzt*:
Exactement. Und wer davon nicht überzeugt ist,
der müßte so viel Anstand haben,
Kriegsverbrecher-Prozesse als inhuman zu bekämpfen.
Denn wäre der einzelne nicht verantwortlich,
wer dürfte ihn verantwortlich machen?

[KATHLEEN: Waren wir vorhin nicht einig,
nicht der einzelne Oswald
– sondern eine Täter-Gruppe habe Kennedy erschossen?
ARTHUR, *ungeduldig*:
Ja – aber was beweist das, mein Engel?
Daß nicht ein einzelner namens Oswald schoß,
schließt doch nicht aus, daß andere einzelne,
vielleicht ein Dutzend, sich Schießer engagierten.]
«Anonyme Kräfte», wie Spinner sagen,
machen nicht Geschichte, sondern Lawinen-Unglücke
oder Magenkrebs.
Die Natur ist anonym, Personen sind es nie.
[Gewiß freuen sich die Drahtzieher,
wenn Idioten aus der Tatsache,
daß Drahtzieher unsichtbar bleiben wollen,
den Fehlschluß ableiten, es gäbe die gar nicht,
sondern nur «anonyme Kräfte» ...]
Daß die Täter, die Kennedy
und ein Dutzend Zeugen umlegten,
nie gesucht wurden und daher anonym bleiben,
beweist aber keineswegs, daß es sie nicht gibt, sondern
daß viel Geld sogar die Polizei rührt ...
[JUDITH, *wie jemand, der aus einer geheimen Beunruhigung heraus nicht still sitzen kann*:
Habt ihr denn kein sonnigeres Thema
als unaufgeklärte Morde!
Aufstehend, bald folgt ihr Kathleen:
Ich hole uns Eis.
KATHLEEN: Ich mache Mokka.
Beide ab in die Küche.]
ARTHUR, *frotzelnd zu Edward*:
Mir fiel auf, Jesuit, wie gut du informiert bist
über uns weltliche Sünder – aber wie schweigsam,
was die Verbrechen deiner Kirche angeht!
Finden die eigentlich schon in Jesus ihren Ursprung

– oder wurden erst seine Diener wie du
zu Verbrechern?

EDWARD, *lachend, alle drei lachen*:
Wie liebenswürdig. Aber recht hast du,
angestiftet, ja:
hat schon Jesus selbst zu den Verbrechen;
gesetzt den Fall,
die Bibel ist seine getreue Biographie,
was natürlich kein Mensch wissen kann.
Laut Lukas 19,27 hat Jesus gesagt: «Jene meiner Feinde,
die nicht wollen, daß ich über sie herrsche,
bringet her und erwürget sie vor mir ...»

ARTHUR, *rasch*:
Wie, das Erwürgen wollte er nicht mal selber machen?

PROFESSOR: Auch schon ein Schreibtischtäter!
[Als Laie würde ich urteilen: wenn irgendeiner
– so ist dieser Satz der Beweis, daß Jesus
auch nur ein Mensch war ...
Herrlich, Judith, danke Ihnen!
Judith hat zuerst ihm die Eisbombe gereicht, nachdem Kathleen gleichzeitig mit ihr eingetreten ist und nun von einem Tablett Schälchen und Löffel und kleine bunte Stoffservietten verteilt und die Sahneschale hinstellt.
Beide Frauen bleiben stehen.

JUDITH *sagt und weist auf die fahrbare, flaschenreiche Hausbar*:
Liköre oder Schnäpse nehmt euch selber
nach Geschmack – du, Brüderchen, wie immer
Maraschino?

EDWARD *nimmt sich Sahne zum Eis*: Maraschino?

KATHLEEN *antwortet ihm, weil Judith in den Hintergrund gegangen ist mit dem Professor, an den Bar-Wagen; Kathleen hat die Maraschino-Flasche dort geholt, um zu Arthurs Rollstuhl zu gehen*:
Jugoslawischer Kirschenschnaps.

ARTHUR: Nimm tüchtig davon, Edward – wunderbar.
Nun, mein Herz?

KATHLEEN, *bei Arthur, ihm die Flasche gebend, er schüttet sich selbst davon aufs Eis, gibt ihr die Flasche zurück, und sie geht damit zu Edward, der Dialog pausiert nicht*:
Du, ich muß heim, ehe die Kinder schlafen
– immerhin sehe ich sie zehn Tage nicht.

EDWARD, *dem sie Maraschino aufs Eis tut*:
Weil Sie morgen mit Arthur nach Rom fliegen.

KATHLEEN: Bis Neapel, da nehme ich
einen Mietwagen und bringe
Arthur in sein Sanatorium, wo er
den ganzen Winter bleibt.
Ich muß natürlich zu meinen zwei Kindern zurück.
Jetzt auch.

EDWARD: Ich besuche dich bestimmt, Arthur ...
wirst du dich langweilen oder hast du Gesellschaft?

ARTHUR, *alle essen, auch der Professor und Judith kommen löffelnd in den Vordergrund*:
Ich hab keine Gesellschaft, aber Arbeit, mein Chef
... nicht wahr, Prof ...

PROFESSOR:
Meine Empfehlungen haben Sie, morgen lasse ich
Ihnen noch einen Stoß Instituts-Briefbogen
nachsenden, die wir vergessen haben
– die Italiener sind förmlicher, als man denkt.
Dann können Sie als Mann aus Boston
gleich auf unserem Institutspapier
an die Kollegen in Neapel schreiben.
... wie lange, Kathleen,
Sie gehen schon – bleiben Sie bei Arthur?

KATHLEEN, *die in der Garderobe war und jetzt mit offenem Mantel zurückkam und sich küssend von Arthur verabschiedet*:
Nur zehn Tage, die Kinder –

ARTHUR: Aber Weihnachten kommst du wieder
und bringst deine Kinder mit,
wenn ich meine eigenen schon nicht zu sehen kriege.
Vater Staat, das Pentagon muß mir so viel zuzahlen,
weil ich dort als sein Parade-Krüppel die neue
Heilmethode teste …

JUDITH, *sarkastisch*:
Krüppel: das Wort mußte natürlich kommen!
Arthur, Geste, als wolle er sich entschuldigen;
währenddessen geht Judith schon ab:
Ich hole den Mokka.
Für dich also nicht mehr, Kathleen?

KATHLEEN: Danke, nein. Du, wir sehen uns ja
noch morgen auf dem Flugplatz.
Judith ab.]

PROFESSOR *hat auf die Armbanduhr gesehen, sagt nervös*:
Oh, höchste Zeit, darf ich jetzt meine Tochter
anrufen in Philadelphia?

ARTHUR: Kathleen, sei so lieb, bring den Prof
zum Telefon in mein Zimmer.

KATHLEEN *streckt Edward die Hand hin*:
Edward, laß Arthur nicht zu lang warten auf deinen Besuch.

EDWARD: Sobald er aus Neapel schreibt,
beantrage ich meine Reise.
Dir schicke ich ein Gedenkbuch für Kardinal Cushing,
die Gebete bei seiner Abdankung
und sehr zündende Predigten von ihm, in Auszügen.

ARTHUR *voltaireianisch*:
Predigten sind immer nur in Auszügen «zündend».

KATHLEEN: Also zum Telefon, Professor.

PROFESSOR, *indem er Kathleen mit Selbstironie den Arm reicht*:
Danke, Kathleen.
Beide ab.

ARTHUR *hat ganz rasch zu Judith gesagt, ohne sich wegen der offenen Tür weiter vorzusehen*:
Schwesterchen – schnell, du hast noch zwei
neue Veranstaltungstermine des Nachbarn,
gib sie Edward hier statt im Beichtstuhl.

JUDITH: Willst du die aufschreiben, ich hab sie im Kopf,
am Donnerstag dem Vierzehnten wird er ...

EDWARD, *ein wenig befangen, hebt abwehrend eine Hand, steht auf*:
Das konnte ich euch am Telefon nicht einmal
... andeuten: ich steige aus. Ihr könnt auf nichts,
auf nichts mehr als meine Verschwiegenheit bauen.
Ihr seid entschlossen zu morden.
Ich nicht. Ihr habt mich ...

ARTHUR: Edward, du als Christ ...

EDWARD: Ich weiß gar nicht, ob ich als Christ rede –
vielleicht nur als Mensch, ich ...

ARTHUR, *fällt ihm ins Wort*:
Woher weißt du eigentlich, daß man nicht
einen fällen darf – der sonst Unzählige fällen wird.

EDWARD: Daher, daß auch du das nicht weißt:
ob der tatsächlich Krieg macht.

JUDITH: Genügt nicht, daß er ihn für möglich erklärt,
ja, für gewinnbar, als erster?
Nie hat einer seiner Vorgänger das gesagt.
Pause. Schweigen. Dann –

ARTHUR: Christen, gesetzt, ihr zwei seid Christen ...

JUDITH: Ich bin nicht christlich, weil ich
nur das davon annehme, was keine Glaubenssache ist.

EDWARD: Genügt doch – um einen nicht totzumachen,
der mich in seinen Pferdestall einläßt oder von mir
vor die Kamera gelockt wird.

ARTHUR, *heftig*: Demagoge, verdammter. «Pferdestall»
– warum sagst du nicht: Waisenhaus.
Waisenhaus wäre noch rührender.

Tötet Judith ihn, weil er Pferde züchtet?

Da Judith nicht sprechen kann, gequält, fährt Arthur weniger heftig fort:

Jesuit, du mußt doch wissen ...

EDWARD, *sehr erregt, aber nicht laut*:

Als Jesuit weiß ich hier gar nichts,
will auch von dir nichts gefragt werden als Jesuit.
Wenigstens mal ein Mord, an dem meine Kirche
unschuldig sein soll. Doch ich weiß als Mensch, daß ...

ARTHUR, *wieder fällt er ihm ins Wort*:

Könnte das nicht auch aus Nächstenliebe geschehen,
die mir nichts einbringen kann, nichts
als den elektrischen Stuhl ... nebbich,
meine Existenz ist wertlos, aber ihre?
Das Leben der Schwester: Du meinst, ich riskierte
das fahrlässig?

EDWARD, *einfach*: Ja, das meine ich. Unverantwortlich.

JUDITH: Du klagst uns an, als seien wir Bankräuber.

ARTHUR: Woher nimmst du den Dünkel, uns zu richten?
Wer nur dabeisteht, halte das Maul.
Nichtstun, weggucken – während der Nachbar
die Zündschnur anmacht!

EDWARD: Noch tut er das nicht.

ARTHUR: Stimmt, er sucht noch das Feuerzeug in der Hosentasche.

EDWARD: Ich verweigere mich eurem Verbrechen:
nicht wegen irgendeines Gebotes oder Gesetzes,
sondern, weil ich als Mensch ...

ARTHUR, *sarkastisch*:

«Mensch» sagst du ein bißchen zu oft.

EDWARD: Euch beiden nicht oft genug.

Nicht laut, aber sehr bestimmt:

Ich schickte diese Briefe in der Zuversicht,
ihr wolltet den Mann da drüben warnen...

JUDITH: Das ist die Wahrheit, Edward.

EDWARD: Aber nicht die ganze, was ich jetzt erst begriff.
Und da vereiste,
ich kann's nicht weniger pathetisch sagen,
da vereiste mein Herz ... Judith, auch du
hast gewußt, daß Arthur ihn töten will?
JUDITH: Ich will es, muß es. Es sei denn,
deine sieben Briefe, ehrliche Warnungen,
machen ihm angst genug aufzuhören ...
ARTHUR, *fällt ihr ins Wort, nimmt das auf*:
... Dann hört niemand lieber auf als wir.
Er streckt ihm die Hand hin, ostentativ:
Glaubst du, ältester Freund ...
EDWARD, *als wolle er gehen (Judith hat, an der Tür stehend, den Gang unter Kontrolle; wie sie ihr Mokkatäßchen handhabt, zeigt, wie erregt sie ist, weil Edward aussteigt)*:
«Du sollst nicht töten.» Das trifft auch zu auf den.
Nicht einmal Notwehr
könnt ihr geltend machen,
denn noch hat er keinen getötet.
JUDITH: Wenn er das erst kann, dann ...
EDWARD: Das kann er ja längst, die Lager sind voll!
JUDITH: Wenn er das erst tut, wollt ich sagen ...
EDWARD: Warum tut er's nicht: weil er's gar nicht vorhat.
Und was die Wiederaufnahme der Giftproduktion betrifft:
Ihr wißt, der ist doch nur der Hampelmann derer
aus Industrie und Militär, die an ihm ziehen.
JUDITH: Was für eine verächtliche Auffassung von unserem höchsten Staatsamt – wenn das stimmte.
ARTHUR, *wegwerfend*:
Wenn das stimmte, müßte er erst recht weg.
JUDITH: Wer zwingt ihn, nichts als Hampelmann zu sein?
EDWARD: Ich wollt nur sagen, ausgerechnet den zu vergiften,
ist nicht menschlich, und ...
ARTHUR *schreit angeekelt*:

«Menschlich!» Gib nicht so an, menschlich
heißt nur, wir gehören
zur einzigen Gattung, die ihresgleichen tötet!
Menschlich ist: Daß ich hier als Krüppel sitze,
Opfer nicht nur meiner Gattung,
sondern meiner eigenen Armee!
Meiner Mit-M e n s c h e n.

EDWARD, *eingeschüchtert*: Entschuldige –

ARTHUR, *noch immer sehr in Rage, wenn auch durch einen Wink Judiths mit gedämpfterer Stimme*:
Menschlich ist, daß wir viermal so viele Bomben,
wie während des ganzen Hitler-Krieges
auf den Erdball fielen,
auf Vietnam warfen, dazu 72 Millionen Liter dessen,
was die «Entlaubungsmittel» nennen.
Menschlich ist: daß wir nicht nur 58 000 GIs verheizten,
t o t: 58 000! Sondern drei Millionen Vietnamesen;
menschlich sind: Die Einweck-Gläser voll
eingemachter Kinderleichen, die unser Anwalt
dem Pentagon auf den Tisch stellte, um zu beweisen,
daß dort, wo noch nach Jahren solche Krüppel
im Mutterleib entstehen –
auch Krüppel wie ich «entstanden» sein können!
Er hat wie ein Rasender plötzlich den neben ihm stehenden Edward am Unterarm gezerrt, so daß dem davon Überraschten Mokkatäßchen, Untertasse und Löffel hinfallen, das Porzellan ist kaputt; und er spricht überartikuliert «zischend» so leise wie bedrohlich – der Moment, der deutlich macht, welche E n e r g i e in dem «Dauersitzer», wie er sich zuweilen beschimpft, versammelt ist, um seine Tat – da er schon selber sie nicht tun kann – wenigstens auszudenken:
Menschlich ist, daß du – eine Seele von Freund
und M e n s c h – uns im Stich läßt,
wenn auch, nicht wahr?, nicht anzeigen wirst ...

EDWARD, *sehr anders, als er je sprach; damit er vor Zorn, so beleidigt zu sein, nach seinen Worten nicht hinausläuft, muß Judith ihn festhalten*:
Ich hau dich in die Fresse, wenn du noch einmal:
«anzeigen»! Scheißkerl, niederträchtiger –
Er kann nicht weiterreden, kann sich erst wieder beruhigen, als er das Taschentuch zu Hilfe nimmt. Judith hat ihn mütterlich mitfühlend bei der Schulter genommen, kommt aber gar nicht dazu, ihren sehr schnell, sehr leise, sehr böse redenden Bruder zu unterbrechen.

ARTHUR: Wieso nicht? Steht nicht in deinem Brevier,
du müßtest es verhindern,
wenn du davon weißt, daß einer umgebracht wird?
Und er wird umgebracht!
So wahr in diesen Einweckgläsern ...
Geh doch hin, guck sie dir an – tausend Meter Luftlinie
von hier ist das Büro des Anwalts, ich ruf ihn an,
er zeigt sie dir –, geh hin, nimm deinen Kardinal mit,
auch den Beichtvater des Präsidenten – ach so,
der hat keinen: Nein, im Ernst, nimmt deinen mit
vor die Weckgläser! Zeig ihm die Kinder und frag ihn ...

JUDITH: Ein sehr guter Vorschlag, hülfe auch mir zu hören,
was deine letzte irdische Instanz dazu sagt!

ARTHUR *hat sich beruhigt, spricht normal, sogar jetzt mit ironischer werdendem Understatement*:
Infam, nicht wahr ... diese Forderung von mir,
von Judith,
deine ach so festgefügt in ihren Geboten
ruhende Obrigkeit
anläßlich der Sechsmonatskinder in Weckgläsern
zu fragen, ob sie nicht ein elftes Gebot erlassen muß:
«Du sollst zweifeln» ... [auch bezweifeln,
wieso die so positive Einstellung deiner Kirche
zum Meuchelmord nur gelten soll
bei religiösen Gegnern!

Edward, *der schon hatte weglaufen wollen bei Arthurs Verdächtigung, er zeige ihn an, setzt sich jetzt wieder*:
Den Meuchelmord an Andersdenkenden haben
mein Orden wie die Kirche früher bejaht,
eines unserer unauslöschbaren Verbrechen.
Verdammt, wieso seid ihr so verrückt,
aus jahrhundertealten Schandtaten
die Berechtigung zu einer neuen abzuleiten?
Ja, ein Jesuit hat die Ermordung
Heinrichs IV. von Frankreich gerechtfertigt;
ein anderer die Pulververschwörung in London;
und in der Sala Regia im Vatikan verherrlichen
vier Fresken die Bartholomäus-Nacht,
zum Beispiel, daß Admiral Coligny abgestochen wird
wie ein Schwein – Vasari hat's gemalt.
Ich wiederhole: was meine Kirche denkt, geht mich
anläßlich eurer Untat nichts an.] Noch fehlt
euch jeder Beweis, daß der Mann da drüben
das Nervengift einsetzen wird,
nur weil er es aufs neue produziert.

Judith: Den Beweis könnten ja nur neue Opfer erbringen
– willst du auf deren Kosten den Nachweis abwarten?

Arthur: Schon die Wiederaufnahme der Produktion,
die vier seiner Vorgänger moralisch gemieden haben,
ist Delikt genug, den hinzurichten.

Edward: Man kann so sehr ins Schwarze treffen, daß man
das Ziel zerstört. Euer Ziel ist Friede.
Der war noch nie auf Mord zu gründen.
Ich bin völlig sicher ...

Arthur, *mit Hohn*:
«Völlig sicher»: Gratuliere!
Das muß behaglich sein, völlig sicher,
wie wird ein Sterblicher «völlig sicher»?
Ach so, indem er seine Mitverantwortung abschiebt
auf den im Jenseits ...

EDWARD: Dein Hohn ...
Ich bin sicher, Judith würde erfahren,
durch Gerald oder euren Vater, wann der da drüben
– Krieg macht. Und dann ist auch für mich ...
JUDITH: Nein – sagten die nicht ...
EDWARD: ... der Augenblick gekommen, wo ich nicht mehr weiß, ob ihr ihn töten dürft, müßt ...
Heute aber – vor keinem Menschen,
vor keinem Gott ist das zu rechtfertigen.
ARTHUR: Von Religion versteh ich nichts. Aber ...
[EDWARD: Ich auch nicht – ich glaube, wo ich nichts weiß.
Du mußt nichts verstehen von Religion –
wenn du von Menschlichkeit etwas verstündest.
ARTHUR: Menschlich ... das hatten wir doch schon. Weg damit.
Gibt es etwas Schlimmeres auf der Welt, als was Menschen
getan haben? Reden wir statt dessen vom Geist,
das heißt vom Gewissen – und das sage ich,
und] ich spüre, das trifft ebenso zu aufs Religiöse:
Der Geist ist nur dort kein Geschwätz, wo er Tat ist.
Der Geist ist nur, was er tut ... und es ist die Ehre
des Gewissenhaften, schuldig zu werden ...
wenn er seine Hände schmutzig macht, blutig ...
Arthur, der Chemiker, hat kaum je den Namen Hegel gehört, hat bestimmt von Hegel nie eine Zeile gelesen. Doch zwei von dessen Formulierungen sind so praktisch, vernünftig, lapidar, daß sie einem denkenden Täter in problematischer Stunde von selbst einfallen müssen: «Die Geschichte des Geistes ist seine Tat, denn der Geist ist nur, was er tut.» Und das betrifft auch Judith: «Es ist die Ehre der großen Charaktere, schuldig zu sein.»
... um zur Rettung vieler – einen zu töten.
EDWARD: Das kann wahr sein – wenn ihr wahrhaftig wißt,
daß der da drüben ... Massenmord machen wird.
Doch ihr wißt das nicht,

ihr können das nicht wissen,
noch nicht. Und schlimmer – und endgültig:
Er kann das nicht tun, bevor ihr's erfahren würdet.
Daher es für euren ... prophylaktischen Mord
keine Rechtfertigung gibt, keine. Lebt wohl.
Er stürzt hinaus – Judith ihm nach, bringt ihn zurück, sie hat rasch

JUDITH: Halt!
gerufen. Erst als er wieder im Zimmer ist, sagt sie:
Wieder sagtest du ...
der könne Krieg nicht machen,
ohne daß ich oder Arthur das erfahren?

EDWARD: Natürlich erfährt das Gerald, auch euer Vater. Natürlich.

ARTHUR *lacht, Judith sieht ihn nur an, und sagt heftig*:
Und du bist so weltfremd, Edward, zu glauben,
unser Vater oder Gerald plauderten mit uns
– oder mit irgendwem über dieses geheimste
aller Geheimnisse: daß der Krieg macht?

JUDITH, *das Resümee*:
Wir beiden würden das natürlich nicht erfahren.

ARTHUR: Läßt du uns nun dennoch im Stich?

EDWARD: Ja – denn Mord auf Verdacht, Mord als Vorbeugung:
ist zweifellos – zweifellos! – der am wenigsten
zu rechtfertigende. Sofern überhaupt Mord
zu rechtfertigen ist.

JUDITH: Da du nicht fliehst, nicht aus Feigheit gehst:
wirst du wiederkommen.
Geh mit deinem Kardinal und deinem Beichtvater
zu den Einmachgläsern.
Und dann zu Arthur nach Neapel.

EDWARD: Weiß nicht – das Ernsteste läßt sich vielleicht nicht mit Worten begründen. Vertraut also meinem Gefühl, zwanzig Jahre habt ihr mich doch nicht für einen Spinner gehalten. glaubt mir: Ihr dürft das nicht tun.

Er geht rasch hinaus, er holt den Lift. Er kommt zurück:
Wo überhaupt Mord Mittel der Politik wird:
ist die Bahn eröffnet zu – morden,
ob einen – ob viele:
Ist dann moralisch kein Unterschied mehr.
Churchill sagte über Kriegsanfänge: Der Mörder
ist der Mann des ersten Schusses. Der seid ihr,
wenn ihr auch nur einen umbringt.
Euer Mord wird dann der ...
Veranlasser aller anderen sein!
«Du sollst nicht töten»: Ist unteilbar.
Er geht, man hört den Lift. Ohne Hohn – nur empört ruft ihm Arthur nach; natürlich hört Edward sich das an bis zum Schluß. Schulterzucken dann, als er geht –

ARTHUR: SOS – wenn du dir einbildest,
deine Seele sei gerettet.
Aber Gott kann den nicht mögen, der sich entzieht.
Du rettest deine Seele – wir den Frieden, mag sein:
um den Preis unserer Seelen. *Edward ab.*

ARTHUR, *da Judith schweigt:*
So bedrückt durch Edwards Flucht?

JUDITH: Der flieht nicht – sagte ich ja.
Ginge er nur aus Angst, kriegte ich ihn wieder.
Angst hatten wir beide auch oft genug.

ARTHUR: Entscheidend ist, wir brauchen ihn nicht
– nicht mehr.]

JUDITH: Ich werde mir einreden, alles sei leichter,
wenn wir keinen Dritten hineinziehen.
Aber hinlegen, das weiß ich,
daß ich mich jetzt sofort der Länge nach ...
Stille. Man hört am Telefon in diesem Raum, daß der Professor in Judiths Zimmer den Hörer aufgelegt hat.

ARTHUR, *mitfühlend, will sie streicheln – doch sie geht rasch zu einem der Sofas, sich hinzulegen, bäuchlings, Gesicht dem Parkett zu, Kinn auf die Hände gestützt, Augen lange*

geschlossen. Fast fällt sie mehr als sie sich legt ... Der Bruder sagt, ein wenig erschrocken, dann lächelnd:
Das Übliche ... oder hat Gerald nicht aufgepaßt?
JUDITH, *seelisch ganz kaputt; er fährt rasch seinen Rollstuhl in ihre Nähe*:
Deine Hand, Arthur – o nein, Gerald paßt
schon lange nicht mehr auf, dafür ich um so mehr:
ich habe nur Angst und bin traurig.
PROFESSOR *kommt zurück:*
Ich sprach so lange – entschuldigt –
weil es mir so selten glückt,
das Mädchen überhaupt an den Apparat zu kriegen.
Ist Edward gegangen?
ARTHUR: Ja, läßt grüßen.
Er muß die erste Messe lesen.
PROFESSOR: Wann holt mich Bruce? Es ist flegelhaft,
euer Elternhaus nur als Hotel zu benutzen,
und eurem Vater nicht mal gute Nacht zu sagen!
Beide Geschwister lachen, rasch sagt
JUDITH: Ist Ihnen das aufgefallen:
Vaters neuralgischer Punkt ...
ARTHUR: Einer seiner dreihundertsiebenundneunzig
neuralgischen Punkte:
Deshalb können wir ihm nie als Schlafgäste
junge Leute schicken.
PROFESSOR: Danke, Arthur.
ARTHUR: Entschuldigen Sie, Prof. Ich meine –:
Nachtschwärmer,
die erst morgens heimkommen.
PROFESSOR: Natürlich hat Ihr Vater recht,
und das sage ich nicht nur,
weil ich selber, wie Sie eben feststellten,
ein alter Mann bin:
warum soll er Leute beherbergen, die sein Haus
mit einem Hotel verwechseln?

JUDITH: Ja. Er ist zwar nicht so einsam, wie er vorgibt,
aber allein genug ist er oft, seit Mutter tot ist.

ARTHUR, *zornig*:
Die sich lieben – töten einander. [Vater
trauert Mutter dermaßen nach, daß ich denke,
er gibt zuweilen doch zu, daß er sie
in die Urne gebracht hat.

JUDITH: Unsinn – Krebs hatte Mama.]

PROFESSOR: Was Sie da sagten ...
erschreckt mich doch sehr:
[daß die einander töten, die ...
Da kam ich nun heute zum Veteranentreffen
dermaßen zu spät, daß mein General mir zehn Tage Bau
gegeben hätte, wären wir nicht Veteranen
– so spät, weil ich so lange mit meinem Scheidungsanwalt
Pläne ausheckte! Doch nun erschrecke ich:]
was soll ich tun, wenn ich endlich meine Frau los bin?
Ernstlich ... wie es mit ihr nicht weitergehen kann,
weiß ich.
Aber ich weiß nicht, wie es ohne sie weitergeht.

JUDITH: Als ich plötzlich allein war – hatte ich natürlich
meine Trauer. Mein Mann starb an Leukämie
mit siebenunddreißig ...

PROFESSOR, *zeigt auf das Porträt*: Ich weiß ...

JUDITH: Ich hatte zwar meine Trauer und das Grab.
Doch reisen,
sofort verreisen mußte ich trotzdem,
um nicht verrückt zu werden.
... Kommen Ihre Kinder zur Mutter?

PROFESSOR: Natürlich – die übliche Geiselnahme
durch die Geschiedene.
Er sagte das nicht nur achselzuckend, sondern mit resignierter Handbewegung.

JUDITH: Sie können wenigstens arbeiten,
[und als Trost ist Arbeit dauerhafter als sogar die Liebe.

ARTHUR: Stimmt: viel mehr Menschen
sterben an Arbeitsmangel
als an Liebeskummer.
PROFESSOR: Auf unsre Arbeit trifft aber nicht zu,
daß sie tröstet.] 'n Abend, Bruce.
Bruce, der Chauffeur, ist auf dem Gang erschienen, verneigt sich ein wenig, schweigend, Mütze und Handschuhe in der Hand, der Professor und Judith nicken ihm zu, Arthur sitzt so, daß er ihn nicht sieht; Bruce zieht sich zurück.
JUDITH: 'n Abend! Wieso, es kommt doch darauf an,
was Sie machen aus Ihrer Arbeit:
können Sie nicht eine Giftwaffe entwickeln,
die deshalb keiner anwenden kann,
weil sie zum Bumerang wird?
ARTHUR: Bitte, Chef, erklären sie meiner Schwester,
ich hab's vergebens erklärt,
daß niemand eine Waffe erfinden kann,
die nicht binnen kurzem auch der Gegner hat.
PROFESSOR: Was doch die einzige Hoffnung ist
und die Erklärung, daß die Menschheit
noch existiert. Denn hätten nicht die anderen
drei Jahre nach Hiroshima die Bombe auch gehabt:
wohin hätte schon MacArthur im Korea-Krieg
sie dann gebombt?
Rasch:
Euer Vater, unverzeihlich: wartet – wenn er noch wartet.
JUDITH: Bedauern Sie ihn nicht zu sehr: natürlich war er
ebenso wie Sie hier eingeladen – wehe, wir geben ihm
nicht die Möglichkeit, uns abzusagen!
PROFESSOR: Judith, Ihr Rindsfilet Wellington und ...
JUDITH: Rezept meiner Großmutter.
Wie gern ich Hotelköchin würde,
ich koche so gern, statt mich auf Redaktionen
zu ärgern ...

ARTHUR: Du ärgerst dich da nur über Redakteure,
nicht über deine Arbeit.
PROFESSOR: Jeder ärgert sich nur über Kollegen,
nie über die Arbeit.
ARTHUR: Die Kollegen sind die Arbeit, siebzig Prozent.
PROFESSOR, *belustigt*: Aber Gott sei Dank, dieser Ärger
bleibt mir erhalten.
Und Sie, Arthur,
können sich auf neuen gefaßt machen.
Ich werde mit sechzig nicht emeritiert und
bleibe an der Universität. Aber im Institut
will das Pentagon einen Jungen – und Sie, Arthur,
das haben die Burschen eingesehen,
werden da in zwei Jahren meine Nachfolge antreten!
ARTHUR, *gerührt, versucht das mühsam zu überspielen*:
«Antreten» – einer, der nicht einmal stehen kann!
JUDITH, *strahlt ihn an, küßt ihn*:
Phantastisch. Nun wirst du endlich glauben,
daß nicht deine Füße über dein Leben entscheiden.
PROFESSOR: Und Ihr Kopf ist nicht schlechter als der Kopf
anderer potentieller Nachfolger, eher besser:
Also werden Sie Boss!
Im Mai zuerst setzte ich Sie an die Spitze
meiner Kandidatenliste.
Und heute um sechs sprach ich den [Oberboss ...
ARTHUR: Den Rektor?
PROFESSOR: Ach was – ein Zivilist: was hätte ein Zivilist
bei uns schon zu sagen!
Nein: den] Verteidigungsminister.
Und da der als einziger im Kabinett selber
Vietnam-Veteran ist: ist seine Solidarität
mit einem Kriegsinvaliden doch stärker
als die totale Abwesenheit
an sozialem Gewissen in diesem Mann.
Während sie reden, kommt Bruce herein, hat weiße Ser-

vierhandschuhe an, räumt das Geschirr auf ein großes silbernes Tablett und trägt es in die Küche.
Wenn Sie also in Neapel weiterkommen
mit der HMO-Theorie,
damit Sie sich habilitieren können ...

JUDITH: Ist das geheim – oder darf das politische Neutrum von Schwesterchen wissen ...

ARTHUR: Eine neue, kaum erprobte Berechnungsmethode,
die in gewissen – vielmehr: in ungewissen –
Fällen eine Voraussage
über die Eigenschaften bestimmter Moleküle zuläßt.
Judith zieht fragend die Schultern hoch, in der Erwiderung fährt der

PROFESSOR *fort*:
Sie erlaubt zum Beispiel, diese Methode
– vielmehr soll Ihr Bruder herausfinden helfen,
wie weit sie das erlaubt –
Voraussagen über die Farbe eines Farbstoffs.
Zu Arthur:
Wäre nicht ungünstig, wenn Sie sich der neuesten,
der kontinentalen Publikationen zu den
Woodward-Hoffmann-Regeln annehmen würden ...
[*Zu Judith:*
– die eventuell Voraussagen ermöglichen,
wie bestimmte Moleküle unter Erhaltung der
Orbitalsymmetrie untereinander reagieren ...

ARTHUR: Kernchemie, Kernphysik, Schwesterchen:
Orbitalsymmetrie.
Betrifft den Atombau: die Bahnen, die die Elektronen
um den Kern beschreiben, nennt man orbitale.]
Prof: da bin ich Ihnen ja
verpflichtet bis zum Jüngsten Gericht!

PROFESSOR:
Kann ja auch noch durch irgendeinen Amts-Idioten ...
nein, Ihr politisches Wohlverhalten vorausgesetzt,

wird Ihre Berufung niemand mehr torpedieren.
In zwei Jahren betrinken wir Ihre Amtsübernahme!

JUDITH: Betrinken wir sie gleich. Cognac?
Nicht im Stehen, Professor.

PROFESSOR, *bleibt doch stehen*:
Cognac – ja. Sitzen – nein. Ihr Vater wartet ...

JUDITH, *hat eingeschenkt*: Auf dich, Arthur!
Ich muß Sie noch beschwören,
selber dem Präsidenten zu sagen ...

PROFESSOR, *auflachend*: Wie käme ich zum Präsidenten!

JUDITH: Das dacht ich auch vor einem Jahr.
Durch Gerald kommen Sie ins Weiße Haus.

ARTHUR, *lustig*: Nichts könne die Wiederwahl so fördern,
redet mein Schwager, sein Evangelist, dem Nachbarn ein,
als wenn Judith Farbfotos für die Groschenblätter betextet,
wie der Nachbar einer Stute in den Arsch greift,
um ein Fohlen herauszuziehen.

PROFESSOR, *lacht*:
Allerdings der überzeugendste Wahlschlager!

JUDITH, *lapidar*: Und da müssen Sie mit, Professor!

[PROFESSOR, *erstaunt, schnell*:
Bin doch kein Tierarzt: was soll ich bei der
– Stutenentbindung?

JUDITH: Bei der] – oder später. Denn ich sagte,
diese Reportage mache ich nur,
wenn ich auch ein seriöses Interview kriege,
das dem Nachbarn die Frage stellt,
wieso er wieder C- und B-Waffen produziert.
[Da gehört eine Kapazität mit an den Tisch:
und die – sollten Sie sein!

PROFESSOR: Wann empfängt der uns?

JUDITH: Aus Sicherheitsgründen werden Termine
oft nur Stunden zuvor anberaumt,
höchstens Tage ...
Kann passieren, ein Helikopter landet plötzlich

neben Ihnen und fliegt sie weg zur Ranch
oder ins Weiße Haus oder sonstwohin.

PROFESSOR: Ab heute nie mehr ohne Zahnbürste ausgehen?

JUDITH, *lacht*: Hab meine auch immer dabei.

PROFESSOR: Den Rasierapparat muß mir dann Gerald leihen!

JUDITH: Nun aber ernst:] Mein Interview ist nur
ein Vorwand, Ihnen, dem Fachmann
Zutritt zu eröffnen zu einem Menschen, der sich
noch niemals vorgestellt hat,
was er anstellt: er war nie im Krieg – im Gegensatz
zu Ihnen, meinem Bruder, meinem Vater.
Einmal konnte ich ihn ansprechen auf seinen Entschluß,
die C-Waffen-Produktion wieder anzuordnen.
Der Herr der Welt machte zwei ahnungslose Bemerkungen,
freundlich und dumm.
Gehen Sie mit, Professor, und sagen Sie ihm,
was C-Waffen anrichten.

PROFESSOR: Natürlich gehe ich mit – wenn er mich vorläßt.
[Doch was, Judith, versprechen Sie sich davon?
Sicher, dieser Präsident kennt Krieg nur aus dem Kino]
– doch selbst dann, wenn ihm vor Augen tritt,
was ich ihm erzählen werde ...
Ein einziger Atemzug der letalen Dosis von VX ...

ARTHUR: ... VX ist eines unsrer Nervengifte,
die dieser Präsident
jetzt militärisch bereitstellen läßt: in Bomben,
in Kanisterminen, in Werfergranaten –

PROFESSOR: Nur eine Minute führt dem Einatmenden
schon die dreifache Dosis dessen zu,
was ausreicht, ihn zu töten.

ARTHUR, *erläutert Judith – als tue er das zum erstenmal; sie stellt sich ahnungslos, während sie dieses Gift längst besitzt als Tatwaffe*:
Verstehst du: Zehn bis hundert Milligramm genügen
– je nach Distanz vom Explosionsort –,

zehn Milligramm genügen,
einen hinzumachen nach wenigen Atemzügen.
Doch eine einzige Granate, von Bomben nicht zu reden,
enthält zwei Kilogramm VX!

PROFESSOR, *bedrückt*:
Wozu noch kommt, als Steigerung des Schreckens,
was leider ich erfunden habe …

ARTHUR, *fällt ihm ins Wort*:
Durch meine Mitschuld, ja,
muß ich gestehen, Schwester.

PROFESSOR: … eine neue Anwendungsmöglichkeit
für Dimethylsulfoxyd.
Wir haben daraus ein Transportmittel gemacht,
das eine beschleunigte Hautpassage
für Nervengifte ermöglicht.
Ein Spritzerchen davon
schon auf die Kleidung genügt:
und hin ist der Bespritzte
nach spätestens zwei Stunden.

ARTHUR: Nun soll – Befehl des Präsidenten – diese
mindestens für den Erdkampf schrecklichste
aller Waffen in Serie produziert werden!

PROFESSOR, *resigniert*: Ich bin der Täter,
ich hab diesen Transportbeschleuniger
in meinem Institut nicht nur entwickelt,
sondern diese Entdeckung publik gemacht,
verwendbar für Verbrecher.
Bin also, wie Arthur, selber einer.

JUDITH: Sie sagen das so hoffnungslos, daß ich fürchte,
Sie gehen doch nicht mit zum Präsidenten?

PROFESSOR: Selbstverständlich gehe ich mit … nur, Judith,
wie vergeblich wird es sein. Der weiß doch,
unsere beiden Ozeane schützen uns
– wenn nicht vor Gas,
dann davor, uns – wie Sie das formulieren –

vorzustellen, was wir anstellen!
Und wir haben ja nicht nur die zwei Ozeane,
sondern vor allem diese
unsagbar dummen Deutschen, die unser Gift lagern
wie Bier.
Eine Herde von Lemmingen
– seit sie keine Horde von Banditen mehr sind,
unbegreifliches Volk:
seine Dummheit heute entspricht fast
seiner Grausamkeit unter Hitler!

JUDITH: Vergessen Sie nicht: vierhunderttausend Deutsche
in der Friedensbewegung marschierten nach Bonn.

PROFESSOR: Bruce? Komme.
Bruce ist lautlos, mahnend zum Aufbruch, an der Tür erschienen, verneigt sich, geht dann wieder ab.
Und da unser Präsident als erster ausgesprochen hat,
was so viele hier denken,
daß nämlich der nächste Krieg
begrenzbar ist auf Europa: wie sollte er mich da,
Judith, auch nur ernst nehmen,
wenn ich ihm angst mache vor dem,
wovor nicht einmal die sich fürchten,
auf deren Boden es eingesetzt werden wird,
die Deutschen ...?
Er gibt Judith die Hand.
Das traurige Ende eines Abends,
der mit Filet Wellington à la Judith begonnen hat ...
seien Sie sehr bedankt.
Bruce!
Der tritt alsbald ein, diesmal mit der Mütze und den Handschuhen des Colonel.

JUDITH: Obgleich ich Ihnen wünsche, Professor, daß Sie bald
Ihren Anwalt hier nicht mehr aufsuchen müssen:
kommen Sie doch oft! [Ich freue mich aufs Reden
– und essen können Sie bei mir immer besser

als bei meinem Vater.
Sie können hier auch übernachten, wenn Arthur weg ist:
seine Zimmer sind leer, leider …

PROFESSOR: Gute Nacht und danke …
die nächste Einladung mache ich:
im Metropolitan Club, wenn es da auch keine der Ihren
vergleichbare Cumberland-Sauce gibt!
Ich hab's einfach nötig,
mich wieder einmal mit einer schönen Frau zu zeigen:
wenn man mich immer nur beim guten Essen erwischt,
zieht mir das den Ruf zu,
fürs übrige Leben zu alt zu sein.
Professor bleibt im Abgehen vor dem Rollstuhl Arthurs stehen; seine Hand liegt lange in Arthurs Hand:
Arthur, bringen Sie Ihre
Habilitationsschrift mit heim aus Neapel.

ARTHUR: Da Sie es angeboten haben, Prof,
werde ich tatsächlich oft schreiben.
Ein Brief geht vier Tage.

PROFESSOR: Sind ja Arbeitsberichte.]
Nacht – und vor allem: alles Gute für Ihre Knie,
mein Junge.

ARTHUR, *während Judith den Professor hinausbringt*:
Danke, Prof. Grüßen Sie alle im Institut.

PROFESSOR: Tu ich.

JUDITH, *während Bruce dem Colonel Handschuhe und Mütze reicht*:
Bruce, seien Sie bitte nicht später als acht hier,
er nimmt einen Zentner Bücher mit.

BRUCE, *verneigt sich, erst zu Arthur, dann zu Judith; man spürt, es fehlt alles Vertrauliche, was die Geschwister mit Arnold, seinem wesentlich älteren Bruder, verbunden hat*:
Jawohl, Punkt acht … ich komme um Viertel vor
und koche Kaffee.

JUDITH: Das ist lieb, danke, Bruce.

BRUCE: Gute Nacht.
Bruce hinter Professor ab.

JUDITH, *kommt rasch vom Korridor zurück, geht zum Rollstuhl – sagt versonnen, ihre linke Hand im Haar des Bruders wie eine, die ihn liebt*:
Allein – zum letztenmal.

ARTHUR, *will ihren lastenden Ernst wegreden*:
Kompliment, daß du so ahnungslos
nach einem Gift fragen kannst,
das seit fünf Monaten in deinem Bad steht.

JUDITH: Mir ist hundeelend.

ARTHUR: Aber! Glückt vielleicht,
kann doch glücken, wenn du meinen Boss
da drüber vor den Nachbarn schleppst
– daß sich sein Ernst auf den überträgt!

[ARTHUR: Kommst du um, Judith,
vergiß das nie – mache auch ich sofort ein Ende.

JUDITH, *empört:*
Selbstmord bei zwei unmündigen Kindern!

ARTHUR: Besser für die beiden, als ein Vater,
der vegetieren muß mit dem Bewußtsein,
seine Schwester auf den elektrischen Stuhl
gebracht zu haben.]

JUDITH, *wieder entschlossener*:
Das ist unser letzter Versuch, friedlich –
das Friedenszeichen zu setzen.
Gott weiß – welche Erlösung es für mich wäre,
müßte ich nicht morden ...
Ach, daß Angst allein den Großen
Gewissen machen kann!

ARTHUR, *setzt düster hinzu*:
Nicht nur den Großen – allen,
kleine Leute haben hierzulande ebensowenig
Angst wie der Nachbar.
Die furchtbare Quittung des Schicksals

für das territoriale Verschontsein der USA
seit anderthalb Jahrhunderten ...

JUDITH, *ebenso*:
Schon deshalb muß es sein – gegen seine Illusion,
daß die Verbarrikadierung des Weißen Hauses
den schützen kann,
der aus der Apokalypse den Schluß zieht,
mit Armageddon sei unsre Zeit gemeint.
Ich bin deshalb so – so total abgestürzt,
weil meine Hoffnungen
gerade heute abend so hochfliegend waren.
Ich hoffte, dieser Auftritt
deines Chefs sei in unserm Stück
die Peripethie, Umschwung, Wendepunkt;
wenn die Tragödie noch vermieden wird,
weil das Vernünftige endlich doch eintritt,
– gegen alle Erwartung
und im letzten Moment.

ARTHUR, *düster*:
Nie hat uns einer beherrscht,
der so wie heute der – der Knecht der Industrie war!
Und er hat die Ausrede, nicht einmal ein Vorwand,
sondern unterstützt sogar von allen Gewerkschaften:
daß Rüstung mehr Arbeitslose zu Brot bringt
als jedes andere Geschäft!
Meine Furcht ist, außer meiner Angst um dich,
daß eine Gewaltlösung
– die Gewaltlosen in aller Welt diskreditiert.

JUDITH: Nur dann, wenn eine Exponentin der
Friedensbewegten die Täterin wäre.
Aber auch Friedenswillige können den Gewaltverzicht
nicht ausdehnen auf jene, die nur Gewalt respektieren.
Wenn heute dauernd Gandhi beschworen wird,
verdrängt man, daß auch ein Inder schießen mußte.
Der Gouverneur, der 1919 beim Massaker von Amritsar

über vierhundert Demonstranten totschießen ließ:
wurde – selbstverständlich – mit Pistole hingerichtet,
einundzwanzig Jahre nach seiner Untat, in London
durch den Inder Udham Singh.
Und es wäre empörend – wäre das nicht geschehen!

ARTHUR: Was wurde aus diesem Inder?

JUDITH: Churchill ließ ihn aufhängen im Tower.

ARTHUR, *der zuerst aufmerksam zuhörte, plötzlich in Panik*:
Aufhängen?
Judith, hast du nicht Angst?

JUDITH: Nur! Nur! Aber genügt Angst als Ausflucht?
Doch stärker hemmt mich,
daß ich einen töte,
der nicht weiß, was er tut.

ARTHUR: Wäre das wahr – wäre er noch gefährlicher am Hebel.

JUDITH: Wenn ich sehe, daß er nicht sehen will,
was dein Professor ihm demonstriert,
erst dann kann ich ihn töten. Dann aber sicher.
Schweigen, dann Judith tonlos:
Und wenn ich einen Unschuldigen mit umbringe,
vielleicht einen Leibwächter oder Gerald ...

ARTHUR: Leibwächter müssen dir kein Gewissen machen:
wenn sie einen Gemeingefährlichen bewachen,
ist mit umzukommen nur ihr
freiwillig eingegangenes Berufsrisiko.

JUDITH, *mit Tränen*:
Aber Gerald? [Hier ist mein Defizit im Menschlichen,
– ich schlafe auch immer sozusagen mit ihm als ...
als ... dem Repräsentanten dessen,
den ich töte, und an den ich doch niemals
auf Hautnähe herangekommen wäre,
ohne mit Gerald zu schlafen.

ARTHUR, *nimmt sie in den Arm – so gut er das kann in seinem Rollstuhl*:
Länger als ein Jahr

war nie in deinen Gedanken, wenn du mit
Gerald ins Bett gingst – ein Gedanke an den,
den er dir jetzt ausliefert.

JUDITH, *kann kaum sprechen*:
Aber daß doch Gerald vermutlich mit umkommt.]
Wenn nicht körperlich, so doch ... wie unser Vater,
ja, Arthur: wie auch Vater!
geistig, beruflich ... überhaupt als Mensch.
Beide vernichte ich mit.
Ich fürchte, ich kann es doch nicht.

ARTHUR: Daher deine Pflicht, unentdeckt zu bleiben.
Sonst würde Vater sich erschießen wie ich.

JUDITH: Und vorher, als er hier lachte
und hat nichts anderes im Sinn, als dir
seinen Job zu vermachen, dein Professor – [da mußte ich
fast erbrechen vor Selbstekel: weil wir doch
auch ihn, diesen so völlig Integren,
vielleicht mit kaputtmachen ...
Er hat dich angestellt, er wird mit mir
zum Nachbarn gegangen sein.
Er hat ...]

ARTHUR, *dieses Stichwort bringt ihn zurück zu seiner Attentäter-Entschlossenheit, unterbricht sie gebieterisch*:
Judith! – nur weil
wir jetzt übernächtigt sind und angetrunken und
– geschwächt durch den Abschied,
verwechseln wir nicht alle Begriffe:
Ihr geht zum Nachbarn,
ihm zu helfen, wenn er noch
bereit ist, Hilfe anzunehmen, ihm zu verdeutlichen,
was er anrichtet – und was seine Generalität ihm
ebenso ruchlos verschweigt,
wie sie damals John Kennedy
ruchlos verschwiegen hat, wohin es führe,
nur fünfhundert «Militär-Berater»

nach Vietnam zu entsenden ...
Nun klag dich nicht auch noch dessen an.
JUDITH: Ja – ich bin auch mißtrauisch
gegen meine Skrupel: ob ich die jetzt nicht züchte,
damit ich mich drücken kann vor der Tat.
Sie ist aufgestanden, hat ein Glas genommen und sagt jetzt – ihr Bruder wehrt ab, als sie auch ihm noch einmal einschenken will – konzentriert, gesammelt:
Ich las im Tagebuch,
das der fast siebzigjährige Thomas Mann
in Kalifornien schrieb
während des Krieges – und da war, aufleuchtend
aus dem Schutt vieler Alltäglichkeiten,
seine Eintragung: Er habe sich geschämt,
in einer Wochenschau zu sehen, wie in Scharen
unsere GIs hingemetzelt wurden
von Deutschen, von Japanern.
[Da schämt sich ein schon alter Mann
seines friedlich-komfortablen Daseins,
weil überall zur Befreiung vom Faschismus
Menschen sich opfern.]
Während er an Kaliforniens
sonnig-behüteter Küste herumspazieren darf.
So sonnig-behütet lebte auch ich,
sozial und politisch risikofrei.
ARTHUR: Bis dir dein Mann starb.
JUDITH: Das ist nicht ehrlich:
[ich lebe auch heute gierig und gern.]
So tief ich es ersehnt habe, mit ihm zu sterben,
[so sehr ich das Leben verabscheute, damals ...
als ich ihn ins Krematorium gebracht hatte:]
irgendwann lachte ich doch wieder und war stolz,
als erste Zeitungen meine Artikel druckten
– ja, und Gerald lehrte mich dann,
auch mit einem anderen so gern zu schlafen.

Nur eines hab ich nie vergessen:
daß es unanständig wäre,
für selbstverständlich zu halten,
daß ich leben darf, während er tot ist,
ehe er recht da war. [Da sein zu dürfen,
während andere, Jüngere, Fähigere – weggemäht wurden.
Hat man das einmal erfaßt oder wurde davon erfaßt,
dann vergißt man nie mehr, daß ein so schönes Leben
wie meines: die Rückgabe-Pflicht an die Natur oder
an die Geschichte miteinschließt ...] Wie gut ging es mir
sogar dort, wo du als mein Nächster
durch den Krieg so fürchterlich und – wer weiß:
lebenslang geschlagen wurdest ...
[Oder auch, als ich Mutter
zu Tode pflegte, ein entsetzliches Jahr ...
aber dann liebte und lachte und lebte ich weiter.]
Wenn uns aber etwas vom Tier unterscheidet,
dann doch nur dies eine:
Daß wir ein Gedächtnis haben – für alle die,
denen das nicht geschenkt wurde,
weil Krieg oder Krebs oder Armsein oder
Haft sie zerstörten,
[irgendein Hunger, körperlicher oder seelischer,
den sie nie stillen konnten!]
Daß man selber umarmt schläft,
während die, die man liebte
und auch die vielen, die niemand liebte,
drei Meter unterm Boden liegen:
sollte jedem verbieten zu jammern,
der dieses Zusatz-Geschenk des Lebens
– jedes Jahr ist eines – endlich zurückgeben muß.
Wie schäbig, sich zu entziehen.

ARTHUR: Fast alle entziehen sich.

JUDITH: Stimmt nicht ... fast alle haben ja nicht,
wie ich, den Zugang zu dem da drüben.

Unsre Putzfrau hat ihn nicht,
Bruce auch nicht, du auch nicht
– also seid ihr auch schuldlos, wenn der Mann macht,
was wir voraussehen, daß er's tut.

ARTHUR: Darf man einen töten, von dem man nur glaubt,
daß er Krieg macht?

JUDITH: Muß man es nicht?
[Denk an den Militärattaché der Briten in Berlin.
Die ihm in London den Scharfschützen verweigerten:
wie hat ihr Gewissen geschrien, als Hitler
sechs Monate später in Warschau einzog?]
Die machen doch Planspiele mit Hunderten
von Millionen Atomkriegs-Toten:
Neu ist an dieser Administration,
daß sie den Krieg erstmals wieder als gewinnbar ausdenkt.
Deshalb soll der, der das zuerst aussprach,
auch als erster daran sterben.
Gott will es – sonst dächte ich das nicht.

ARTHUR, *kaum noch widerstrebend*:
Gott? Bist du sicher, der ist nicht nur ein Klischee,
die Metapher jener,
die sich fürchten, Eigenes zu denken?
Wer ist Gott?

JUDITH, *lapidar*:
Wer Gott ist, weiß niemand. Wo er ist, sieht jeder:
in den Mitmenschen, die er
nicht dazu erschuf, daß Menschen sie abschaffen.

ARTHUR: Ich habe nur deshalb
so schwache Argumente, Judith,
weil ich seit achtzehn Monaten weiß, daß du recht hast.
Was machst du?
Denn Judith hat eine Schallplatte herausgesucht und aufgelegt. Sie zeigt ihm aus der Ferne des halb abgedunkelten Raums die Plattentasche.
Mahler? Die fünfte?

JUDITH: Sein Requiem! Das Adagietto aus der fünften.
ARTHUR: Schrieb Mahler ein Requiem?
Leise setzt die Musik ein. Sehr rasch hat
JUDITH *ganz unpathetisch gesagt, während sie zum Bruder zurückkehrt*:
Nur für mich. Dies.

Vorhang

Vierter Akt
Wer zum Schwert greift

Die Politik ist diejenige Sphäre, in der es prinzipiell keine reinen Lösungen gibt, reine will sagen absolute Lösungen um der menschlichen Wohlfahrt willen nicht geben darf, vielleicht auch «Wahrheit» in einem intersubjektiven Sinn nicht geben kann: «In politics», so hat kürzlich ein Chicagoer Lokalpolitiker sich ausgedrückt, «in politics there is no truth, there are only versions.» *Hans Egon Holthusen*

Ist das Weiße Haus terroristensicher? Trotz des alarmierenden Erfolges der neulich ausgeführten Selbstmordterroristen-Anschläge im Mittleren Osten sind US-Sicherheitsbeamte überzeugt, daß das Weiße Haus gegen gleichartige Angriffe sicher geschützt ist. Nachdem ein Mann mit seinem Auto am Weihnachtstag 1974 gegen das Nordwesttor des Weißen Hauses gefahren ist, wurden sämtliche Eingänge schwer verstärkt. Sicherheitsquellen sagen, der zwei Meter hohe Eisenzaun, in Stahlbeton verankert, werde schnell fahrenden Sattelschleppern und sogar Panzerwagen standhalten. Ein großer Sprengkörper könne zwar ein Tor öffnen. Doch kein Tor steht näher als 140 Meter vor dem ovalen Amtszimmer und den Wohnräumen des Präsidenten, so daß die Explosion keine unmittelbare Gefahr für den Präsidenten bildet, und Dutzende von Leibwächtern werden vorhanden sein, um Eindringlinge abzuwehren. Gegen Luftangriffe ist das Weiße Haus durch Boden-Raketen geschützt. Es befindet sich im Executive-Office-Gebäude neben dem Weißen Haus ein Befehls- und Kontrollsystem für die Raketen. Es wird bestätigt, daß ungefähr monatlich ein Versuch stattfindet, ins Sperrgebiet des Weißen Hauses einzudringen; keinem ist das auch nur entfernt gelungen. *Newsweek, 14. November 1983*

Nacht mit unruhigen Wolken, die das volle Mondlicht zuweilen wegdecken. Ein Uferstreifen am Potomac wie jener, wo der Kreml-Spion Kim Philby als Erster Sekretär der Britischen Botschaft in Washington nach Aufdeckung der Flucht seiner Komplicen Burgess und MacLean 1951 seine Spionage-Utensilien vergraben hat, was er in seinen Memoiren beschreibt: «Jeden Augenblick konnte MI 5 das FBI bitten, mich zu überwachen. In meiner Garage, die zugleich Geräteschuppen war, steckte ich einen kleinen Spaten in meine Aktentasche und ging dann in den Keller hinunter. Ich tat Kamera, Stativ und alles sonstige Zubehör in wasserdichte Behälter und packte sie dann mit dem Spaten zusammen. Ich hatte das alles in Gedanken schon oft geprobt und den Grund dafür gelegt. Es war für mich zu einer Gewohnheit geworden, oft nach Great Falls hinauszufahren und dort eine friedliche halbe Stunde zu verbringen, um mich von meiner Arbeit zu erholen, und auf dem Wege hatte ich eine geeignete Stelle für das, was jetzt notwendig wurde, ausgemacht. Ich parkte den Wagen am Rande einer stillen Straße, mit dem Potomac zur Linken und einem Wald zur Rechten, wo sich im hohen und dichten Unterholz ohne Schwierigkeiten etwas verstecken ließ.
Ich lief durch die Büsche etwa hundert Meter zurück und machte mich mit dem Spaten an die Arbeit. Ein paar Minuten später tauchte ich wieder aus dem Wald auf, knöpfte meinen Hosenschlitz zu und fuhr nach Hause zurück, wo ich mich mit dem Spaten im Garten zu schaffen machte, ehe ich zum Lunch ging. Was die belastenden Gegenstände betraf, konnte mir niemand etwas anhaben.
Nun konnte ich mich dem Fluchtproblem zuwenden.»

Ganz rechts eine windschiefe, dichtastige Weide, sehr nah am Fluß. Auch ein mächtiger Ahornbaum. Hinter Auto und Bäumen das abfallende Ufer. Der Fluß liegt zu tief, um aus dem Parkett gesehen zu werden.
Geralds schwerer Range Rover.
Unterhaltungsmusik, leise gestellt, aus dem Radio des Wagens; der Wagen hat eine Hecktür, die, hochgeklappt, also ein Dach ist. Darunter ausgezogene Kleidung. Judith und Gerald haben nackt gebadet. Sie kommt nun im Bademantel, er nur mit einem Badetuch vom Fluß; während er sie frottiert, küßt er sie. Unschroff, aber bestimmt entzieht sie sich: Er geht um die nicht sichtbare Seite des Wagens herum zum Heck und beginnt dort, sich anzuziehen.

JUDITH: Wieso kommst du schon aus dem Wasser?
Du schwimmst meist doppelt so lange wie ich.

GERALD: Ich dachte, wir wollten noch zu Kathleen,
immerhin nicht nur eine Party,
sondern ihr Geburtstag.

JUDITH: Ich mag heute keine Menschen mehr sehen.
Und habe ihr auch nichts mitzubringen.

GERALD, *versucht, sie ins Gras zu legen*:
Dann haben wir ja Zeit – komm, komm,
dir ist doch nicht kalt!

JUDITH: Du, bitte – nicht jetzt, nicht heute.
Sie läuft um den Kühler herum, öffnet die dem Parkett zugewandte Tür neben dem Lenkrad und dreht am Radio; sie will von der Musik zu Nachrichten schalten.

GERALD, *verwundert*: Wieso heute nicht?

JUDITH, *immer noch freundlich*:
Ach, ich weiß nicht, frag nicht – Fragen
komplizieren alles so. Kommt doch vor –
sie zeigt nach oben, lacht dann –
daß einem der Mond schief hängt ...

GERALD: Wenn ich als dein Alleinunterhalter
heute nicht tauge ...

JUDITH, *ruft ihm zu, schon am Radio:*
Das liegt doch nicht an dir!
GERALD: ... dann ist's wirklich besser,
doch zu Kathleen zu gehen:
schickst ihr dein Geschenk morgen
wie ich die Blumen.
Die wissen schließlich, wo wir heute waren.
JUDITH: Eben deshalb bin ich nicht in Stimmung.
Dies Getue da um den Nachbarn.
GERALD: Merkwürdig, wie er so plötzlich genug hatte.
Kommt sonst nie vor, daß er wegen Unwohlsein
irgend etwas absagt.
JUDITH: Er hat nicht abgesagt – sondern seine Frau.
GERALD: Was drehst du am Radio!
JUDITH: Diese Musik geht mir aufs Gemüt.
GERALD, *bindet jetzt seinen Schlips*:
Du selber hast sie angestellt, hat mich gewundert.
Warum ziehst du dich nicht an?
JUDITH, *lacht*:
Ich schwimme noch ein bißchen, damit du ungestört
deinen Briefkasten leeren kannst!
GERALD, *hält inne, er war dabei, sich zu kämmen, kommt rasch, aufs höchste erstaunt, nahe zu ihr*:
Das weißt du?
JUDITH, *hat sich vor das Auto ins Gras gesetzt, in ihrem paprikaroten Bademantel, sie raucht*:
Liebling, ich habe keinen Hirnschaden,
ich sehe nur so aus.
Natürlich bist du in der Branche.
Wie oft, wenn du versichertest,
dies sei der einzige halbwegs erreichbare Ort,
an dem man nackt baden könne,
hab ich dir gesagt, ich fürchte mich hier.
Trotzdem mußtest du immer hierherfahren – schaurig!
GERALD: Heute wolltest du unbedingt hier baden.

Achselzuckend, fatalistisch:
Wann hast du das gemerkt mit dem Briefkasten?
JUDITH: Als ich vor vier, fünf Wochen vom Wasser aus sah,
daß du mit deinem Taschenlämpchen
an den Baumstamm getreten bist: Männer,
so weit kenne ich mich aus bei denen, immerhin,
finden ihren Hosenstall meist ohne Taschenlampe.
GERALD, *kniet und küßt sie sehr zärtlich, aber sie macht sich hoch und los:*
Du hast gut beobachtet.
JUDITH: War keine Kunst.
GERALD: Aber du hättest, verdammt, mir sagen müssen,
wie blöd ich bin.
Daß ich von der Straße nicht gesehen würde,
darauf gab ich natürlich acht.
JUDITH: Aber aus dem Wasser konnte nur ich dich sehen!
Wäre da noch irgendwer geschwommen,
ich hätte dich schon gewarnt ... nicht jetzt, nicht heute.
GERALD, *hat sie wieder bedrängt:*
Waren wir jemals hier, ohne es zu machen?
JUDITH: Ich bin keine Maschine, nun laß doch ...
Warum sollte ich nicht wissen,
daß die CIA dein Feierabend-Brötchengeber ist?
GERALD, *etwas bitter:*
Weil es dann auch dein Bruder weiß.
JUDITH, *lacht:* Arthur hat dich immer für einen gehalten,
der seine Tätigkeit als Historiker nur zum Schein ausübt,
um in Rußland herumreisen zu können.
GERALD: Arthur hat recht.
Und doch schreibe ich weiter an dem Buch,
schließlich ein bedeutendes Thema, wie Rußland
sich seiner vier Invasionen erwehrt hat.
JUDITH, *steht auf:*
Ja, wär mir lieber, dich seriös zu sehen,
statt beim Indianerspielen: Briefkästen für Leute leeren,

deren Job ich so widerwärtig finde, daß ich schon …
Sie küßt ihn; er sitzt noch im Gras und zieht Strümpfe und Schuhe an:
… mit einem von denen schlafen muß,
um das zu vergessen … nun hol deine Post;
jetzt mußt du nicht mehr tun, als gingst du pinkeln …
Damit du sie in Ruhe lesen kannst,
schwimme ich noch ein paar Minuten.

GERALD: Da gibt's nichts zu lesen, alles chiffriert.
Fällt mir erst jetzt auf,
wie unheimlich dieser Ort ist.

JUDITH, *wartend, bis er die Schuhe anhat und sich zu dem Baum begeben will, beiläufig*:
Ist's ein Russe, der euch da Post zusteckt?

GERALD, *schon auf den Füßen, dreht sich ihr zu*:
Hältst du mich für einen,
der Amtsgeheimnisse ausplaudert?
Nur weil ich so tölpelhaft war, dich zuschauen …

JUDITH, *betroffen, überrascht*:
Um Gottes willen – entschuldige, Gerald.
Bitte, es war sehr taktlos von mir.

GERALD, *fährt ihr durchs Haar, während Judith weiterspricht*:
Gut, schon vergessen – schwimm!

JUDITH: Ich hätte ja wirklich nichts davon, wenn ich wüßte,
ob der Russe oder Deutscher oder Chinese ist. Oder?

GERALD: Und dann müssen wir essen,
ich hab Hunger wie ein Tiger.
Wo ist mein Taschenlämpchen?

JUDITH, *rasch*: Ich hol's!

GERALD, *ohne Argwohn*: Wieso du?
Er ist schon am Heck des Wagens, wo auf dem Boden seine Jacke liegt. Sie geht ihm drei Schritte nach, bleibt dann, als er seinen Rock aufhebt, um sein Taschenlämpchen herauszunehmen, gebannt vor Entsetzen stehen.

Ist ja gar nicht mein Lämpchen,
ist dein Parfum-Zerstäuber!
Wie kommt denn der in meinen Rock?

JUDITH, *rasch, laut, in Panik, denn er hält ihn auf sich, als wolle er ihn benutzen:*
Gib her ... sollst ihn hergeben!
Mit einem Sprung ist sie bei ihm.

GERALD, *hebt ihn hoch und ruft fröhlich:*
Sei nicht so geizig, ich darf doch probieren.

JUDITH: Gerald! Gib her!
Das schrie sie, außer sich, in Angst, er wolle sich oder sie ansprayen.
Ich tat's in deine Jacke, weil ich zum Tonbandgerät
nicht auch noch eine Handtasche tragen konnte –

GERALD, *durch den Schrei mißtrauisch, versteht aber noch nichts:*
Was hast du denn, darf ich nicht
wenigstens ein bißchen auf die Hand –
Er hat seine Jacke zu Boden fallen lassen, sie kämpft jetzt mit ihm, so gut das im Bademantel geht, er lacht, sie schreit noch einmal wütend; wie es ihm scheinen muß, völlig unangemessen –

JUDITH: Gib das her, gib's her, Gerald, ich – Gerald!
Nicht!

GERALD: Warum nicht, um Gottes willen?
Nun kriegst du's grade nicht
bevor ich's probiert habe!

JUDITH: Gerald – sei nicht albern!
Sie haben gerungen, sie ist zu Boden gefallen, ist aber sofort wieder auf den Füßen und hinter ihm her, der lachend davonläuft und jetzt, ein bißchen atemlos – sie ist es sehr –, aus einigen Metern Entfernung, das Flakon an langem Arm hochhaltend, über seinem Kopf, schon etwas erbittert belustigt, ruft –

GERALD: Wer ist jetzt albern!

Warum schreist du, wenn ich an deinem
Parfum schnuppern will?
Bist du verrückt?
Gerald weicht abermals vor ihr zurück – sie spürt, sie hat gar keine Aussicht mehr, ohne sein Nachgeben, das Flakon an sich zu bringen. Sie weint schon, sie fleht –

JUDITH: Gerald – ich –
Nimm nichts, rühr nicht dran – und frag nicht.

GERALD, *ratlos, betroffen, verbittert*:
Du heulst?
Heulst, weil ich dein Parfum ... ist wohl keins?

JUDITH, *wieder ein wenig hoffend, er gäbe nach, geht auf ihn zu*:
Frag nicht, vertrau mir.

GERALD, *gekränkt*: Wie käme ich dazu: Dir noch trauen?
Du hast mich als CIA-Mann erwischt,
aber ich darf dein Parfum nicht probieren!
Und schlafen zwei Jahre zusammen.

JUDITH, *ihm ins Wort fallend*:
Du sollst einmal, bitte ... Gib's her.

GERALD, *wirft ihr jetzt verächtlich das Flakon vor die Füße, sie schnappt danach mit hündischer Eile; als sie es in der Hand hat – weint sie wieder, entnervt vor Angst und entfernt sich einige Schritte in Richtung zum Fluß. Er hat sofort, als er es hingeworfen hat, gereizt gefragt*:
Eine Kamera also – oder irgend so 'n Scheiß,
so ein unehrlicher, mit dem du, wenn ich
bei dir schlafe, Papiere fotografierst?

JUDITH, *hat sich gefaßt, ist aber körperlich auf der Hut vor einem Zugriff durch ihn*:
Papiere: Du meinst, ich glaubte,
du brächtest wichtige mit heim?

GERALD: In meinem Amt gehst du ja auch aus und ein,
und seit Wochen durch meine Schuld: beim – Präsidenten!
Die Tochter des Botschafters – Spionin?

JUDITH, *damit geht sie schwimmen, um das Flakon zu versenken*:
Grotesk. Was hätte ich für ein Motiv?
Du zweifelst ja nicht –
GERALD, *sehr laut*: An allem, an mir, an allem – ich Idiot.
Und gebe dir auch noch das Beweisstück.
JUDITH, *die fürchtet, er entreiße ihr wieder das Flakon, ist schon halb die Böschung hinab*:
Als wäre alles, was vor dir geheim ist,
du Polizist,
schon Spionage.
Ich hab nie spioniert, ich schwöre.
GERALD: Schwören – du!
Ich bin ein so verächtlicher Trottel,
dich auf Tuchfühlung zum Präsidenten zu bringen!
Judith ab ans Ufer. Gerald nimmt nun die Taschenlampe, hängt sich den Rock über und verschwindet dann hinter der Uferböschung, so wie Judith im Wasser verschwunden ist. Auf der Bühne nur der Range Rover, der innen hell erleuchtet ist, da seine Türen aufstehen. Abrupt hört die Radiomusik auf, die sehr leise gestellt war: Jetzt wird gesprochen, aber unverständlich. Man sieht Gerald, halb hinter dem Baum, die Böschung heraufkommen; seine Taschenlampe flammt nur kurz auf – und er kommt, Hände in den Hosentaschen, die «Post» vermutlich in der Rocktasche, sehr langsam wieder zum Auto. Er nimmt eine Zigarette, beginnt zu rauchen – schreit plötzlich –
Was?
Er stellt das Radio sehr laut, läßt sich dann, Beine nach draußen, auf den Sitz fallen. Man hört:
... wurde der Tod des Präsidenten im Hubschrauber während des Transportes zum Bethesda Naval Hospital in Washington vor siebzig Minuten festgestellt. Ein erstes ärztliches Bulletin gibt als Ursache Herzschwäche an, nachdem

am Spätnachmittag plötzlich Ateminsuffizienz aufgetreten war. Wir melden uns, sobald weitere Nachrichten vorliegen über den tragischen Verlust, der unsere Nation wie die ganze freie Welt zutiefst erschüttert.

Die Nationalhymne.

Nach einigen Atemzügen stellt Gerald leiser; in seiner Ratlosigkeit rettet er sich in oft erprobte Handgriffe: er reißt sein Sprechgerät im Wagen zu sich heran – wirft es dann aber auf den Sitz und schreit sehr laut, wobei er aussteigt, ohne sich vom Wagen zu entfernen, übers Wasser:

Judith! – Judith!

JUDITH, *sehr entfernt*: Was ist?

GERALD, *außer Fassung*:

Jetzt weiß ich,
warum du das Radio angemacht hast!

Keine Antwort.

Gerald murmelt fast unhörbar:

Aber woher wußte sie ... das kann nicht sein.

Er wiederholt, stehenbleibend, nachdem er einige Schritte dem Ufer zugegangen war:

Das kann – nicht sein, kann n i c h t sein.
... Und doch –

Er schreit, als bäume er sich auf gegen furchtbar Verhängtes:

Judith!

Stille, dann – als er sie kommen sieht, dreht er provokativ das Radio auf die äußerste Lautstärke. Ganz rechts (vom Parkett), dort bei seinem Briefkastenbaum, ist sie wieder ans Ufer gekommen und zieht im Gehen den Bademantel an.

JUDITH: Die Nationalhymne?

GERALD, *läuft auf sie los. Da sie sich ahnungslos gibt, packt er sie wütend, als wolle er die Antwort gleichsam aus ihr herauspressen*:

Du weißt warum!

Sie ist vor Erschütterung unfähig zu sprechen. Er auch, dann:
Hättest du nicht auf diese Botschaft gewartet
– warum den verdammten Apparat anstellen:
Mörderin!

JUDITH, *ziemlich gefaßt, jetzt ist ihr Haar sehr naß; sie war getaucht: so daß sie erstaunlich verändert wirkt:*
Schrei nicht wie ein – Kranker.
Sie stellt das Radio entschlossen ab.
Sprechen die denn von Attentat?

GERALD: Noch nicht, noch nicht
– aber du weißt das und fährst baden!
Er hat sie gepackt, rasch in ihre zwei Bademanteltaschen gegriffen, schreit:
Wußt ich's doch; nicht in dieser –
nicht in dieser Tasche dein Flakon:
im Fluß versenkt – natürlich: die Tatwaffe ...
Deshalb auf dem Heimweg in meiner Tasche:
um mich als Präsidentenmörder anzuprangern?

JUDITH: Wer sagt, das Flakon sei benutzt worden?
Vielleicht war es nur ein – Zusatzgerät,
das nicht gebraucht wurde.
Vielleicht war's ein Mikrofon oder eine Kamera.
Sarkastisch:
Was geht dich das an, du – Feind!
Und was geht mich das an?
Vielleicht waren sein Golfhandschuh
oder sein Stetson vergiftet
– oder das Rede-Manuskript, das dein Büro
ihm aufgesetzt hat.
Sie kann nicht mehr reden, ihr Sarkasmus hat sie endgültig überfordert. Benommen, jetzt, wie zerknickt. Sie hält mühsam den Weinkrampf unten, verrät sich aber damit, daß sie jetzt wegsackt, umfällt, im Gras mehr liegt als sitzt.

GERALD, *nach einer Pause, nicht mehr aggressiv, leiser:*

Du warst mit ihm allein, als er
dein Interview kürzte – also kriegen sie dich!
Sag eins: Warum hast du's nicht
schon im Flugzeug aus meiner Tasche genommen?

JUDITH, *mühsam*:
Wie denn im Flugzeug ein Flakon wegwerfen?
Und als wir hier rausfuhren, hattest du
deinen Rock an – es war in der linken Tasche.

GERALD, *erbittert*: Mein Geschenk.

JUDITH: Nein.

GERALD, *schreit*: Wieso nein!

JUDITH, *nimmt aus den Kleidern ein goldenes Flakon, das genauso aussieht wie das versenkte*:
Dein Geschenk! Wären wir angehalten worden,
ich hätte nicht zwei bei mir haben können.
Das zweite liegt unter einem Stein.

GERALD: Wie nächste Woche der Präsident.
Wie ekelhaft du bist.

JUDITH, *leise*: Ekelhaft? – Das Wort fiel dir nicht ein,
als der Mann anordnete,
das Nervengas zu produzieren, an dem er starb.

Schweigen, dann, während Judith den Bademantel auszieht, um sich anzuziehen, fragt

GERALD: Unter einem Stein im Fluß?

Judith, steht jetzt nackt da, der Moment der Wahrheit – so in sich versunken, daß ihr nicht gleich einfällt, sich anzuziehen ...

Gerald wiederholt: Unter einem Stein im Fluß?

Er macht das Radio wieder an.

JUDITH, *sich ankleidend*:
Guck nach ... und überleg dir gut,
was aus deiner Karriere wird, wenn du mich
denunzierst – du, ohne den ich
dem Präsidenten nie näher gekommen wäre
als ein Provinz-Reporter.

GERALD, *leise*:
Schlagen würde ich dich jetzt – totschlagen,
wenn mich dein Zynismus und meine Blödheit
nicht so – so schwächten:
daß ich noch vor zehn Minuten dachte,
dein Flakon sei eine Kamera! Nervengas
– warum hättest du sonst hysterisch geschrien!
Sehr ernste Musik jetzt leise im Radio; Mozarts Maurerische Trauermusik.
Erst als da von Ateminsuffizienz und Herzschwäche
die Rede war … konnt ich's kombinieren,
daß du eine bist von denen …
JUDITH: Eine von denen, du sagst es selbst!
GERALD: … die uns seit Wochen drohen,
der Präsident werde genau an dem Gift sterben,
dessen Produktion er wiederaufnehmen ließ.
JUDITH *ist fertig angezogen, verdeckt ihr noch nasses Haar mit einem Kopftuch – mit dem gleichen, das im Prolog die Judith von Minsk trug*:
Zynismus wirfst du mir vor. Doch
zynisch ist, daß allein der
sicher sein soll vor dem Gift,
der es produziert …
Nie, noch nie hörte ich von dir ein Wort
über die Opfer!
GERALD, *nimmt ihren Vorwurf auf*:
Nie ein Wort von dir – typisch Friedensbewegte –
über die Gift-Waffen der Russen!
JUDITH: Wir haben in größtem Stil
mit Gift Krieg geführt,
wie sollten unsere Gegner keines herstellen?
Der Anfang, das zu ändern,
muß bei denen gemacht werden,
die den Anfang damit machten.
Das waren wir: So mußte zuerst bei uns

einer sterben an dem, was er anderen zugedacht hat.
Sollen Russen vor der russischen Tür kehren
– wir vor unserer!

GERALD: Bist du auf die satanische Idee verfallen
– nein, natürlich Arthur, der Krüppel,
der boshafte ...

JUDITH: Wie das paßt, zu dir,
einen Krüppel zu schimpfen ...

GERALD, *fällt ihr ins Wort*:
Ich wollte Arthur nicht verhöhnen, nur wissen,
ob die genial böse List von ihm stammt,
siebenmal öffentlich vorher anzukündigen,
wo der Präsident an diesem Gift sterben werde,
sofern er es produzieren lasse,
bis das FBI und wir endlich sicher waren,
da rede nur ein Spinner.

JUDITH: Nicht nur, um euch einzuschläfern,
wurde das angekündigt,
sondern weil wir fürchteten, es werde sonst vertuscht,
daß er mit dem Gift hingerichtet wurde ...

GERALD, *schreiend*:
Hingerichtet – ermordet!
Und du bildest dir ein, du kämst davon?

JUDITH: Wenn sie vertuschen, daß er hingerichtet wurde,
und womit:
dann stelle ich mich, es bekannt zu machen!
Die wissen es doch sicher schon jetzt.
Warum geben sie es nicht zu?

GERALD: Lange können sie es nicht geheimhalten.
Doch dich kriegen sie trotzdem.

JUDITH: Sie können nichts beweisen.

GERALD: Gleichgültig, du wirst umgebracht.
Auch – gleichgültig!
Arthur arbeitete, wo es das Gift gibt.

JUDITH: Da arbeiten viele – seit Monaten fehlt das Gift

und wurde nie vermißt.
Hätte man's gesucht
– wir hätten's nie verwendet.
Aber mein Leben
habe ich sowieso dieser Idee geopfert.
Du weißt, wie sehr ich ein Kind wollte.
Doch seit ich begriff, daß ich handeln muß
– gab ich acht, nicht schwanger zu werden.
Sie weint:
Denn ein Kind soll nicht – ich will nicht,
daß ein Kind ... eine Mörderin zur Mutter hat.
Sie fällt ihm fast entgegen, er fängt sie auf und birgt, ohne sie zu küssen, ihren Kopf an seinem Hals. Ohne sie zu streicheln, liegt seine Hand auf ihrem Haar.
Fahr mich heim! Ich bin plötzlich
– so total müde.

GERALD: Daß du auch mein Leben vernichtet hast,
war dir gleichgültig?

JUDITH: Das habe ich nicht.

GERALD: Doch. Du hast mich nie geliebt, sonst –

JUDITH: Und wie. Aber das ist ja meine Sühne:
Daß ich wußte, ich würde dich verlieren. Denn
– was für eine Banalität,
doch wenn sie dann plötzlich einen selber betrifft,
dann ist sie das Ungeheuerlichste –
wir wissen doch, wie sehr der Mord
den Mörder verändert.

GERALD: Meine Existenz ist auch zum Teufel:
hättest mich nicht hindern sollen,
dein Flakon gegen mich zu benutzen.

JUDITH: Absurd!

GERALD, *in Selbstmitleid*:
Im Ernst: Dann hätten sie den Täter,
der sich selbst gerichtet hat.

JUDITH: Fahr mich heim, ich kann nicht mehr.

Sie geht, wie vernichtet, nimmt ihren Bademantel aus dem Gras.

GERALD: Zum nächsten Flugplatz bring ich dich.

JUDITH: Wozu! Wenn die auf mich kommen
– liefert jedes Land mich aus.

Gerald geht zum Fahrersitz, er ist zerstört vor Trauer – er hat seinen Kopf aufs Lenkrad gelegt, passiv, unfähig zu irgend etwas. Er stellt sogar das Radio ab – als interessiere ihn die Außenwelt nicht mehr; sie lehnt sich außen an den offenen Wagen und entzündet zitternd eine Zigarette, dann auch ihm eine, da er eine entsprechende Handbewegung machte. Dabei reden sie. Gerald hebt den Kopf, als komme er nach einer Narkose zu sich.

Verzeih, daß ich dich doch noch
so ungeschickt hineinzog,
durch meine Dummheit mit dem Flakon:
aber seit es geschah, ist
... alle Umsicht und Energie aufgebraucht.

GERALD: Ging allen Attentätern so,
du mußt jetzt schlafen.
Pause. Dann:
Was sagst du: daß der Mord
– den Mörder verändert?
Aber was sonst verändert er? Nichts.

JUDITH, *fest*: Doch – doch, viel! Viel hat sich geändert.

GERALD *läßt sie zu keiner Erklärung kommen, immer wieder wird er sehr laut*:
Nichts. Jedes Geschichtsbuch sagt doch, daß immer
– fast immer – ein noch Gefährlicherer kam!

JUDITH: Wird eine Idee dadurch verfälscht,
daß sie in der Wirklichkeit nur Symbolkraft gewinnt?

GERALD *schreit, ihre Stimme parodierend*:
«Idee» – welche «Idee»!

JUDITH *ruhig, sachlich*:
Daß es pervers ist, gegen Gott,

Natur und Menschlichkeit,
wenn friedlich in seinem Bett stirbt,
wer den Giftgastod für Millionen
selbstverständlich einkalkuliert.
Merkst du nicht, wie klein, wie unzulänglich
vor dieser Tatsache die Kalkulation wird,
der nächste sei vielleicht kein Besserer?
Und übrigens muß das keineswegs so sein:
wenn ein Mensch nicht mehr ist als das System,
das ihn hochgebracht hat,
gehört er sowieso nicht an die Macht.
Die vier Präsidenten, die diesem vorangingen,
waren von sehr anderem moralischem Kaliber;
sie haben verboten,
daß die Armee diese Giftgas-Verbrechen vorbereite,
weil sie wußten – schätzt sogar das Pentagon –,
daß wir eine Million Vietnamesen
damit umgebracht haben
oder verkrüppelt wie unsere zwölftausend GIs.
Mußte nicht endlich wieder einmal
Realität werden, statt immer nur Metapher zu bleiben:
daß umkommt durch das Schwert,
wer zum Schwert greift?

GERALD, *nicht unbeeindruckt. Schweigen – dann leise*:
Wer aber ... du bist nicht Gott der Richter:
wer hätte das entscheiden dürfen?

JUDITH, *einfach*:
Die Opfer – die wenigen zehntausend, die noch nicht
gestorben sind an diesem Gift.
Unsere entscheidende Idee
ist doch noch immer die Demokratie.
Doch keine andere wird
so ausgeleiert und genotzüchtigt
von denen, die nur die Leiter zur Macht
in ihr sehen:

sind sie oben, stoßen sie die Leiter weg
und blicken nicht einmal mehr hinab auf jene,
die so dumm waren, sie zu wählen!
Muß da nicht endlich ein Gewählter
persönlich haften für das,
was er bereitstellen läßt
für Soldaten und Zivilisten?

GERALD: Bereitstellen, damit niemand wagt,
Gift einzusetzen.

JUDITH: Was wortwörtlich, seit Waffen gebaut werden,
die Ausrede aller ist, die Waffen bauen.
Und sie dann doch einsetzen.
Was soll denn werden aus der Demokratie,
wenn nicht einmal mehr vor dem Tod alle gleich sind?
Und nicht auch ein Machtkranker an dem sterben könnte,
was er seinen Opfern zugedacht hat?
Ziviler Ungehorsam: reicht aus nur dort,
wo die nicht töten, gegen den er sich richtet.
Und ich mußte es jetzt tun – bevor mein Wunsch,
ein Kind zu haben –
Sie kann nicht mehr reden, sie will das Weinen untenhalten; sie liegt wieder im Gras. Irgendwer versucht sehr heftig, wie der randalierende Apparat verdeutlicht, Gerald über Sprechfunk zu erreichen.

GERALD, *stellt den Apparat schroff ab, hat sie hochgezogen. Jetzt sagt er mit festerer Stimme, doch ebenso ausgelaugt wie sie:*
Nimm das zurück, daß ich dich denunziere!

JUDITH, *klammert sich an ihn:*
Das hab ich nicht gesagt!

GERALD: Hast du gesagt.

JUDITH: Dann im Entsetzen über deine Entdeckung.
Verzeih mir's.
... versprich mir ein letztes,
denn sicher werde ich umgebracht.

GERALD, *ehrlich*: Nein – bin überzeugt,
dein Bruder hat nichts getan
– was euch verrät.
JUDITH: Wenn die vertuschen, woran er starb:
muß ich reden.
GERALD: Wer redet, muß sich nicht zu erkennen geben.
Doch was eine Mörderin redet, ist wertlos
– moralisch tot.
JUDITH, *und mit dieser Antwort findet sie zu ihrer Tat zurück, zur Entschlossenheit, mit der sie die Tat beging*:
«Moralisch»? – wie moralisch ist, was du amtlich
redest, tagtäglich?
GERALD: Ich morde nicht.
JUDITH: Schlimmer – du propagierst, daß Massenmord
an Zivilisten potentiell moralisch möglich ist.
Der Commander-in-Chief der bedrohlichsten Armee,
die je existierte, wurde umgelegt mit dem,
was er abermillionen Non-Kombattanten zugedacht hat:
das war kein Mord! Der fiel als Krieger.
GERALD *schreit*:
«Fiel?» – im Frieden!
JUDITH, *sehr leise, aber artikuliert bedrohlich*:
«Frieden»? – während der uns jedes Vierteljahr
an den Rand des dritten Weltkriegs redete, scherzte?

Eine Zivilistin praktizierte den Präventiv-Schlag gegen einen, der ihn für hundert Millionen vorsieht: das ist nicht Mord – sondern Notwehr.

GERALD: Mord – es war Mord
JUDITH: Ich stand neben ihm, als er jene verhöhnte,
die auch hierzulande Schwerter
in Pflugscharen umwandeln wollen.
Und als er Arthurs Prof wegscheuchte
wie eine blöde Fliege, den Chemiker,

der ihm die Augen aufgemacht hat
für das, was er befohlen hat,
zu produzieren ... Schwerter in Pflugscharen ...
Sie hat den Nachbar gemacht, seine Arroganz, als er das gesagt hat:
Sein Dünkel, als er das zitierte, gab mir den Mut,
mich nicht nur zu entsetzen vor ihm –
sondern diesen Dünkel
zu strafen durch sein eigenes Schwert!
Ohne zu wissen hat Judith zwei Zeilen aus dem Gebet der biblischen gesprochen, «erdet» aber dieses pathoslos Dahergesagte noch durch die Slangwendung:
Daß Abrüstungswillige nur Trottel seien, Flehende,
die nie schießen – diese Denkgewohnheit
der Machtkranken:
hat ein Ende – seit ich ein Ende machte mit d e m.
Du wirst mich nicht kleinkriegen, niemand wird das,
wenn er von Mord spricht ...
als sei ich der berühmte Student,
der eine Pfandleiherin totmachte,
nur um sein Studium zu finanzieren.
Schweigen, leiser dann:
Ich habe Frieden in meinem Gewissen,
denn ich konnte nichts gewinnen
für m i c h, als ich dieses Zeichen setzte.
Fahren wir!
Entschlossen, sie hat ihre Fassung wieder, geht sie rasch, um die Hecktür zu schließen.

GERALD: Ein Tod ist keine Botschaft.

JUDITH: Aber ein Attentat –
als die Rebellion der sonst Ohnmächtigen.
Ich muß jetzt schlafen, fahr mich irgendwo hin,
ich muß ausgeruht sein und stark,
wenn sie mich holen.
Fahr los!

Sie steigt ein, hat entschlossen ihre Tür zugeschlagen. Er läßt den Wagen an, schlägt seine Tür zu. Sehr laut, fast drohend kommt der starke Motor auf volle Touren, die Scheinwerfer des Range Rovers flammen auf.

Schluß. Vorhang

1984 – wie 1914? Wettrüsten führte zum ersten der Weltkriege

Nachwort

> ... Ballin beim Abendessen in der Diskussion unserer Haltung zum englischen Kohlenstreik ... Deutschland könne ja ... etliche Dampferladungen Kohlen zur Unterstützung hinüberschicken, worauf der Kaiser: «Kohlen? – eine Granate schicke ich ihnen hinüber, sonst nichts!»
>
> *Weizsäcker, Tagebuch, Kiel 9. März 1912*

Sprechprobe

... *Los Angeles, 13. Aug. (Reuter/ap)* Präsident Reagan hat nach Berichten amerikanischer Nachrichtenmedien bei einer Sprechprobe vor seiner regelmäßigen samstäglichen Radioansprache an die Nation einen «Witz» über die Ausschaltung der Sowjetunion gemacht. Die größte Zeitungsgruppe der Vereinigten Staaten, «Gannett Newspapers», und die Fernsehgesellschaft ABC zitierten Reagan am Sonntag mit den in offenbar heiterer Laune geäußerten Sätzen: «Amerikanische Mitbürger. Ich freue mich, Ihnen mitteilen zu können, daß ich gerade ein Gesetz unterzeichnet habe, das Rußland für *vogelfrei* erklärt. Das *Bombardement* beginnt in fünf Minuten.» ...
... Die anwesenden Techniker sagten, es habe sich deutlich hörbar um einen Scherz gehandelt; dieser sei jedoch – unabsichtlich – in Studios der in Reagans Wohnort Santa Barbara tätigen Medien *übertragen* worden.

Neue Zürcher Zeitung, 14. August 1984

Harrimans Vermächtnis

Zu Beginn jenes Jahres 1984, in dem der amtierende Präsident der USA erneut kandidierte und das am 1. August den 70. Jahrestag der Weltkriegs-Katastrophe brachte, beendete der zweiundneunzigjährige Nestor der Washingtoner Diplomatie, W. Averell Harriman, sein Schweigen zur Außenpolitik, das er sich drei Jahre lang auferlegt hatte, «weil ich der Ansicht bin, daß Amerika der Welt ein Bild der Einheit bieten muß», schrieb er am 1. Januar in der *New York Times*. «Doch Präsident Reagan darf nicht länger erwarten, daß die Amerikaner eine Politik unterstützen, die das Verhältnis zur Sowjetunion gefahrenträchtiger macht als zu irgendeinem anderen Zeitpunkt im Leben unserer Generation ... Dies ist das traurige Resultat der Diplomatie, die Reagans Regierung verfolgt.» So sprach der – neben dem noch immer in Moskau lebenden vierundneunzigjährigen Molotow – Längsterfahrene aller Außenpolitiker. Harriman war im Zweiten Weltkrieg neben Harry Hopkins der einflußreichste Emissär Franklin Delano Roosevelts gewesen, sein Sonderbotschafter bei Churchill, sein Botschafter bei Stalin; war dann Handelsminister unter Truman, Gouverneur von New York, Zeitungsherausgeber und Eisenbahn-König. Noch unter John F. Kennedy hatte er als der «geachtetste seiner Unterhändler, der auch von Macmillan vorgeschlagen worden war» (Sorensen) binnen dreizehn Tagen das Moskauer Atomversuchsstop-Abkommen ausgehandelt.

«Trunken von den Meinungsumfragen und dem überwältigenden Sieg, den 6000 Amerikaner über 600 Kubaner auf

Grenada errungen haben», warnte er in diesem Neujahrsartikel, «... wird das ‹Star Wars›-Verteidigungsprogramm der Regierung Reagan drei feierlich abgeschlossene Rüstungsverträge zunichte machen: den begrenzten Atomversuchsstop, den Vertrag über die Entmilitarisierung des Weltraums und den Vertrag über Raketenabwehr-Raketen ... Es fällt den Amerikanern immer leicht, den Sowjets alle Schuld an allem zuzuweisen. In der Tat sollte kein Amerikaner ... die Tatsache aus den Augen verlieren, daß die Sowjetunion ein gerüttelt Maß an Verantwortung für den heutigen Zustand trägt. Aber solche Schuldzuweisung, der sich die Reagan-Administration seit ihrem Amtsantritt geradezu mit Besessenheit gewidmet hat, ist weder Strategie noch Politik ... Präsident Reagan und seine Regierung tragen selber ein großes Maß an Schuld für die derzeitige Lage ... Trotz des Versprechens, das er im Wahlkampf gegeben hatte (‹Als Präsident werde ich unverzüglich Verhandlungen über einen Salt III-Vertrag eröffnen›), wartete Reagan mehr als siebzehn Monate, ehe er auch nur begann ... Zugleich sind die Verhandlungen über nukleare Mittelstrecken-Raketen in Europa zusammengebrochen ... Amerikas Unterhändler – konservativ und erfahren im Umgang mit der Sowjetunion – wurde desavouiert, weil er sich zu eifrig bemühte, einen annehmbaren Kompromiß zu erreichen, der die USA enorm begünstigt hätte ... Der Salt II-Vertrag ... wurde von der Reagan-Administration beiseite gewischt. Der engste Berater des Präsidenten sagte dazu: ‹Wir empfinden keine gesetzliche oder moralische Verpflichtung, uns an Salt I und Salt II zu halten› – ein Satz, der allem Völkerrecht widerspricht ... über die Kontrolle der Weltraumwaffen will Präsident Reagan mit der Sowjetunion nicht einmal reden ... Sattsam bekannte Gegner der Rüstungskontrolle wurden mit der Abrüstungspolitik betraut. Die amerikanischen Delegationen kamen mit leeren Händen an den Genfer Verhandlungstisch und mußten dann wochenlang warten, bis sie förmliche Verhandlungsinstruktionen erhielten ... Ich bin überzeugt, daß die sowjetischen Führer ernsthafte Verhandlungen wünschen ... Verhandlungsziel, trotz der unversöhnlichen Ideologie beider Nationen, ist ... Verhinderung eines Atomkriegs ... damit nicht unsere Generation von Amerikanern die erste ist, die das Vermächtnis des Lebens gefährdet, das ihr überantwortet wurde. Der begrenzte Atomversuchsstop von 1963 kam schließlich nach der kubanischen Raketenkrise und nach Jahren der Spannung um Berlin zustande ...»

Holsteins letztes Wort an Bülow

Einem Neunzigjährigen fiele man auch dann nicht ins Wort – daher die Länge des Zitats –, warnte er weniger sachkundig in seinem doch vermutlich letzten Appell an seine Nation vor einer Entwicklung, die uns alle der Vernichtung ausliefern kann ... Überflüssig zu sagen, daß der Kommentar des Weißen Hauses – mit dümmlicher Ironie gegen das Alter des Warners – den schnöden Bemerkungen vergleichbar war, die Kaiser Wilhelm der Letzte auf den Rand der besorgten Briefe kritzelte, die vor dem Ersten Weltkrieg aus London sein Botschafter Paul Graf Metternich schrieb. Jahrelang hatte er wie sein Vorgänger und seine beiden Nachfolger exakt vorausgesagt, das Wettrüsten zur See, das der Kaiser gegen sein britisches Mutterland Mitte der neunziger Jahre angezettelt hatte, obgleich er schon Inhaber der stärksten Festlandmacht war, werde zum Krieg mit England führen. Zum Krieg gegen eine Insel, mit der nie zuvor die Deutschen einen ernsthaften Konflikt auszukämpfen hatten, sondern im Gegenteil: Briten und Deutschen – «La Belle Alliance» nannte das Blücher – hatten zweimal als sogenannte «natürliche» Waffenbrüder Europa gerettet vor der französischen Hegemonie, bei Blenheim 1704 gegen Ludwig XIV. und bei Waterloo 1815 gegen Napoleon ...

Um 1910 aber hatte das Wettrüsten auf den Meeren, hauptverantwortlich von nur zwei Personen im Reich ausgelöst, vom Kaiser und seinem Admiral Tirpitz, die Entente unter Eduard VII. geschmiedet. Jeder Hammerschlag auf den Werften von Kiel und Wilhelmshaven, schrieb rückblickend der Marineminister Winston Churchill mit Genugtuung, habe geholfen, das Bündnis der stets verfeindet gewesenen Franzosen und Briten und Russen zu festigen. In Deutschland hatte schon Jahre zuvor, am 15. August 1908, der längst verabschiedete Friedrich von Holstein, noch immer maßgebender außenpolitischer Berater des Reichskanzlers Fürst Bülow, notiert: «Der Kaiser hat das Schriftstück» – eine der Warnungen seines Londoner Botschafters – «mit einer Reihe wütender Kommentare versehen ... Unter anderem sagte S. M., er werde Metternich eine Rakete irgendwo hineinstecken, die ihn zum Fliegen bringe. Genau ebenso wie Metternich hat sich nun aber in Kronberg der Unterstaatssekretär Hardinge ... geäußert.» (Hardinge, zwei Jahre zuvor britischer Botschafter in Petersburg, zwei Jahre später Vizekönig von Indien, besuchte mit König Eduard VII. Deutschland.) Holstein hatte schon unmittelbar, nachdem der Kaiser seine Flottenrüstung auf Höchsttouren gebracht hatte, am 3. Februar 1897 hellsichtig in sein Tagebuch geschrieben: «... glaube ich, daß die Riesenflotte das wirkliche Endziel ist, für dessen Erreichung der Kaiser die Ruhe, ja man könnte sagen, den Bestand des Reiches aufs Spiel setzt.» Und noch auf dem Sterbebett bedrängte, beschwor Holstein in seinem letzten Brief überhaupt den Reichskanzler am 6. und 7. April 1909, vier Wochen vor seinem Tod, er schrieb mit Bleistift und wackelnder Hand und verteilte diese letzte Anstrengung auf zwei Tage: «Damit ein schwer Kranker schreibt, dazu gehört schon was ...» so beginnt der Sterbende, bedrückt durch die Tatsache, daß man «jetzt jedes, auch das kleinste Entgegenkommen gegen England ablehnt». Und er sagt dem Kanzler, der zwei Monate nach Holsteins Beerdigung entlassen

wird – was Holstein ebenfalls voraussagt –, daß die Behauptung: «Bülow war an allem schuld ... als Leitmotiv in die Weltgeschichte übergehen würde ... nichts würde Sie retten. Dagegen gibt es nur ein einziges Mittel: daß Sie die Annäherung an England durchführen ... seien Sie fest. Lassen Sie sich von der unangenehm überraschten Majestät nicht bluffen ... Ihr Orienterfolg findet im Lande kolossale Anerkennung. Aber dieser Erfolg ist eine Kleinigkeit, verglichen mit dem, was Sie erreichen, wenn Sie dem deutschen Volk ... die *détente* mit England, d.h. den sicheren Frieden bringen ... Ich rate Ihnen mit der größten Entschiedenheit zur Stellung der Kabinettsfrage ... Vielleicht sagt S.M., um Zeit zu gewinnen: ‹Erst muß Tirpitz gefragt werden.› Nein, das ist nicht nötig, wenn zunächst Metternich lediglich beauftragt wird, zu fragen, ob England bereit ist, zu verhandeln ...» Bülow stellte – obgleich sein Verstand ihm endlich sagte, die Flotte sei das kriegstreibende Verhängnis – die Kabinettsfrage *nicht*. Und es kam genau so, wie Holstein es ebenfalls in diesem Brief prophezeite: Um des Kanzlers Mitschuld vor der Weltgeschichte zu belegen, brauchten die Historiker «dann nur aus unseren Akten zu publizieren, wie oft und wie eifrig England von 1898 bis zu Ihrer Granitbeißrede uns entgegengekommen ist»!
Mit dieser Rede hatte Bülow, gegen klügere Einsicht und nur um dem flottenversessenen Monarchen zu schmeicheln, Englands Bündnis-Angebot am 8. Januar 1902 im Reichstag rüde abgeschmettert. Noch einmal – ein seltenes Wunder – öffnete England zehn Jahre später diese Türe: Es entsandte 1912 seinen Kriegsminister Lord Haldane nach Berlin, der wiederum mit leeren Händen vom Verhandlungstisch bei Kaiser und Tirpitz heimgeschickt wurde und nunmehr in Whitehall den Krieg für unvermeidbar erklärte. Auch des Kaisers letzter Botschafter in Washington bis 1917, Graf J.H. Bernstorff, der zur Tatzeit, als Bülow das Bündnisangebot Joseph Chamberlains verwarf, unter Metternich in London gearbeitet

hatte, resümiert: «Als ich von 1902 bis 1906 in London Botschaftsrat war, gab es an der Botschaft keinen Menschen, der nicht überzeugt war, daß ein deutsch-englischer Krieg sicher bevorstand, wenn der deutsche Flottenbau in der bisherigen Weise fortging. Doch waren Verständigungsmöglichkeiten vorhanden, noch bis zuletzt, bis zur Berliner Mission Lord Haldanes. Als diese scheiterte, war aber der Weltkrieg eine Sicherheit, denn nur England konnte ihn verhindern, und England wollte wegen der deutschen Flotte nicht mehr. Colonel House schrieb an Wilson am 29. Mai 1914: ‹Sobald England zustimmt, werden Frankreich und Rußland über Deutschland herfallen›, und House kannte wahrlich die Entente-Kreise gut ...»

Der «lange und gut vorbereitete Krieg» (Renate Riemeck in: *‹Mitteleuropa: Bilanz eines Jahrhunderts›*) wurde zwar erst möglich, nachdem die zwei führenden Männer Frankreichs, die nie ihr Einverständnis zum Krieg gegen Deutschland gegeben hätten, Caillaux und Jaurès 1914 termingerecht durch Attentate beseitigt worden waren. Aber nur Naive können noch annehmen, daß die Schüsse von Serajewo den Weltkrieg «verschuldet» haben. Sie lösten allenfalls die Voraussage ein, die am 19. Februar 1913 der Marineminister Winston Churchill der Direktion der Cunard-Linie gegenüber machte, als er mit Alfred Booth über den sofortigen Umbau der «Lusitania», «Mauretania» und zweier weiterer Ozeanriesen zu Hilfskreuzern konferierte. Churchill «nannte weitere sechs Schiffe ... die ebenfalls umgebaut werden sollten, sobald die Arbeit an der ersten Gruppe abgeschlossen war... Er ließ keinen Zweifel daran, daß es in Kürze einen Krieg mit Deutschland geben werde. Man rechne mit seinem Ausbruch im September 1914, wenn die Deutschen den Kaiser-Wilhelm-Kanal fertiggestellt hatten und in Europa die Ernte eingebracht sei...» (Colin Simpson: *‹Die Lusitania›*)

Am 11. November 1911 telegrafierte Kaiser Wilhelm der Letzte aus Kiel an seinen Kanzler – und pikant für Zahlenmystiker ist die Tatsache, daß auf den Tag genau sieben Jahre später, am 11. November 1918, Deutschland im Wald von Compiègne kapitulieren mußte, weil es im «Geiste» dieses Kieler Telegramms nicht aufgehört hatte, das britische Weltreich durch den Bau seiner so luxuriös-überflüssigen wie bedrohlichen Schlachtflotte zum durchaus widerwilligen Alliierten Frankreichs und Rußlands zu machen. Der Kaiser, der sich selber in einem Telegramm an den Zaren, nur um den Engländern die denkbar schlimmste aller Beleidigungen zuzufügen, einst als den «Admiral des Atlantik» bezeichnet hatte, der im Zaren den «Admiral des Pazifik» grüße, telegrafierte also am 11. November 1911: «Nur nicht den Humor verlieren! ... Stimmung für Flottenverstärkung so günstig ... Volksempfinden und die noch tiefgehende Erregung desselben in eine nutzbringende Tat umsetzen ... Das Volk erwartet so etwas jetzt und würde dieses als nationale Tat mit Jubel begrüßen. Frisch ans Werk!»

Kanzler Bethmann Hollweg hatte in seiner sogenannten zweiten Marokkorede am Vortag im Reichstag gesagt: «Der Starke braucht sein Schwert – nicht immer im Mund zu führen. Wir haben Monate hindurch erlebt und erleben noch jetzt alle Tage, die von einer leidenschaftlichen Stimmung durchflutet sind, wie wir es wohl niemals in Deutschland erlebt haben. Ein Grundton dieser Stimmung ist der Wille Deutschlands, seine Kräfte und alles, was es vermag, in der Welt durchzusetzen.» Der Kanzler hatte *nicht* zur Flottenverstärkung aufgehetzt, wie das kaiserliche Telegramm vermuten lassen könnte – war ihr aber, die er als Verhängnis durchschaute, charakterloserweise wie immer mit keiner Silbe entgegengetreten, um in der Gnadensonne Seiner Majestät zu verbleiben, obgleich er sich im Reichstag wütende

Hetzreden einiger Abgeordneter gegen England, mit der Forderung, sofort die Flotte zu verstärken, angehört hatte. Acht Tage später schrieb in einem Privatbrief sein Londoner Botschafter Graf Metternich dem Kanzler: «Was die Weisheit der Männer verschweigt, plaudert häufig der Mund der Weiber aus. Besonders in England, wo die Frauen stark ausgeprägte politische Wesen sind. In meinen Gesprächen mit Grey und auch mit Asquith habe ich es natürlich vermieden, im jetzigen Augenblicke die Flottenfrage zu berühren, obwohl sie gerade jetzt hier alles andere überragt.
Mrs. Asquith, die sehr klug und indiskret, aber politisch eine Freundin von uns ist – sie ist in Dresden erzogen worden –, sagte mir noch gestern in ihrem Hause, daß unser Verhältnis zu England ganz davon abhänge, ob wir eine Flottenvermehrung vornähmen oder nicht.» (Als dann Krieg war, verloren auch die Asquiths ihren einzigen Sohn auf dem Schlachtfeld.) «Derselbe Gedanke tritt mir von den verschiedensten Seiten entgegen, und ich habe nicht den leisesten Zweifel, daß er die Situation beherrscht. Wir stehen, wie ich vorgestern zu Grey sagte, *at the parting of the roads*, am Scheidewege: für England, daß es nicht nochmals in einer wichtigen internationalen Frage uns drohend in den Weg tritt; für Deutschland, daß es nicht den Rahmen des Flottengesetzes überschreitet. Dabei ist gleichgültig, ob wir schneller bauen, ob wir mehr bauen, oder beides zugleich. Die Wirkung wird dieselbe sein. Der Weg der Aussöhnung mit England ist dann definitiv verlassen und alles, was wir sonst tun mögen, nur von taktischem Wert. Grey, obwohl er ebenso wie ich diesen heiklen Punkt wohlweislich zu berühren vermied, weiß ganz genau ebenso wie alle anderen hiesigen leitenden Persönlichkeiten, wo für Deutschland der Scheideweg beginnt, und sie wissen auch nach den Erfahrungen dieses Sommers, wo er für England liegt ...
... Ich habe die Flottenfrage, welche der entscheidende Punkt in unserm Verhältnis zu England bleibt, in meinem

gestrigen Berichte nicht erwähnt, weil ich nicht schon wieder in der Rolle des unbequemen Warners auftreten wollte. Ich habe mich dieser undankbaren Aufgabe noch unlängst in meinem Bericht Nr. 811 vom 1. d. Mts. unterzogen, wobei ich mich ausführlich über die durch Beilegung des Marokkostreites geschaffene Lage verbreitet habe.
Ich bin natürlich bereit, für meine Überzeugung einzutreten ...
Auch stelle ich ganz in Ihr Ermessen, ob Sie meine heutigen Bemerkungen über die Flottenfrage zur allerhöchsten Kenntnis bringen wollen oder nicht. Nebenbei bemerkt, gehört sich vielleicht mehr moralischer Mut dazu, aus Pflichtgefühl die Rolle eines unbequemen Warners zu übernehmen, als sich dazu gehören würde, im unrichtigen Moment einer fremden Regierung, die einem nichts anhaben kann, Grobheiten zu sagen und sich als *bully* zu benehmen.»
Des Kanzlers Antwort war so klug wie egoistisch. Bethmann Hollweg sagte mit einer unter Politikern höchst seltenen Aufrichtigkeit, daß er seinen Posten verliere, wenn er die – auch seiner Meinung nach – richtige Einschätzung der Lage beim Kaiser vertrete; das Schreiben vom 22. November 1911 «zu Ihrer ausschließlich persönlichen Information» ist bezeichnend für ein ganzes Jahrzehnt der wachsenden Entfremdung zwischen Whitehall und Wilhelmstraße:
«Seine Majestät der Kaiser fordert mit großer Entschiedenheit die Einbringung einer Flottennovelle im kommenden Frühjahr. Die Novelle soll für die nächsten sechs Jahre an Stelle des im Flottengesetz vorgesehenen Zweiertempos das Dreiertempo einführen. Dabei soll Prinzip die allmähliche Herstellung des Verhältnisses von zwei zu drei sein. Seine Majestät ist so fest entschieden, daß er bei Weigerung der Einbringung der Novelle wahrscheinlich einen Regierungswechsel vornehmen wird.
Im Volk ist eine Flottennovelle momentan entschieden populär. Mag auch das Agitationsbedürfnis der Parteien im Hin-

blick auf die nächsten Wahlen sowie die allgemeine Opposition gegen die Marokkopolitik der Regierung dabei eine große Rolle spielen, so herrscht doch ganz unverkennbar in allen Schichten des Volks eine große Erbitterung gegen England, die nach einem bestimmten Ausdruck sucht. Für die ruhige Überlegung, daß es jedenfalls momentan unsere Stellung gegen England nicht stärkt, vielmehr durch Erhöhung der Kriegsgefahr schwächt, wenn wir in den nächsten sechs Jahren achtzehn Schiffe anstatt zwölf auf Kiel legen, findet sich kein Verständnis ...»

Wer aus der deprimierenden Tatsache, daß Volksvertreter und Presse angriffslustiger gestimmt waren als der Kanzler und vielleicht sogar als der – unter Militärs – als ängstlich verspottete Monarch, etwa den Schluß zöge, die «Großen» seien nichts als Seismographen, die Erschütterungen im Volke registrieren, der fälscht weg, daß hier länger als ein Jahrzehnt vom Kaiser, von seinem Flottenchef und vom Vorgänger dieses Kanzlers gegen England eine Flottenverstärkungs-Agitation ohne Beispiel angeheizt worden war, die schließlich das Volk in den gleichen Grad der Verdummung versetzte, der *zuerst* seine Beherrscher befallen hatte. Wie es im ‹*Faust*› steht, so ist es in der politischen Realität:

> Was ihr den Geist der Zeiten heißt,
> das ist zumeist der *Herren* eigener Geist!

Die «Herren» wollten die Seemacht – das Volk lieferte ihnen endlich dazu die Steuergelder, dann seine Söhne – zuerst als Matrosen, dann als Fischfutter ...

Der Zeitgeist kann sogar vernünftige Mitmacher umgebungsblind werden lassen. So reagierte zum Beispiel die einunddreißigjährige Ordonnanz im Flottenstab, Ernst Weizsäcker, 1913 auf den Vorschlag Churchills, beide Mächte sollten sich verpflichten, im kommenden Jahr kein neues Schiff zu bauen, mit den Worten: «... dazu bemerkte S. M. *none whatever* ... im Grunde ist es doch eine grobe Anrempelung für uns.» Churchill zog die Konsequenz: Er verschob die Marinemanöver 1914 um einige Wochen und entließ dann die Reservisten gar nicht erst wieder. So konnte er das britische Expeditions-Korps derart rasch nach Frankreich verschiffen, daß nicht ein einziger Brite dabei umkam. Weizsäcker, nunmehr Ernst *von*, sollte eine Woche vor Kriegsende den Epilog einsichtig formulieren: «Diese Marine! Entsprungen dem Weltmachtdünkel, verdirbt unsere Ausw. Politik zwanzig Jahre lang, hält ihre Versprechungen im Kriege nicht und entfacht nun den Umsturz!» (Am 5. November 1918.)

Zurück zum November 1911. Der Reichskanzler bat seinen Botschafter, auf den britischen Außenminister einzuwirken, daß der in seiner erwarteten Unterhaus-Rede die Bereitschaft ausdrücke, den Deutschen verbindlich die britische Neutralität zu versprechen für den Fall eines kontinentalen Konflikts – eine Forderung so unmöglich, wie es eine britische an Berlin gewesen wäre, Österreich-Ungarn im Kriegsfall im Stich zu lassen. Außerdem war schon bekannt, daß die Deutschen durch Belgien in Frankreich einfallen wollten, was England nie hingenommen hätte, ohne an Frankreichs Seite zu treten. Obwohl der Kanzler Metternich bat, auf Grey einzuwirken, verbot er ihm im letzten Satz seines Briefes, «meine Bemerkungen über das *political agreement*» gegenüber Sir Edward Grey schon zu verwerten. Metternich konnte also mit des Kanzlers Antwort praktisch nichts anfangen, obgleich Bethmann Hollweg die Situation ebenso wie er als kriegsnah empfand:

«Die Rede des Kapitäns Faber und alles, was in den letzten Tagen durch die englische Presse über die militärische Kooperation Englands mit Frankreich und über seine Kriegsvorbereitungen im September bekannt geworden ist, haben die Stimmung ungeheuer verschärft. Das Volk sieht sich einer Koalition gegenüber, die jeden Augenblick bereit ist, über uns herzufallen, und erblickt in England diejenige Macht, welche direkt zum Kriege treibt. Denn während Frankreich im September keinerlei Kriegsvorbereitungen getroffen hat, ist England, wie es scheint, jeden Tag schlagbereit gewesen. ... In dieser Beziehung wird zunächst von entscheidender Bedeutung die für Montag erwartete Rede Sir Edward Greys sein. Enthält sie in bezug auf die zukünftige Politik Englands zu uns auch nur die geringsten Unfreundlichkeiten gegen uns, so ist bei uns kein Halten mehr, und das Verhängnis geht seinen Weg. Das Wort Heydebrands: ‹Wir wissen jetzt, wo der Feind steht›, muß bündig widerlegt werden. Damit würde es aber nicht genug sein. Seiner Majestät kann ich die Inopportunität einer Flottennovelle nur dann mit Aussicht auf Erfolg darstellen, wenn die englische Regierung in tatsächliche Verhandlungen über eine politische Verständigung mit uns eintritt.»

Muß man noch hinzufügen, daß des Kaisers Randbemerkung zu Greys Rede lautete: «Seichter Quatsch. Stärkung zur See und zu Lande unumgänglich nötig» ...

Ironie und wieder ein Zahlen-Spaß: Jener kriegslustige Abgeordnete von Heydebrand hatte seine wilde Reichstagsrede auf den Tag sieben Jahre vor der Flucht des Kaisers nach Holland gehalten, am 9. November 1911.

Als Metternich des Kanzlers Anweisung erhalten hatte, sagte er exakt voraus, was tatsächlich eintreten solle: «Wenn wir jetzt ... die hiesige Regierung vor die Alternative stellen: entweder bleibt neutral, oder wir vermehren unsere Flotte, so wird eine womöglich noch stärkere Anlehnung an Frankreich die Folge sein. Verstärken wir dann die Flotte durch ein Gesetz, das heißt vorläufig nur auf dem Papier, so gehört eine außerordentlich vorsichtige Politik dazu, um uns Zeit zu lassen, sie ohne Krieg auch auszubauen. Es mag dies gelingen, mag auch nicht.»

Wettrüsten, das Deutschland auf den Meeren auslöste, hat den Weltkrieg verschuldet. «Lediglich ein Flottenabkommen hätte den Weltkrieg verhindern können», betont immer wieder nicht nur Graf Bernstorff. Als im September 1912 Metternichs Nachfolger Marschall gestorben war, wurde Bernstorff im Auswärtigen Amt bedrängt, sich von Washington nach London versetzen zu lassen. Seine Antwort: «Ich lehnte dies bestimmt mit den Worten ab, daß ich in Washington sehr glücklich sei und daß ich außerdem doch bei der nächsten Flottenvorlage abgesägt werden würde wie Metternich ... Damals war ich sehr froh, daß Lichnowsky nach London kam, weil ich hoffte, daß seine Stellung in Berlin, die viel stärker war als die meinige, ihm ermöglichen würde, dort ein Flottenabkommen mit England durchzusetzen ...»
Doch bevor noch Fürst Lichnowsky in London eintraf, amtierte dort schon als Botschaftsrat Richard von Kühlmann, der 1918 als des Kaisers vorletzter Staatssekretär des Auswärtigen deshalb ungnädig pensioniert wurde, weil er – das ist aufschlußreich für die «Geistes»-Haltung des Kaisers und seiner Obersten Heeresleitung noch unmittelbar vor ihrer Kapitulation –, beim Versuch, geheime Friedensgespräche mit England anzuknüpfen, das von den Deutschen wider alles Völkerrecht überrannte Belgien «preisgeben» wollte ... Kühlmann schrieb im Hitlerkrieg «Erinnerungen» an seine Zeit als kaiserlicher Diplomat, in denen es heißt:
«Tirpitz hat den Gedanken der sogenannten ‹Risiko-Flotte› ... Die Flotte sollte so mächtig gemacht werden, daß sie anzugreifen für Großbritannien ein Risiko bilden sollte, zu welchem sich die englische Staatsleitung nicht entschließen würde. In Wirklichkeit war es sein Wunsch und seine Hoffnung, die englische Flotte überbauen zu können. Ich habe mit eigenen Ohren gehört – damals als Student der Rechte in Berlin weilend –, wie er in einem Privathaus im vertrauten Kreise

vor Reichstagsabgeordneten seine Hoffnung, der englischen Flotte den Rang abzulaufen, offen und rückhaltlos darlegte. Großbritannien fühlte sich durch Tirpitzens Tätigkeit schon früh bedroht, zumal der von diesem gegründete ‹Flottenverein› in seiner Agitation laut und aggressiv war und, um seine Ziele zu fördern, auch vor ausgesprochen antienglischer Haltung nicht zurückschreckte. Das leicht vorauszusehende Resultat der Tirpitzschen Tätigkeit war, daß England einerseits seine Leistungen im Flottenbau enorm steigerte, andererseits Anstrengungen machte, um die beiden starken Festlandmächte, die im Osten und Westen Deutschlands Nachbarn waren, politisch näher an sich heranzuziehen, um nötigenfalls auf Deutschland von Ost und West einen gewaltigen Druck ausüben zu können.
Während der ganzen Zeit meines Aufenthalts in London drehten sich die politischen Beziehungen der beiden Länder fast ausschließlich um die Flottenfrage. Ich werde bei der Schilderung meiner Tätigkeit in Carlton House Terrace … über diese, alle andern überragenden Fragen zu berichten haben. Der grundlegende Fehler der Tirpitzschen Einstellung war der, daß er, wie dies uns Deutschen leicht passiert, die Waffe als Selbstzweck betrachtete und vergaß, daß für den Staat die Politik das Wesentliche ist … Solche Fehlschätzungen, die überall vorkommen und vorgekommen sind, sind doppelt unverzeihlich für Angehörige einer Nation, die einen so klaren politischen Denker wie Clausewitz hervorgebracht hat, der die Unterordnung der Waffenrüstung und der Kriegführung unter die Vorherrschaft der Politik in mustergültiger Weise für alle Zeiten festgelegt hat …
Die durch Tirpitzens Baupläne entstandene deutsch-englische Flottenrivalität sollte durch die langen Jahre bis zum Weltkriege unser täglich Brot bleiben. Der Botschafter Graf Metternich hat zweifellos das Verdienst, daß er dauernd in seiner Berichterstattung auf die politischen Auswirkungen hinwies, die sich, schon zum Greifen klar, aus der deutschen

Flottenpolitik ergeben mußten. Er tat dies, ohne sich durch die Gefahren beeinflussen zu lassen, welche diese Haltung für seine persönliche Stellung nach sich zog.

... Über Metternichs Stimmung gibt ein 1921 geschriebener Brief Auskunft, der in der *Times* vom 10. Januar 1935 abgedruckt wurde:

‹Um Weihnachten herum im Jahre 1911 hatte ich den letzten Vortrag beim Kaiser zusammen mit Tirpitz im Berliner Stadtschloß über unsere Beziehung zu England, und betonte die günstiger gewordene Stimmung dort. Tirpitz erklärte, er habe es aus zuverlässiger Quelle, daß zur Zeit der Marokkokrise während des Aufenthalts des Kaisers in norwegischen Gewässern englische Torpedoboote den Befehl erhielten, im Fall eines kriegerischen Zusammenstoßes die kaiserliche Jacht zu versenken. Als der Großadmiral tiefernst seinen Bart strich, während er diese Märchen erzählte, wandte sich der Kaiser an mich und schrie:

‚Und Sie wollen, daß ich mit diesen Leuten zu einer Verständigung gelange!'

Es war mir sofort klar, daß die beiden über die neue Flottennovelle schon einig waren und weiteres Argumentieren meinerseits zwecklos wäre. Ich war des einsamen Kampfes, den ich in Berlin zu führen hatte, müde, von keiner Seite konnte ich die geringste Unterstützung erwarten.› »

Überflüssig zu sagen, daß der Kaiser und sein Admiral auch alle Friedensbemühungen des Fürsten Lichnowsky ebenso zunichte machten wie die seiner Vorgänger. Golo Mann zitiert, wie noch 1923 Lichnowsky zu ihm rückblickend gesagt hat, «daß er den Frieden hätte retten wollen und können, die in Berlin es ihm aber nicht gegönnt hätten. Wenn er das wirklich glaubte – und er hatte gute Gründe, es zu glauben – so ist zu begreifen, daß es eine Quelle unversiegbaren Grames für ihn war. ‹Wenn Deutschland diesen Krieg gewonnen hätte›, meinte er, ‹so gäbe es keine Gerechtigkeit im Himmel› ... Lichnowsky war kein Genius und glaubte nicht, einer zu sein

... Er war kein Staatsmann, wenn das einer ist, der große Dinge gegen schwere Widerstände durchzusetzen vermag. Von der hierzu notwendigen Brutalität und List halte er keine Spur. Freien, gesunden Menschenverstand hatte er und, hinter der Maske des spottenden Grandseigneurs, viel Güte. Mehr bedurfte es nicht, um 1914 die Gefahr zu durchschauen und das Richtige anzuraten. Über den Rat kam er nicht hinaus. Daß er, als man ihn nicht befolgte, nicht im Protest zurücktrat, hat er später selbst als ‹Sünde wider den Heiligen Geist› bezeichnet ...»

«Der Geist ist nur, was er tut» (Hegel)

Als Nachwort zum Stück über eine Attentäterin ist Golo Manns Aussage – so selten unter Historikern –, Brutalität und List seien notwendige Voraussetzungen, politisch «große Dinge gegen schwere Widerstände durchzusetzen», besonders bedenkenswert. Politisch große – sind auch moralisch große Dinge. Denn Politik ist ja die überpersönliche, die öffentliche und die zugunsten anderer geleistete Moral. Da ist es denn tatsächlich von aufregendem Interesse, ob einer Brutalität und List, hat er Amt und Einsicht dazu, nicht einsetzen *muß* zugunsten der Mehrheit, wenn er sieht, daß Einzelne sie ins Verhängnis führen. Musterbeispiel: Jener im Stück schon genannte britische Militärattaché Sir Noel Mason-MacFarlane, der in Berlin beobachtet, daß die Tribüne bei der alljährlichen Führer-Geburtstags-Parade vis-à-vis seiner Wohnung Sophienstraße 1 aufgestellt wird; und der folglich nach London reist in der Einsicht, Hitler müsse 1939 an seinem 50. Geburtstag dort erschossen werden, weil unweigerlich sonst der Zweite Weltkrieg komme. Doch in der Downing Street verweigert man dem so moralischen wie vernünftigen General den Scharfschützen, der unentdeckbar aus seinem Fenster den Kriegstreiber umlegen könnte ... *Müßte*.

Hatzfeld, Eckardstein, Holstein, Metternich, Bernstorff, Lichnowsky, Kühlmann, sogar Bülow, von allen der machtvollste als gefürsteter und lange amtierender Kanzler: Wieso kam keiner von ihnen zu dem Schluß, mindestens müsse alles versucht werden, den Kaiser durch Herbeizwingung einer konstitutionellen Monarchie nach britischem Muster so weit zu entmachten, daß nicht mehr er allein bestimme, wie – zum Beispiel – eine Mission Lord Haldanes nach Berlin ausgehe? Sicher lag preußischen Aristokraten ein Gewaltstreich gegen ihren Monarchen 1914 äonenfern – da ja noch dreißig Jahre später und sogar nur gegen einen Hitler die Abkömmlinge dieser Schicht erst zum Attentat sich aufrafften, seit ihnen gewiß war, Hitler bringe Stalins Rote Armee auf ihre Rittergüter. Es bleibt darüber nachzudenken – und grenzt ans Metaphysische –, warum Orgien von «Blut und Tränen» wie die beiden Weltkriege *vorausgegangen* sein müssen, offenbar, um aus abgewiesenen Beratern und sachlichen Propheten endlich Hochverräter und gar Attentäter werden zu lassen. Anstatt daß Hochverrat und Attentat rechtzeitig zu politischen Waffen für jene werden, die Menschheitskatastrophen verhindern können, *handelten* sie nach ihrer Vorausschau! Offensichtlich genügt es nicht, daß mündige Politiker – eine aufregende Parallele – wie heute die altgewordenen, hocherfahrenen, um ihre Nation so verdienten Außenpolitiker Harriman, Kennan, Fulbright, die alle in Washington während der Ära Reagan völlig kaltgestellt wurden, nur *warnen*! So wie die drei Londoner Botschafter des Kaisers einst echolos gewarnt haben. Sicherlich schreiben auch diese Amerikaner nicht nur Artikel, sondern Briefe und Memoranden, die *nach* einer Katastrophe dann *sie* freisprechen als damals ungehörte Warner. Was aber *tun* sie, die Katastrophe zu verhindern, die sie offenbar kommen sehen? Hegel schrieb: «Die Geschichte des Geistes ist seine Tat, denn der Geist ist nur, was er tut.»

Eines Deutschen, eines einzigen vor 1914, ist hier in Ehrfurcht zu gedenken, der nicht nur schimpfte, sondern aus Einsicht *handelte*: August Bebel, der Vorsitzende der SPD, begann 1911 seinen geheimen Briefwechsel mit Heinrich Angst, dem britischen Generalkonsul in Zürich, und lieferte in der Gewißheit, der deutsche Schlachtflottenbau führe zum Krieg mit England, dem Schweizer jene Informationen, die nach Bebels Meinung die Londoner Regierung haben sollte, um *rechtzeitig* gegen neue Flotten-Vorlagen im Berliner Reichstag zu protestieren. Bebel handelte genauso, wie in der Hitlerzeit dann General Oster und Staatssekretär von Weizsäcker, als sie solche Nachrichten an die Westmächte gelangen ließen, die den Briten zur Verhütung eines deutschen Angriffskrieges oder – nach Kriegsbeginn – den Holländern und Belgiern zur Verhinderung der territorialen Ausweitung des Krieges nützen sollten, indem diese Nachrichten zu noch rechtzeitigen öffentlichen Protesten gebraucht würden. Mit Landesverrat hat das nichts zu tun. Bebel wie Weizsäcker hatten die Gewißheit, das Reich mache Krieg – und hatten die geringe Hoffnung, Krieg könne verhindert werden, wenn – so Bebel – die Briten entschlossen ihre Bereitschaft zum Krieg an der Seite Frankreichs öffentlich bekanntmachen würden, für den Fall, der deutsche Schlachtflotten-Bau werde im bisherigen Tempo fortgesetzt. Weizsäcker versprach sich 1938/39 mit Nachrichten, die er durch die Brüder Kordt an die Downing Street gelangen ließ, daß Hitler vor seinem Überfall auf Polen zurückschrecken werde, wenn er die Gewißheit erhalte, England werde Polen beistehen. Wenn der britische Historiker Crampton den Schluß zieht: «Bebel drängte Großbritannien und die kleineren Staaten, ihre Verteidigung vorzubereiten. Er hoffte dadurch zu erreichen, daß Deutschland den von ihm für unvermeidbar gehaltenen Krieg verlieren werde» – so ist das eine Verleumdung, für die der Brite kein Wort Bebels als Beweis liefern kann. Vielmehr ist dem deutschen Herausgeber des Bebel-Briefwechsels mit Konsul Angst, dem Hamburger Helmut Bley, zuzustimmen, wenn er folgert: Die Warnungen des deutschen Sozialdemokraten seien dessen «Strategie der Kriegsverhütung» gewesen.

Machen Geschichte Einzelne?

Kann überhaupt der Einzelne so entscheidend, so – im Wortsinne – *umwerfend* in die Ereignisse eingreifen, daß er haftbar wird, schuldig, wenn er es nicht tut? Und die zweite Frage: Ändern Attentate die Geschichte oder sind sie nicht belangvoller als ein Reifenwechsel? *Gibt* es Geschichte, die nicht von Einzelnen gemacht wird? Jedermann kennt den Modetick – schon seit Jahrzehnten in Mode – meist vulgärmarxistischer Theoretiker, denen zufolge Einzelne überhaupt nichts bewirken, da sie «beliebig austauschbar» seien. Diese festgefügte Formel hat keinen dieser Theoretiker dazu gebracht, gegen Kriegsverbrecherprozesse zu protestieren. Denn wäre der Einzelne «nur ein Rädchen», entschiede er nichts – woher käme das Recht, ihn haftbar zu machen, auf eine Anklagebank zu setzen? Haben vor siebzig Jahren, im Sommer 1914, das Attentat von Serajewo Einzelne ausgelöst? Den Krieg? Wenn schon anderthalb Jahre zuvor einer der damals mitentscheidenden Männer, Winston Churchill, ihn exakt für den Frühherbst 1914 – so übrigens auch in seinem Briefwechsel mit Seelord Fisher – voraussagte? Haben Einzelne Krieg gemacht – oder jene «anonymen Kräfte»? «Anonym» war allenfalls der Eisberg, der die ‹Titanic› aufschlitzte, anonym aber kann nie sein, was Menschen machen, historische Ereignisse, also auch jene erste völkermordende, reichezerstörende, thronestürzende Katastrophe in diesem Jahrhundert, die man heute den Ersten Weltkrieg nennt.

Während ich dies schreibe (am 13. April 1984) hat der Historiker Fritz Fischer (*‹Griff zur Weltmacht›*) unter der Überschrift «Zwei, drei Leute entschieden das Schicksal Europas» in der Hamburger *Zeit* die Tagebücher rezensiert, die in den Jahren 1914 bis 1919 der maßgebende außenpolitische Journalist der Kaiserzeit in Deutschland geschrieben hat, Theodor Wolff. Fischer, der in seinen epochemachenden Büchern über den Ersten Weltkrieg nachwies, wie sehr nicht nur einzelne, sondern ganze *Gruppen* von Interessenten (Wirtschaftsmagnaten, Militärs, «Alldeutsche») die Kriegs-*Ziele* des Kaiserreichs *nach* den ersten territorialen Eroberungen 1914 bis 1916 ins Uferlos-Wahnwitzige abgesteckt haben, kommt dennoch zu dem Resultat, daß vor dem 1. August, dem ersten Kriegstag, weniger als eine Handvoll Einzelne über Friede oder Krieg das letzte Wort hatten bei der mit höchster Umsicht vorsätzlich eingefädelten («Jetzt oder nie!») Katastrophe. Und zweifellos hat Fischer damit auch für das Jahr 1914 aufgezeigt, was längst als ein furchtbares historisches Gesetz feststeht: Daß nämlich reziprok zum Anwachsen der Weltbevölkerung die Zahl derer *abnimmt*, die für die meisten über Leben und Tod entscheiden. Diese Einsicht steht in härtestem Gegensatz zur Auffassung jener Marxisten, die überhaupt die Mitwirkung einzelner beim Lostreten länder- und völkererschlagender Lawinen leugnen. Und die Angst sogar der sehr einflußreichen Einzelnen im linken Lager, man könne ihnen unterstellen, sie hätten einen Sonderstatus, läßt auch diese überwältigenden Einzelnen eifrig versichern, es gäbe sie gar nicht und ihrer keiner hätte mehr Macht als die Abermillionen ihrer Wähler! Daher auch der abstruse Einfall, Attentate bewirkten nichts anderes als frische Bettwäsche. Sogar Enzensberger, der noch bei seiner Untersuchung der «Einzelheiten» der Kuba-Krise genau beobachtete, *wie wenige* Einzelne das Schicksal – vielleicht *aller* damals entschieden haben, schreibt dennoch im Gegensatz zu dieser historischen Erfahrung, die zahllose andere bestätigt: «Die *idée fixe* des Herrschers, als wäre er nicht jederzeit zu ersetzen, steckt seine Gegner an: sie nehmen für bare Münze, was immer nur ein Wahn gewesen ist.» Welcher Monarch aber außer vielleicht Peter dem Großen und zeitweise dem Soldatenkönig von Preußen hatte je den Wahn, sein Sohn könne ihn *nicht* ersetzen? Hitler freilich hielt sich für unersetzlich: *weil er es war* für seine zwei mordgierigsten Vorhaben. Es ist belegt, daß jene zwei Aktionen, die mehr Menschen umbrachten als jede andere der Weltgeschichte, die Tötung der Juden und der Überfall auf Rußland, *allein* von ihm und gegen die einstimmige, aber eben zu feige Meinung ausnahmslos aller seiner sogenannten «Paladine» ins Werk gesetzt wurde. Die Welt sähe anders aus, wäre Hitler 1939 durch Elser im Bürgerbräukeller getötet worden, ebenso wie es für Schweden endlich Frieden gab, nachdem ein Offizier Karl XII. umgelegt hatte, den «Hanswurst im Furchtbaren», wie Friedrich der Große ihn nannte wegen seines Marsches in die Ukraine. Aber auch positive Personen sind keineswegs immer auswechselbar, wie Gustav Adolf belegt, dessen Tod den Katholizismus nördlich der Alpen überdauern ließ. Wenn Enzensberger zutreffend bemerkt: «Auch die beiden Schützen von Serajewo waren nur Bauern in einem größeren Spiel», so wird durch diese exakte Beobachtung die Feststellung nicht unwahr, daß die Welt verändert wurde, weil sie «beide Pferde gut verkauft» hatten, wie der Text des Telegramms aus Serajewo lautete, das ihr Attentat nach Beograd meldete.

Hannah Arendt, Mary McCarthy, Ernst Jünger

Die einleuchtende Widerlegung der These «der Einzelne entscheidet nichts» gab Hannah Arendt im Vorwort zu ihrem ‹*Eichmann in Jerusalem*›, wo sie postuliert: «Der Weg der Argumentation ist immer der gleiche: er biegt von den verbürgten, belegbaren Einzelheiten ab ins allgemeine, in dem alle Katzen grau und wir alle gleich schuldig sind.» Hannah Arendt wählte, das zu demonstrieren, meinen ‹*Stellvertre-*

ter›, und fuhr fort: «Gegen die Anklage, die Hochhuth gegen einen einzelnen Papst erhoben hat und die man dokumentarisch belegen kann, stellt man die Anklage gegen das Christentum überhaupt ...

... All dies ist oft geltend gemacht worden, nicht zuletzt von denjenigen, die nicht ruhen und rasten, bis sie nicht ‹den Eichmann in jedem von uns› entdeckt haben. Versteht man den Angeklagten als ein Symbol und den Prozeß als einen Vorwand, um über Angelegenheiten ins Gespräch zu kommen, die anscheinend interessanter sind als die Schuld oder Unschuld eines Menschen, dann muß man auch die Konsequenzen ziehen und zugeben, daß Eichmann und sein Verteidiger zu Recht behaupteten, er habe nur herhalten müssen, weil man einen Sündenbock gebraucht habe, nicht nur für die deutsche Bundesrepublik, sondern für das Geschehen im ganzen ... für das Menschengeschlecht und die Erbsünde. Ich brauche wohl nicht hinzuzufügen, daß ich niemals nach Jerusalem gegangen wäre, wenn ich diese Meinungen teilte.» Die sich als «links» verstehenden Historiker, die zuweilen mit Hohn, wie einst Rudi Dutschke, selbst ein unersetzlicher Einzelner (denn als er in den Kopf geschossen worden war, war auch die ganze große Studentenbewegung geköpft), die Einzelnen als «auswechselbare Charaktermasken» verleumden, wären zu fragen: ob denn auch Lenin oder Mao oder Marx keine Individuen gewesen sind? Wollen sie auch sagen, es sei – ein Beispiel – für den Prozeß der Ent-Stalinisierung gleichgültig gewesen, ob Berija durch Chruschtschow vom Stuhl geschossen wurde oder umgekehrt? Mary McCarthy hat bei der Verteidigung des Eichmann-Buches ihrer Freundin Hannah Arendt ebenfalls die Frage umkreist, ob die simple Tatsache, daß nicht wenige, die Eichmann ermorden ließ, auch von Natur und Erziehung fähig gewesen wären, *Eichmänner zu werden* – ob diese Tatsache *den* freisprechen kann, der es nun einmal tatsächlich *gemacht* hat. Verwechseln wir nicht zwei sehr verschiedene Dinge, weil die unbegreiflichen *Dimensionen*, die heute das Entsetzen angenommen hat, uns zu dem Trugschluß verleiten, drei, vier nette Jungen in ihrem Bomber könnten das gar nicht angerichtet haben? So wenig wie der forsche, aber doch unbedarfte Nachfolger Roosevelts im Weißen Haus? Mary McCarthy schreibt: «Wie jegliche Strafe grotesk gering erschiene angesichts der Ermordung von Millionen hilfloser Menschen, wirkte auch der Verbrecher grotesk, gering und unbedeutend ... das Mißverhältnis zwischen Täter und Tat ist ein bestürzendes Faktum unserer Zeit – es ist wie die Automation ein Ergebnis der fortschreitenden Technisierung. Auf seiten der Alliierten haben wir Hiroshima und Nagasaki, und ‹unsere Jungs› in den Bombern und Mr. Truman im Weißen Haus paßten einfach nicht zu dem, was sie getan hatten. Nicht als ob Präsident Truman und Eichmann als Massenmörder auf eine Stufe gestellt werden könnten. Truman hatte einen Beweggrund, der immerhin gut war – die rasche Beendigung des Krieges. Es ist nur so, daß der menschliche Maßstab sich auf solche Größenordnungen nicht mehr einzustellen vermag und daß man Eichmann und seine persönliche Macht übertriebe, wollte man ihn an der Anzahl seiner Opfer und an deren um ein vielfaches größeren Hilflosigkeit messen.»

Diese Sätze sind ein ganzer Sack voller Giftschlangen – hoch interessant sogar dort, wo sie *nicht* zutreffen. Erfrischend, daß die kluge Frau zunächst einmal festhält, es sei Trumans Tat gewesen, den Abwurf der beiden ersten Atombomben der Geschichte anzuordnen. Und daß diese – eine gänzlich neue Dimension der Vernichtung – schaffende Untat angeordnet wurde von einem Menschen, dem sie erstens niemand zugetraut hätte; der sie zweitens – aber das ist eine Banalität – natürlich nur kraft seines Amtes anordnen konnte und der sie drittens keineswegs anordnen *mußte*, was keine Banalität ist. So daß man durchaus gute Gründe hat, zu glauben, Roosevelt hätte den glanzvollen Ehrenschild seines Namens *nicht* mit dieser Untat beschmutzt. Er wäre Persönlichkeit genug ge-

wesen, den mordsüchtigen Physikern und Militärs vielleicht doch das Verbrechen zu verwehren; denn Oppenheimer hat ja tatsächlich ausgesprochen: «Wir wollten, daß es geschah, ehe der Krieg vorüber war und keine Gelegenheit mehr dazu sein würde.» *Dazu* hätte Roosevelt die Hand geboten? Sehr unwahrscheinlich! Ernst Jünger teilt das Entsetzen Frau McCarthys über das groteske Mißverhältnis zwischen dem Leichtgewicht des Anstifters und der welterschütternden Schwere seiner Untat: «Truman und die Atombombe ... Hilfsbuchhalter mit Prokura für Weltfirmen.» Auch zitiert Jünger, daß ein Amerikaner 1945 den Abwurf der Bombe auf Hiroshima mit dem – für einen Amerikaner – grotesken Satz kommentierte: «Ein Glück, daß nicht die Russen die Bombe haben, denn *die* hätten sie eingesetzt!»
Mary McCarthys «Begründung» – sie ist freilich keine Historikerin –, die Truman entlasten soll, ist allerdings nicht stichhaltig. Truman wußte natürlich, daß über Stockholm und Moskau die Japaner bereits Kapitulationsgespräche eingeleitet hatten, der Abwurf also keineswegs ein letztes Mittel war, amerikanischen Soldaten eine Invasion Japans zu ersparen. Uns ist hier vor allem interessant, daß zwar Frau McCarthy auch angewidert ist von dem entsetzlichen Mißverhältnis zwischen der Unbedarftheit eines Täters – und der welterschütternden Abgründigkeit seiner Tat. Daß sie aber dennoch nicht dem Spleen aufsitzt, *jeder* Herr des Weißen Hauses hätte gehandelt wie Truman handelte. Wer das behauptete, wir sagten es schon, spräche ihn frei. Kein Amerikaner hätte die Bombe werfen können, hätte Truman nein gesagt. Kein Deutscher hätte Juden ermordet, jedenfalls nicht systematisch nach Hitlers Endlösungs-Total-Ausrottungs-Programm, wäre Hitler zu dem Madagaskar-Plan einer Zwangs-Aussiedlung zurückgekehrt, den er noch 1940 nach seinem Einzug in Paris kurzfristig wieder erörtert hat ... Austauschbar? Die ihrer eigenen Courage nie ganz trauenden Göring, Ribbentrop, Goebbels, Himmler hätten niemals die «Endlö-

sung» angeordnet, hätte 1939 Elsers Bombe einem von ihnen die Kanzlerschaft beschert; keiner von ihnen hätte auch den Rußland-Überfall angeordnet. Wer sich nicht mit allgemeinen Begriffen zufriedengibt, sondern die Dokumente der Zeit studiert, der weiß, daß allein Hitler es war, der diese beiden «Unternehmen» wollte und bewirkte. Diese Einsicht verkleinert nicht – im Gegenteil: sie *vergrößert* die Mitschuld derer, die das nicht wollten, nicht für «klug» hielten, aber dennoch, erst aus Feigheit, dann enthusiastisch, Helfershelfer dieser Untaten wurden, sobald sie «Führerbefehl» geworden waren.

Mary McCarthys Feststellung, wie bestürzend das Mißverhältnis sei zwischen der Unerheblichkeit des Täters Truman und dem welterschütternden Gewicht seiner Untat in Hiroshima und Nagasaki, ist eine moralisch noch nicht wertende Feststellung. Dagegen irritieren die Folgerungen, die Max Frisch aus einem Gespräch mit dem Vietnam-Bombardierer (und späteren Friedensmacher) Außenminister Kissinger zieht: «Ich verstehe immer mehr, daß Henry A. Kissinger, so oft es nur geht, seine Hände in die Hosentaschen steckt; seine Verantwortung steht in keinem Verhältnis mehr zur Person, die einen Anzug trägt wie wir ... keine Politik ohne das Risiko einer Tragödie. Tragödie für wen?» Wüßte man nicht, daß es durchaus diesem Mann geglückt ist, die Bombardements ebenso einzustellen – wie anzuordnen: man könnte geneigt sein, Frisch zuzustimmen. So aber ist doch die Frage unabweisbar, ob wirklich Kissingers Verantwortung je in einem Mißverhältnis zur Macht seiner Person gestanden hat. Wieso eigentlich? Hat er nicht schuldhaft gebombt – so lange die Nation das gutzuheißen schien, um dann die Bombardements genau in *dem* Moment abzublasen, in dem die Friedensbewegung in den USA – so hat Kissinger das selber erklärt – dem Weißen Haus «in den Rücken fiel», das heißt: als auch der kluge Präsident Nixon, um sich zu halten, nicht aber aus moralischen Erwägungen, den Vietnam-Krieg beenden wollte? Schließlich *haben* diese zwei ihn beendet! Wieso aber nicht schon ein Jahr früher? Es nimmt ihnen nur die Mitschuld, unterstellt man, ein Jahr früher seien sie dazu nicht mächtig genug gewesen. Sie waren es durchaus – hielten aber den Krieg noch für erfolgversprechend.

«Sicherheit»: Die ewige Begründung für Wettrüsten

Wettrüsten als Ursache des Krieges – vermutlich auch, wie es zum Beispiel der Physiker von Weizsäcker Ende 1983 unverblümt im Fernsehen voraussagte, als Ursache des dritten Weltkrieges: Zu diesem Cauchemar gehört auch Graf Bernstorffs (vergessenes und daher zitiertes) Resumée seiner Arbeit beim Völkerbund, die er 1931, bald nach dem Tode Stresemanns, nach fünfzigjährigem Wirken als deutscher Diplomat aufgab: «Die Gegner Briands und Stresemanns ... scheinen mir keinen Anlaß zu haben, auf das stolz zu sein, was sie erreichten. Immerhin waren zur Zeit der beiden großen Staatsmänner Anfänge zur Versöhnung der Welt vorhanden, während seitdem nur von ‹Sicherheit› die Rede ist, d. h. von Wettrüsten, das bisher noch immer in der Weltgeschichte zu Krieg geführt hat...» Sicherheit also – ein Synonym für Wettrüsten! Das sollte uns erschrecken, diese letzte Einsicht eines so hocherfahrenen Außenpolitikers.
Das veröffentlichte Bernstorff, 74 Jahre alt, 1936 – natürlich in der Schweiz! In Hitler Deutschland hätte sein Werk, das den Antisemitismus «einen Schandfleck» nennt, nicht mehr (und nicht nur deshalb nicht!) erscheinen dürfen ...
Wettrüsten als die Ursache des Krieges: Muß man folgern, daß – im Sinne des «sogenannten Bösen», wie Konrad Lorenz es beschrieb – Wettrüsten immer *dann* die Ursache ist, wenn keine territorialen Forderungen zwischen Völkern stehen, um jene Aggressionen abzubauen, die offenbar stets lange Friedenszeiten gegeneinander aufhäufen? So wie der Friede

seit 1945 zwischen Großmächten jetzt dieses Mordlust erzeugende Quantum von Aggressionen wieder aufgehäuft hat? («Allzu langer Friede fördert den Streit», sagte Shakespeare in ‹*Troilus und Cressida*›.)

Denn so fruchtlos es ist, das Lostreten der Kriegslawine 1939 heute im Detail für unsere Gegenwart auf ihre Nutzanweisung hin zu studieren, weil heute glücklicherweise kein Amokläufer Hitler regiert und keine territorialen Forderungen Völker gegeneinander hetzen – so nützlich könnte es aber sein, den Details der Rüstungswettkämpfe und der Bündnispolitik nachzugehen, die vor 1914 die Welt – genau wie heute –, in zwei Lager aufspaltete.

Das könnte helfen, zu begreifen, wohin die Welt gebracht worden ist. Dahin ist sie gebracht: Daß heute zum erstenmal überhaupt im Weißen Haus einer regiert, der es ausspricht, daß er einen Atomkrieg für gewinnbar, da für begrenzbar hält auf die Territorien seiner europäischen Satelliten. Und daß zum erstenmal ein Mann im Weißen Haus ist, der Armaggedon als ein Ereignis *unserer* Epoche ansieht. Für Bibel-unkundige: Armaggedon ist in der Apokalypse des Johannes von Patmos jener Ort, an dem die bösen Geister die Könige dieser Welt zur letzten, zur Entscheidungsschlacht zwischen Böse und Gut versammeln …

Während heute – wie gesagt – keiner auf der Welt ist, der den dämonischen Vernichtungs-Trieb im Leibe hat, der den Raubmörder Hitler «beseelte», also Details der 1939 zum Kriege führenden Annexions-Wut hier nicht aufschlußreich sind – sind die anderthalb Jahrzehnte vor 1914 so erhellend für uns, weil auch damals nicht irgendwelche Hitlers – die gab es auch damals nicht –, sondern sogenannte normale Menschen wie heute gegeneinander rüsteten! Auch die Staatsmänner vor 1914 hatten wie heute unsere keinerlei Konflikte zwischen sich als eben – absurd, aber wahr, irrsinnig, aber real, normal, aber todbringend – ihren Rüstungstrieb. Einen Trieb, der je zur Hälfte aus Aggressions-Lust und aus Erwerbs-Gier zusammengesetzt sein dürfte, denn tatsächlich ist Rüstung das lukrativste Geschäft, das der Staat zur Sicherung der Arbeitsplätze zu vergeben hat ... jedenfalls so lange international noch eine Denkweise regiert, die in der Aufrechterhaltung und Mehrung militärischer Macht tiefere Befriedigung findet als etwa in sozialen oder umweltschützenden Investitionen.

Irgendwann aber kommt allemal der Moment, wo der Rüstungstrieb lebensgefährlich angeheizt wird, indem er – bei allen, die ihm verfallen – sich mit der fixen Idee koppelt, erstens allein die Beteiligung am Rüstungswettlauf verhindere den Rüstungswettlauf; zweitens: Jetzt oder nie loszuschlagen sei ein Gebot der Vernunft, denn sonst werde der Gegner einen überrunden ...

So wird unweigerlich auch in unserer Gegenwart oder allernächster Zukunft den Militärs beider Lager die gleiche «Einsicht» das Hirn lähmen, die um 1914 den Berliner Generalstabschef Moltke zum Kriege gedrängt hat; übrigens ist Moltke als Person der Beweis, daß ängstliche «philosophische» Naturen gefährlicher sein können als selbstbewußte, draufgängerische. Moltke, wie Graf Lerchenfeld nach Wien berichtete, «hat schon vor Monaten erklärt, der Zeitpunkt zum Kriege ist so günstig, wie er in absehbarer Zeit nicht wiederkehren kann. Die Gründe: Überlegenheit der deutschen Artillerie, Frankreich und Rußland ohne Haubitzen. Überlegenheit des deutschen Infanteriegewehres, ganz ungenügende Ausbildung der französischen Kavallerie ... Die Sozialdemokraten haben pflichtgemäß für den Frieden demonstriert, halten sich aber jetzt ganz still ... Kaiser nach einigem Wechsel in der Stimmung jetzt sehr ruhig und sehr still ...»

Das «Jetzt oder Nie»-Gefühl war stark überall. In England – wieder nur *ein* Beispiel – fürchtete man, schon 1920 sei die deutsche Flotte, werde in diesem Tempo weitergebaut, ebenso stark wie die britische. Die Franzosen rechneten sich aus, daß sie als Vierzig-Millionen-Volk jetzt – aber schon in einigen Jahren nicht mehr – ebenso viele Soldaten an die Front bringen könnten wie das Siebzig-Millionen-Volk der Deutschen, deren allgemeine Wehrpflicht nur in der Verfassung stand. Reiners: «Deutschland zog 53 Prozent seiner Wehrpflichtigen ein, Frankreich 82 Prozent. Auf diese Weise hatte 1914 das Siebzig-Millionen-Volk... von seinen zehn Millionen Wehrpflichtigen nur fünf Millionen ausgebildet – nicht mehr als das Vierzig-Millionen-Volk der Franzosen. Hätten auch die Deutschen die allgemeine Wehrpflicht durchgeführt, so hätte 1914 das Feldheer um eine Million Mann stärker aufmarschieren können. Der französische Generalstabschef Buat hat nach dem Kriege ironisch geschrieben... ‹Die Schlacht an der Marne wäre dann unmöglich gewesen›» ... Und wie die Franzosen drängten – so auch die Russen, die noch früher als Wien mobil machten. Als der deutsche Botschafter Pourtalès zum Zaren sagt: «Das einzige, was jetzt den Krieg noch verhindern könnte, wäre die Zurückziehung Ihrer Mobilmachungs-Ordre», antwortet der Zar: «Sie sind selbst Offizier gewesen und müssen daher wissen, daß solche Befehle sich aus technischen Gründen nicht mehr aufhalten lassen...»

Die Details des Katastrophen-Beginns 1914 sind aufschlußreich für uns heute auch deshalb, weil sie eindrucksvoll verdeutlichen, wie der militärische Automatismus, aus der Angst, zu spät zu kommen und dem Gegner dadurch Vorteile einzuräumen – sehr bald die Macht übernimmt. Wie wird der sich erst auswirken heute, da mit Vorwarnzeiten von nur noch wenigen Minuten «gerechnet» wird? Gerechnet: läßt sich das noch sagen – wo das Unberechenbare die Entscheidung über Friede oder Krieg zuletzt haben *muß*? Denn welche menschlichen Reaktionen – wenn man den Menschen doch noch mehr Vertrauen entgegenbringen will als dem Automatismus technischer Abläufe –, welche menschlichen Entscheidungen *können* noch berechenbar sein dort, wo praktisch Vorwarn-Zeit nicht mehr gegeben ist? Wo von *Minuten* alles abhängt – da *muß* ja der Präventiv-Schlag der Weisheit letzter (Fehl-)Schluß sein.

Bismarcks letztes Wort: Seine Warnung an Tirpitz

Noch einmal zu der unheimlichen Parallelität: den Warnungen der beiden höchsterfahrenen Außenpolitiker ihrer Völker, Holstein 1909 in Berlin, schon auf dem Sterbebett, Harriman heute in Washington, wenige Woche vor seinem Oberschenkelhalsbruch Ende März 1984, also dem letzten, fast üblichen «Sturz» sehr Alter! Ob vom Tode Gezeichnete zuweilen nicht nur einsichtiger sind als andere – sondern hellsichtig? Denn wie gleichen auch Holsteins und Harrimans Vermächtnisse den letzten Worten Bismarcks an jenen furchtbaren Tirpitz, den ihm der Kaiser, ein Jahr vor Bismarcks Tod, in den Sachsenwald entsandt hatte, weil er sich den Segen des doch noch Höchstrespektierten aller Deutschen für seinen Flottenbau Wahnsinn aus öffentlich-propagandistischen Gründen glaubte abschmeicheln zu sollen. Bismarck verweigerte seinen Segen aufs schroffste: «Ich bin kein Kater, der Funken gibt, wenn man ihn streichelt», fuhr er Tirpitz an, der das selber aufschrieb: «Er sah mich mit einem vernichtenden Blick an und grollte los.» Bismarck sagte voraus, mit dieser Flotte, die der Kaiser bauen wolle, werde ein Feind geschaffen, den es nicht gäbe, baute man die Flotte nicht ... So schafft man heute Anti-Raketen-Raketen gegen Raketen, die man – bei vielfachem Vorhandensein der Overkill-Kapazität – gar nicht mehr bauen müßte, so wie auch B- und C-Waffen nicht weiter hergestellt werden müßten, da mit den in *beiden* Lagern vorhandenen der Planet vielfach schon vergast werden könnte ...
Jedoch heute wie damals verlangte drohende Arbeitslosigkeit Rüstungs-Aufträge. (Wer Bismarck kritisiert wegen der So-

zialistengesetze: Daß der Reichsgründer viele der besten seines Volkes nicht *ernähren* konnte, so daß die zur Auswanderung gezwungen wurden, 1883 beispielsweise 173000 Deutsche, 1892 (Zahlen bei Bülow) 116339, kennzeichnet ein viel schlimmeres Versagen Bismarcks als sein Kampf gegen die SPD!) Damals wie heute verlangte drohende Arbeitslosigkeit die Erweiterung der Waffen-Arsenale, im Sinne der düsteren Prophezeiung Jacob Burckhardts: «Der Staat muß Großfabrikant werden ...» Ungefähr so, wie Burckhardt dies in einem Brief voraussagte, schrieb am 20. November 1906 Holstein – und wer das Wort Flotte gegen das Wort Raketen austauscht, der glaubt, er lese einen Brief von heute: «Die Flotte, das ist die größte Gefahr. Diese Gefahr wird dadurch vergrößert, daß beim Schiffbau (Panzerplatten etc.) ungezählte Millionen zu verdienen sind, viel mehr als bei den Kolonien. Nicht jeder, der nach Schiffen schreit, ist ein uneigennütziger Patriot ... die Flotte vermehrt die Zahl unserer Feinde, wird aber niemals stark genug sein, um sie zu besiegen.» Genauso formulierte George F. Kennan seine Bedenken gegen die weitere Aufhäufung großer Bomben: Von allen Waffen sei die Bombe jene, gegen die es – unabhängig davon, wie viele man selber besitzt – keinen Schutz gäbe ...

Nachzutragen bleibt, daß Holstein zwar nicht erst alt werden mußte und unabhängiger Pensionär, um seine Furcht vor Krieg durch Ausbau der deutschen Flotte dem dafür wesentlich mitverantwortlichen Reichskanzler Bülow vorzutragen – daß er aber selbst um 1900 einen furchtbar verhängnisvollen Beitrag dazu geleistet hat, Joseph Chamberlains zwei Bündnis-Angebote in dem Wahn zurückzuweisen, erstens wollten die Briten die Deutschen allein dazu benutzen, sie gegen Rußland zu hetzen; zweitens: «Eine wirkliche Annäherung zwischen England und Frankreich sei ausgeschlossen, denn es sei naiv, zu glauben, daß ein englisch-französischer Ausgleich betreffs Marokko jemals möglich sei!» Der deutsche Londoner Botschaftsrat von Eckardstein, der das zitiert, trat zurück

– er war der einzige, der das getan hat –, als er sah, wie heftig aus der Wilhelmstraße von Bülow und Holstein die britischen Bündnisbemühungen vereitelt wurden. Der deutsche Botschafter Graf Hatzfeld, den Bismarck «unser bestes Pferd im Stall» (des Auswärtigen Amtes) genannt hatte, mußte bereits 1902 – wie dann alle seine Nachfolger bis 1914 – die Erfahrung machen, daß der kluge, aber charakterlich so unzureichende Kanzler Bülow von seinem Ziel nicht abzubringen war, willenlos dem Kaiser zu gehorchen, der – unbegreiflich – als Enkel der Queen seinem Lieblingsspielzeug, der Kriegsflotte, die Freundschaft und zuletzt auch noch die Neutralität Englands opferte! Graf Hatzfeld, der bald darauf starb, sagte zu Eckardstein, «er könne mir nicht verdenken, wenn ich keine Lust mehr habe ‹gegen das große Narrenparadies in Berlin› fortgesetzt erfolglos anzukämpfen. Auch er selbst verspüre wenig Lust … etwas Vernünftiges lasse sich auf die Dauer doch nicht ausrichten.» Wenn Bülow es in seinen – *nach* dem Krieg – veröffentlichten Memoiren geschickt so darstellt, als habe er des Kaisers Flotten-Wahn bekämpft: In seinem 1916 veröffentlichten Buch ‹*Deutsche Politik*› nimmt er dagegen – und diese Verblendung zeigt nur, wie «man» damals zu «denken» hatte im Reich – stolz für seine Kanzlerschaft, die viele Jahre währte, in Anspruch, der stärksten Festlandmacht Deutschland auch noch eine so bedeutende Flotte mitgeschaffen zu haben …
Sein Kapitel «Wehrkraft und Militarismus» eröffnet Bülow: «Das neue Deutsche Reich, das im Zuge eines beispiellosen Aufschwungs den Weg zum Welthandel und zur Weltwirtschaft gefunden hat, schuf sich mit seiner Flotte die weltpolitische Wehr.» Bülow schien nicht zur Kenntnis genommen zu haben während zweier Kriegsjahre, daß die Briten binnen dreier Monate nach Ausbruch des Krieges *sämtliche* deutschen Überwasserschiffe auf sämtlichen – außereuropäischen – Meeren versenkt oder gekapert hatten, während das Gros der deutschen Flotte als Gefangene der britischen Blockade

fast nie mehr auszulaufen riskierte; auch besaß nur ein Vierteljahr nach Kriegsbeginn Deutschland keine Kolonien mehr. Dennoch «pflegt» Bülow, der irrtümlich als «erzgescheit», wenn auch als charakterlos in der Geschichte steht, offenbar noch 1916 die Illusion eines Siegfriedens, er schreibt: «... würde die einfache Wiederherstellung des Status quo ante bellum für Deutschland nicht Gewinn, sondern Verlust bedeuten.» Nicht erst den zweiten – auch schon den ersten Weltkrieg, ganz offenbar, haben die *intelligenteren* gewonnen; daß sie auch die stärkeren waren – verdanken sie nicht zuletzt dem Haß der Deutschen auf ihre Intellektuellen, der 1980 noch ebenso blüht – «Ratten und Schmeißfliegen» – wie 1913 oder 1933. Und der so weit geht, daß Regierende nicht einmal *wissen*, hierzulande, daß die Deutschen noch nie einen Krieg oder Klassenkrieg verloren haben, den Intellektuelle führten: Friedrich von Preußen war ebenso ein Intellektueller wie alle Männer des Befreiungskrieges, abgesehen von Blücher, und wie Bismarck und Moltke ... und Marx und Engels.

Resümee: England marschierte 1914, weil es sich seit mehr als einem Jahrzehnt zu Recht bedroht fühlte durch die deutsche Flotten-Rüstung. Ihr Ausbau zwang den Engländern ein Tempo auf, mit dem sie sonst ihre eigene Flotte nicht erweitert hätten. Faszinierend sind alle diese vielfach dokumentierten Details deshalb heute zu lesen, weil es vermutlich keine anderen geschichtlichen Vorgänge gibt, die sich unserer Gegenwart so sehr als Parallele aufzwingen. Wenn man das Bekenntnis dessen hört, der heute und vermutlich abermals vier Jahre Herr im Weißen Haus ist, er wolle als «großer Präsident» in die Geschichte eingehen; wenn man aber weiß, daß er Sozialpolitik nur verächtlich findet, jedoch für die fünf Jahre seit Beginn seiner Amtszeit eintausendfünfhundert Milliarden Dollar (eintausendfünfhundert Milliarden Dollar: Das total Unglaubhafte sei hier wiederholt, damit niemand es für einen Druckfehler hält) – ausgeben will für die Aufrü-

stung: Wie erschrickt man dann vor seiner Willensbekundung, als «Großer» in die Geschichte zu gehen! Denn was kann *er* verstehen unter Größe?
«Spätwilhelminischen Hurra-Patriotismus jenseits des Ozeans» konstatierte Gräfin Döhnhoff nach ihrer Analyse von Reagan-Reden. Nichts charakterisiert ihn so genau, diesen Präsidenten und seinen Hurra-Patriotismus, wie sein letzter Satz auf jener Pressekonferenz, auf der er – Frühjahr 1984 – dem Kreml das Angebot machte, die B- und C-Waffen zu beseitigen:
«Es gibt keinen Ersatz für den Sieg.»

Kennan, Fulbright, Nixon

Den Warnungen der altgedienten deutschen Diplomaten vor achtzig Jahren – entsprechen jene der altgewordenen Außenpolitiker in Washington: Der nunmehr achtzigjährige George F. Kennan, als Harvard-Historiker nicht weniger erfahren wie als langjähriger Botschafter, der bereits in der Gründung der NATO eine Herausforderung sah – denn der Marshall-Plan genüge, Europa an den Westen zu binden und zu stärken –, hat im Juni 1983 seiner Regierung vorgehalten, wie dann im Januar Harriman das getan hat, vorsätzlich die Genfer Abrüstungsverhandlungen ergebnislos enden lassen zu wollen, weil die USA dem Osten zumuten, französische und britische Raketen nicht mitzuzählen: «Vor allem wir Amerikaner, die wir jede Waffe sowjetischer Produktion in Nicaragua auch sowjetischer Kontrolle unterstellt wähnen, gleich wer sie besitzt, haben wenig Grund, von der UdSSR zu verlangen, daß sie die Waffen unserer Verbündeten ... überhaupt nicht mitzählt.»
Und wie damals Holstein das Rüstungs-*Geschäft* als ein so wesentlich mitsprechendes Motiv (wenn auch als Begründung natürlich offiziell nie erwähnt) enthüllt hat – so heute

Senator Fulbright, der dreißig Jahre lang außenpolitischer Sprecher des Senats war. Er hat 1983 der Zürcher *Weltwoche* erklärt, Geldgier der Industrie sei ein bedeutsamer «Grund», Entspannung zu verhindern: «Es gibt handfeste politische Interessen gegen eine Entspannung mit den Russen ... Dazu zählt vor allem eine Verbundenheit mit Israel.» Und: «Da steckt ungeheuer viel Geld drin, und das wirtschaftliche Interesse vieler Leute liegt im Bau von immer mehr Waffen. Das läßt sich gut als Patriotismus und als Verteidigungswille verkaufen.»

Im gleichen Gespräch hat der alte Senator an die Deutschen als die – weil meistgefährdeten auch meistverantwortlichen unter den Europäern appelliert: «Es liegt an der Führungslosigkeit dieser Administration Reagan ... daß sie normale Beziehungen [zu den Russen] nicht wirklich wünscht. Ich habe immer gehofft und tue es noch, daß die Europäer, besonders die Deutschen fähig sind, die amerikanische Politik ... zu beeinflussen ... Europa ist stark und mächtig ... es gibt keinen zwingenden Grund, weshalb es den Amerikanern die Verhandlungen total überlassen sollte ... Ich halte die Aufstellung der Pershing II für unklug ... Nichts von dem, was der Verteidigungsminister sagt, ist durch Tatsachen gerechtfertigt.»

Fast gleichlautend hat im Herbst 1983 der zurückgetretene Präsident Nixon im *Stern* den Deutschen ihren Mangel an Verantwortungsgefühl gegenüber ihrer eigenen Sicherheit vorgeworfen und ebenso wie Fulbright betont, die Pershings würden in der BRD weniger gegen die russischen SS-20-Raketen in Stellung gebracht als zum Schutz Israels ...

Fred Luchsingers *Neue Zürcher Zeitung*

Aber diese durchaus erfahrenen Amerikaner zu zitieren genügt schon, öffentlich in der einflußreichsten Zeitung der als neutral firmierenden Schweiz dem kopflosen Vorwurf eines «Anti-Amerikanismus» ausgesetzt zu werden – *ohne* sich in dieser Zeitung verteidigen zu dürfen!
Davor schützt einen auch nicht, daß man seine Furcht vor einer weiteren Überfüllung der Bundesrepublik durch amerikanische Nuklear-Waffen niemals laut werden läßt, ohne im gleichen Atemzug seine ebenso begründete Furcht vor den russischen SS-20-Raketen zu artikulieren, die eine Reichweite bis Glasgow, Lissabon, Rom haben, sobald sie auch in der DDR stationiert sein werden ...
Als der Herr der *Neuen Zürcher Zeitung*, Herr Dr. Fred Luchsinger, in seinem Wochenend-Leitartikel vom 3./4. September 1983 zwei Deutschen: Willy Brandt und Rolf Hochhuth deshalb Anti-Amerikanismus unterstellte, weil Brandt in der *Washington Post* und Hochhuth in der Hamburger *Zeit* ihre Angst vor weiteren – und weiterreichenden – Raketen auf deutschem Boden ausgesprochen hatten, da bat ich in Demut, Lesern der *NZZ* erklären zu dürfen, Anti-Amerikanismus sei keineswegs der Beweggrund meiner Anregung, notfalls den Generalstreik auszurufen, wenn weiterhin gegen den Wunsch von über 70 Prozent der Westdeutschen die Vollstopfung ihres Landes mit Waffen fortgesetzt werde, über deren Anwendung kein deutscher Politiker mitbestimmen dürfe. Meine Angst gründete weiterhin in der Provokation, daß ausgerechnet jenes Volk – und *allein* in Europa jenes Volk –, die Pershing II-Raketen in Stellung Richtung Moskau brachte, das vor vierzig Jahren über die mit ihm verbündet gewesenen und damals durchaus vertragstreuen Russen hergefallen war, ohne Kriegserklärung, um zwanzig Millionen von ihnen umzubringen. Es ist von der Schwäbischen Alb, wo die Pershings stehen, nicht einmal hundert Kilometer weiter nach Moskau

als von Kuba nach Washington: Warum, so fragte ich damals in *Zeit*, *Stern* und *Basler-Zeitung*, sollten die Russen nicht gegen die BRD diese Herausforderung mit Maßnahmen beantworten – die denen Kennedys glichen, als die Russen versucht hatten, ihre Raketen auf Kuba zu stationieren? Denn im Gegensatz zu den russischen SS-20-Raketen, die nicht, soweit sie in Europa landgestützt sind, den amerikanischen Kontinent bedrohen – bedrohen bei einer Vorwarnzeit von nur zehn Minuten die amerikanischen Pershings auf deutschem Boden die sowjetischen Hauptstädte ... Angst um das eigene Land und Anti-Amerikanismus sind kaum dasselbe!

Obwohl außer dem ehemaligen Bundeskanzler und heutigen SPD-Vorsitzenden kein anderer Deutscher in Dr. Luchsingers Leitartikel mit Namen des Anti-Amerikanismus bezichtigt worden war – vermochte dieser Zürcher Chefredaktor sich minutenlang nicht zu beruhigen über die beispiellose Frechheit, ihm telefonisch die Bitte vorzutragen – oh, wie demütig tat ich das! –, den Lesern der *Neuen Zürcher Zeitung* antworten zu dürfen: «Wie kommen Sie dazu, mich anzurufen?» rief Herr Dr. Luchsinger, hysterisiert bis zur Atemlosigkeit ob das Sakrilegs, daß hier ein Schriftsteller einen Chefredaktor anrief, nachmittags um 17 Uhr. Nach mehrfacher Unterweisung, wie ungehörig das sei, sagte er zu, er wolle die Redaktion befragen, ob eine Antwort von mir an die Leser seines Sonntagsleitartikels statthaft sei. Nein, sie war es nicht. Als ich zwei Tage später, wie verabredet, erneut in Demut telefonisch vorstellig wurde, fand ich zwar den schreibenden Waidmann im Wiederbesitz seiner vollen Contenance, die ihm am Samstagnachmittag so gänzlich abhanden gekommen war, aber eine Entgegnung in der Zeitung ward mir nicht verstattet. Als ich gehorsamst anfragte, warum ich nicht antworten dürfe, sagte der Chefredaktor – und das wurde ein langes, freundliches Gespräch –, nein, man sei in der Redaktion der *NZZ* übereingekommen, das Problem der Raketen auf deut-

schem Boden allein von Schweizern diskutieren zu lassen, um keinen Präzedenzfall zu schaffen: «Es haben schon andere Deutsche bei uns schreiben wollen zu diesem Thema.» Ich fand das nicht so unbescheiden. Jedoch mein Einwand, immerhin sei ich einer von nur zwei Deutschen, die er mit Namen in seinem Anti-Amerikanismus-Bezichtigungs-Artikel genannt habe – freilich drückte ich mich nicht so respektlos aus ich *wollte* ja etwas von dem mächtigen Mann –, bewirkte nichts. Wieder einmal dachte ich an den Satz, den Thomas Mann am 2. Juli 1936 seinem Bruder Heinrich geschrieben hat – und den ich früher schon einmal als Motto über eine Antwort an die *NZZ* hatte drucken lassen: «Das Verhalten der bürgerlichen Weltpresse, zum Beispiel der *NZZ*, zu solchen Ereignissen ist von unaussprechlicher Niedrigkeit...» (Was könnte die einschüchternde Allmacht der *NZZ* eindrucksvoller dokumentieren als die Tatsache, daß Thomas Manns Tochter Erika Angst hatte, als sie 1961 die Briefe ihres Vaters herausgab, die *NZZ* zu nennen? Sie machte nur drei Punkte, wo Thomas Mann «NZZ» geschrieben hatte!)
Überflüssig zu sagen, daß auch Fred Luchsinger noch im September 1983 der gleichlautenden Illusion zahlloser anderer Leitartikler aufsaß, «Änderung und Kompromiß kämen [bei Genfer Abrüstungsgesprächen zwischen Washington und Moskau] wohl erst in Sicht, wenn es sich erwiese, daß die öffentliche Agitation die Nachrüstung der NATO nicht zu verhindern vermag ... Glaubwürdig und wirksam im Sinne eines positiven, tragbaren Verhandlungsresultats, so scheint es heute, wird erst und nur der *Tatbeweis* sein» – Tatbeweis, das war für Luchsinger die Aufstellung der Pershing II auf der Schwäbischen Alb. Wie erinnert diese Forderung nach dem Tatbeweis, um durch demonstrierte Stärke die Russen verhandlungswillig zu stimmen, an jenen Ungeist des Tirpitz, der des Kaisers letzten Botschaftsrat in London, von Kühlmann, den späteren Staatssekretär, in seinen Memoiren

schreiben ließ: «In Deutschland lebt ja noch heute, da ich dies aufzeichne – September 1943 – in maßgebenden Kreisen die Idee, welche die ganze Politik des Reiches dauernd beeinflußt hat, man könne von Großbritannien Zugeständnisse nur unter Druck erhalten. Wenn ich gelegentlich darauf hinwies, daß es meines Erachtens das erste und wichtigste Gebot der deutschen Politik sei, ein gepflegtes Verhältnis zu London herzustellen, wurde mir von wohlunterrichteten Staatsmännern geantwortet: ... ‹England ist aber noch nicht weich; es muß erst durch gesteigerten Druck weich und nachgiebig gestimmt werden. Sobald es einlenkt, wird niemand eifriger ... für ein freundschaftliches Verhältnis eintreten als die gegenwärtigen Leiter der deutschen Geschicke.›»
Spricht da die Wilhelmstraße von 1910 anläßlich Whitehalls – oder spricht, es ist nicht auszumachen, Herr Dr. Luchsinger 1984 anläßlich des Kremls? Kühlmann fährt in seinen Memoiren fort: «In der von Tirpitz und seinen Anhängern vertretenen Anschauung wird der Wert, den die Drohung mit starken militärischen und maritimen Machtmitteln ausübt, überschätzt, das durch geschickte Politik ohne Drohung Erreichbare unterschätzt.» Die Aufstellung der amerikanischen Raketen, also der von Herrn Luchsinger geforderte «Tatbeweis», hat denn auch keineswegs die Russen weich gemacht – sondern sie haben reagiert, wie zum Beispiel Gräfin Dönhoff es voraussagte; sie haben – so meldete am 14. Mai 1984 das bundesdeutsche Fernsehen – nunmehr damit begonnen, die DDR mit neuen Typen, mit SS 22 vollzustellen, Raketen, die eine Reichweite von «nur» tausend Kilometern haben, also beruhigenderweise gewiß nicht Herrn Dr. Luchsingers Zürich vernichten können oder gar Washington, sondern nur die BRD.
Die Gräfin Dönhoff, die sicher seltener auf die Jagd geht als der Zürcher schreibende Waidmann, doch öfter nach Washington fährt, sagte exakt voraus, ein volles Jahr, ehe es so weit kam, schon im Juni 1983, daß die Aufstellung, also

Luchsingers «Tatbeweis», die Russen für wer weiß wie lange wegscheuchen werde vom Genfer Verhandlungstisch: «Jetzt heißt es in Washington, wenn die erste Pershing II im nächsten Jahr in Europa aufgestellt sind, dann werden die Sowjets zweifellos zu Konzessionen bereit sein. Bisher wurde verkündet, schon der unerschütterliche Wille, dies zu tun, werde sie kurz vor Ablauf der gesetzten Frist – also Ende dieses Jahres – bestimmt zum Einlenken bringen. Zur Realisierung solcher Mutmaßungen gehören aber stets zwei – sonst klappt es nicht. Nicht aufgegangen ist ja auch damals die Rechnung, man könne Vietnam mit Bomben an den Verhandlungstisch bringen. Desgleichen hat sich die Rechnung der Engländer nicht erfüllt, man könnte Ian Smith in Rhodesien durch wirtschaftliche Sanktionen in die Knie zwingen (nicht einmal ihn – wieviel weniger also eine Supermacht).» Die Gräfin Dönhoff erinnert übrigens in diesem *Zeit*-Essay vom Juni 1983 auch daran, daß «jetzt in Washington bekannt wurde, daß sowohl unter Truman wie unter Eisenhower die Joint Chiefs of Staff vorgeschlagen haben, einen Präventivkrieg gegen die Sowjetunion zu führen, die damals noch nicht über Atomwaffen verfügte. Und heute? Ronald Reagans Reden sind nicht dazu angetan, ein Klima zu schaffen, in dem Furcht und Argwohn allmählich abgebaut werden.» Gerechtigkeitshalber fügt Gräfin Dönhoff natürlich hinzu, daß man in Moskau «den Vorteil hat, daß die Geheimakten nicht nach 30 Jahren (wie in Washington) zur Veröffentlichung freigegeben werden» ...
Aber sie hat bereits im März 1983 nachgewiesen (alles heute zu überprüfen in ihrem Buch: *‹Amerikanische Wechselbäder›*), daß Präsident Reagan «auf jeden Vorschlag von Andropow nur eine Antwort hat: *unacceptable* ... Auf das Angebot: kein Ersteinsatz von Atomwaffen – *unacceptable*; die Erweiterung dieses Angebots auch auf konventionelle Waffen: *unacceptable*; ein Vertrag über Gewaltverzicht zwischen den Supermächten: keine Antwort! Jene Abrede zwischen Nitze und Kwizinski, die vorsah, die auf Europa zielenden SS-20 auf 75

Stück mit insgesamt 225 Sprengköpfen zu reduzieren und bei der NATO keine Pershing II aufzustellen, sondern nur 75 Abschußgestelle für 300 Cruise Missiles (mit je einem Kopf), wird vielleicht eines Tages den Beteiligten als der optimale Kompromiß gelten. In Washington heißt es, die Russen hätten ihn als erste – vor den Amerikanern – abgelehnt, obgleich man sich schwer vorstellen kann, daß ein solcher Kompromißvorschlag nicht im Politbüro besprochen worden ist, ehe er in Genf erwogen wurde. Doch wenn es so sein sollte, warum hat dann das Weiße Haus, das jeden sowjetischen Vorschlag für reine Propaganda hält, nicht zugestimmt, um endlich einmal den ‹sowjetischen Bluff› vor aller Welt zu enthüllen?»
Man vergleiche mit dem Niveau dieser *audiatur et altera pars* selbstverständlich einbeziehenden Betrachtung – das Geschimpfe des persönlich in größtmöglicher Sicherheit lebenden Herrn der *NZZ*!

«Neutralismus» – ein Schimpfwort?

Der *mokiert* sich darüber, daß endlich die Deutschen, nach zwei von ihnen angezettelten Weltkriegen, *nicht* mehr in suicidbereitem Kadavergehorsam eine wahnwitzige Aufrüstung – ob ihnen von Tirpitz, ob vom Pentagon aufgenötigt, macht keinen Unterschied, was die dadurch für Europa entfachte Bedrohung betrifft –, sich unkritisch als «Verteidigung» aufschwätzen lassen; sondern diese Rüstung jetzt zum erstenmal in ihrer Geschichte, wie Luchsinger das verächtlich nennt, einem «Protestritual» unterziehen.
Auch daß die Deutschen endlich einmal *friedlich* protestieren, entfacht den subalternen Hohn des Zürchers: «Man wünscht sich wohl weitherum, daß es bei diesem seltsam unwirklichen, asiatisch anmutenden, vom *Film-Gandhi* inspirierten Massenritual bleiben möge, desgleichen man in Europa bisher kaum erlebt hat ...»

Abgesehen davon, daß Gandhi – sogar der des Films, eines eindrucksvollen Films – kein völlig unwürdiges Vorbild für Abrüstungswillige ist: Dr. Luchsinger, der Geschichtskenntnis zu haben behauptet, ist offenbar der Meinung, die durchaus irrig ist, zu Zeiten – auf die er polemisch zu sprechen kommt – der preußisch-deutschen Geschichte sei *nicht* zum Beispiel der Flottenbau gegen Großbritannien vom deutschen Enkel der Queen und seinem Tirpitz und deren Mitpropagandisten dem deutschen Volk als «reine» Defensiv-Maßnahme ebenso hingestellt worden, wie heute die Vollstopfung der beiden deutschen Staaten mit Raketen in beiden Lagern als bloß Defensiv-Maßnahme propagiert wird! Denn Luchsinger entrüstet sich darüber, daß der «in früheren Phasen der *preußisch-deutschen Geschichte* jeweils eindeutig auf *offensive Strategie* angelegten Rüstung und Kriegsvorbereitung nie jener breite Massenwiderstand entgegengesetzt worden ist, der heute in der deutschen Demokratie gegen eine ebenso eindeutig *defensive*, auf Kriegsverhinderung ausgerichtete und zudem regional integrierte Verteidigung aufgebaut wird» …
Glaubt Luchsinger, Tirpitz habe seine – wie er das formulierte: «Risiko-Flotte» *nicht* zwischen 1900 und 1914 den Deutschen als *Defensiv*-Waffen fälschlich angepriesen? Da kann man nur wiederholen: Siehe oben die vom altgedienten Diplomaten Graf Bernstorff formulierte Einsicht, daß noch immer das Gerede von «Sicherheit» – *wer* hätte schon als historischer Gewaltverbrecher je eine *offensive* Rüstung offensiv *genannt* – zum Wettrüsten und Wettrüsten noch *immer* zu Kriegen geführt hat …
Auch muß ein Zürcher, der nichts als Hohn erübrigt für die Angst europäischer Nachbarn, ohne Mitsprache-Recht auf die explosivsten Munitionskisten der Supermächte gesetzt worden zu sein – sich einmal fragen lassen (da er selber offenbar diese Frage nie an sich richtet oder an seine Landsleute), wie eigentlich *ihm* zumute wäre – mutete eine weit entfernt

gelegene Weltmacht *seiner* Heimat zu, amerikanische oder russische Raketen in Stellung zu bringen, ohne einem Schweizer zu gestatten, über ihren Einsatz von Schweizer Boden aus mitzubestimmen! Daß die Schweiz – so vernünftig wie bewährt – neutral ist, scheint ihr mit Recht selbstverständlich. Hindert aber – und das ist sehr komisch, um es höflich auszudrücken – manche Schweizer keineswegs daran, «Neutralismus» als anklagendes Schimpfwort dann zu drucken – wenn auch andere Völker diskutieren, ob nicht ihre Überlebenschancen zurückzugewinnen seien, wenn sie um eine wenigstens *neutralere* Position zwischen den zwei Supermächten sich bemühen dürften! Was würde ein Schweizer Offizier sagen, stellte eine Großmacht am Vierwaldstätter See Raketen auf, wenn keinem Schweizer «gewährt» würde, nicht einmal dem Bundespräsidenten, darüber mitzuentscheiden, ob diese Raketen zum Beispiel auch dann abgefeuert werden, wenn ein Krieg zwischen Großmächten die Schweiz selber so wenig berührt wie die zwei ersten der bisherigen Weltkriege?
Ist es nicht unwahrscheinlich, daß je eine Großmacht so viel Vernichtungskapazität *erübrigen* kann, statt sich nur auf die Raketen-Depots ihres Gegners zu stürzen, auch dann die zwischen ihr und dem Gegner gelegenen Territorien zusätzlich zu verwüsten, wenn dort Raketen überhaupt nicht installiert sind? Wieso ist eigentlich Neutralismus noch immer ein Schimpfwort in Europa – statt als Gebot der Vernunft mindestens diskutabel geworden zu sein? Warum soll nicht für den Kontinent möglich werden, was für *Teile* des Kontinents, für die Schweiz, für Jugoslawien, für Finnland, für Schweden, für Spanien, für Irland, für Österreich längst als strategisch vernünftig gilt?

Der maßgebende Schweizer: Max Frisch

Aber die *Neue Zürcher Zeitung* ist nicht die Schweiz.
Sie ist nur die maßgebende Hausgazette ihrer Hochfinanz, und nachdem ich die wortreiche Unterweisung ihres Chefs, wie in seiner Redaktion Meinungsfreiheit und Demokratie verstanden werden, zur Kenntnis nehmen mußte, wäre es ein geistiges Attentat auf die meist so vernünftigen und auch politisch klugen Eidgenossen, wenn ich allein Herrn Dr. Luchsinger hier zitierte. Nicht aber auch den in aller Welt meistrenommierten aller Schweizer, den Dichter Max Frisch, der im Januar 1984 in einem leider nie gedruckten Fernseh-Gespräch als Kenner Amerikas, als mehrjähriger Bewohner auch New Yorks, ausgesprochen hat, *warum* er die Furcht so vieler Europäer heute teilt. Und auch, warum er heimgekehrt ist nach Zürich, nachdem er drei Jahre in New York, in seiner «schönen Wohnung an der Prince Street», verbracht hatte: «... dort rege ich mich nur auf, habe aber kein Stimmrecht. Nur sich aufzuregen, damit man auch noch etwas gesagt hat, finde ich nicht lustig ...»
Max Frisch bekannte, nur im «Abbau des Blockdenkens ... die einzige Hoffnung» noch für Europa zu sehen, denn: «Jetzt haben wir den Kalten Krieg in noch höherer Kälte.» Und Frisch skizzierte den Wandel nicht nur seines persönlichen Amerika-Bildes seit 1950, seit er als Stipendiat zum erstenmal ein Jahr in den USA gelebt, und als er in der neuen Welt – auch einen neuen Menschen entdeckt hat, nämlich einen freien, vernünftigen Typus Mensch, der durchaus uns Europäern zum Vorbild werden konnte, ganz abgesehen von der historischen und moralischen Tatsache allerersten Ranges, der Frisch in Dankbarkeit sich auch in diesem Interview des Jahres 1984 wieder erinnerte und an die er seine Zuschauer erinnerte, vielleicht auch deshalb, weil ja die Jüngeren geneigt sind, das zu vergessen: «Die USA sind tatsächlich diejenigen, die uns befreit haben», sagte Frisch – nämlich Westeuropa von Hitler.

Wahrhaftig kann ja nur wer im klinischen Sinne ein Idiot ist oder ein Propaganda-Redner das anzweifeln. Frisch sagte 1984: «Ich war sehr begeistert von Amerika. Zum Teil wirklich von der Weite, von gewissen Verhaltensarten, ich startete beinahe mit einer Liebeserklärung. Ich schrieb damals auch ‹gegen die europäische Arroganz gegenüber Amerika› – ich schrieb auch gegen andere Vorurteile ... Ich reiste immer wieder nach Amerika; für ein Vierteljahr, für ein halbes Jahr, hauptsächlich nach New York und San Francisco. Es gibt viele Gründe, warum dies stimulierend wirkte. Nun, ich habe mich durch das Älterwerden verändert und Amerika hat sich enorm verändert. Damals war Amerika noch das Amerika vom *american dream*, doch dann folgten Korea, Vietnam, eine kleinere Havarie wie Watergate. Sie mußten ihr Selbstvertrauen einer Prüfung unterziehen ... Wichtig war auch der ‹Nürnberger Prozeß› ... Hernach mußten sie feststellen, daß einiges, das im Vietnam-Krieg geschah, unter die gleiche Kategorie fiel ... Sie waren nicht mehr die Unschuldigen und mußten eine eigene Skepsis entwickeln ... Diese Skepsis hielten sie nicht lange aus. Sie besitzen auch nicht eigentlich ein Schuldgefühl, sondern fühlen, daß dies ein Fehler war, ein schwerer, ein kostspieliger Fehler. Es kostete allerdings auch das vietnamesische und koreanische Volk viel. Sie haben nun einfach das Bedürfnis, dies alles zu verdrängen, zu vergessen und zwar mit Siegen – einen haben sie über diese Insel [Grenada] eben erlebt. Und jetzt folgte eine ganz große Veränderung, die mir angst macht ... ich will ganz kurz eine Geschichte erzählen. 1950 wohnte ich in einem Motel in Kalifornien mit einem Wirt, der sagte, wenn sich die Russen nicht wieder anständig benehmen würden, dann ... dann: *‹24 hours, 24 hours, you know what I mean›* und tat so, als hielte er eine kleine Bombe in der Hand. Er wiederholte diesen Satz endlos. Dann fragte ich ihn: ‹Warum überhaupt Krieg?›
Das war 1950, fünf Jahre zuvor waren sie noch Waffenbrüder in der Besiegung des Nationalsozialismus! Darauf antwortete

er mir: ‹Wissen Sie, wenn man die Wahl hat zwischen der Krise – *depression* – und dem Krieg, ist Krieg bestimmt das Bessere ...› Dieser Satz könnte in einer ganz dummen Marxisten-Fibel stehen, das ist genau das, was sie dem Kapitalismus vorwerfen. Man kann diesen Mann verstehen, denn er hat die Krise erlebt, er hat aber – und dies ist ganz entscheidend – Krieg nie im eigenen Land erlebt. Zum Glück wurde Amerika nie okkupiert, es ist nie, wie Dresden, Warschau und so weiter, bombardiert worden. Dann wurde das Gespräch langsam peinlich, und ich dachte, es sei höchste Zeit witzig zu werden. Aber wenn man witzig sein will, gelingt es einem meist sehr schlecht. Ich fragte ihn dann: ‹Krieg, aber wo?› – ‹*Overthere.*› – ‹Meinen Sie in Europa?› – ‹*Of course.*› – ‹Warum?› – ‹*Because they are used to have wars.*› Damals konnte man darüber lächeln, aber heute ist dies die Mentalität von Leuten, die eine enorme Macht innehaben, und dies ist erschreckend.» Nur ein Motel-Besitzer aus der Provinz, der so denkt – damit könnte man sich beruhigen, aber nur dann, hätte man nicht soeben bei Gräfin Dönhoff gelesen, daß der Motelier nur aussprach, was Trumans und Eisenhowers Generalstabschefs *heimlich* damals geplant haben. Das Max Frisch-Interview ist deshalb unersetzlich, weil es – wie das zweite Tagebuch dieses Klassikers – abermals belegt, daß Frisch durchaus *geblieben* ist, der er immer war: Ein auch dem Osten gegenüber höchst kritischer Beobachter. So sagte er noch: «Wenn ich ... den jetzigen Machtinhabern gegenüber eine Angst besitze, heißt dies nicht, daß ich an diesem Land überhaupt nichts mehr Gutes sehe ... Ich würde zum Beispiel auch sagen, daß diese Geschichte mit den Pentagon-Papieren, wo man etwas aufdeckt, das die Regierung macht und wo der oberste Gerichtshof die Regierung nicht stützt, sondern sie auf das hin anklagt, ein so enormer Akt darstellt, daß ich nicht einmal weiß, in welchem anderen demokratischen Land dies geschehen könnte ... Hier sind demokratische Kräfte ... auch jetzt. Ich habe den Friedensmarsch mitgemacht ... in New York. Dort waren 700000 Menschen unterwegs, dies ist erlaubt. Sieben Leute, die sich auf den Roten Platz begeben: sie können dies zwar tun, finden sich aber in einem Arbeitslager wieder. Ich kenne solche Leute …

Es ist so, daß die kritischen Kräfte in den USA vorhanden sind und daß wir diese unterstützen, wenn wir nicht einfach diese blinde Untertänigkeit den momentanen Machthabern gegenüber mitmachen … es entwickelt sich langsam eine europäische Selbstbesinnung, die erstens durch den Gedanken, daß man Europa als Schlachtfeld der beiden Supermächte benutzen könnte, alarmiert wurde. Die sollen dann selber ausmachen, welche von beiden die gottgewollte ist … Wir wollen kein Schlachtfeld abgeben. Letzthin fragte ich jemanden: ‹Wie groß ist denn dieses kleine Europa im Vergleich zum großen Amerika?› … 240 Millionen Einwohner in den USA, Europa zählt – ohne die Warschaupaktstaaten – 350 Millionen, mit den Warschaupaktstaaten, die ja weiß Gott auch zu den europäischen Ländern zählen, 500 Millionen. Was da für Ronnie Reagans kalifornischen Gottesglauben geopfert werden müßte, ist doch immerhin das Doppelte der amerikanischen Bevölkerung! … Wir brauchen nicht als kleiner Fritz alles nachzusagen, was die wollen. Nun sind sie ökonomisch und militärisch in diesem Bündnis, zu dem wir gehören – gehören müssen für unser Überleben –, bestimmt die Stärkeren. Dies muß aber nicht bedeuten, daß der Stärkere immer Recht behält. Und das müssen die Amerikaner lernen, und zwar mit einer neuen Regierung, denn diese hat ihre Lernunfähigkeit nun drei Jahre lang demonstriert … Ich hoffe, daß die Amerikaner dies tun werden.»

Auch so sprechen Schweizer, als exemplarische Neutrale, als vermittelnde. Und wer in Europa müßte das nicht hoffen mit Max Frisch angesichts der Berichte, in den USA werbe ein Reisebüro mit einem herrlichen Salzburg-Plakat, beschriftet: «Reisen Sie hin, ehe der Krieg es vernichtet». Ich habe dieses Plakat nicht gesehen, ich habe aber – wie jedermann – gelesen, daß der amtierende Präsident, und das sagte ich hier schon, aber es gibt Dinge, die muß man wiederholen, sonst glaubt man sie selber nicht –, sich gegenüber einem israelischen Reporter darüber ausließ, er halte für wahrscheinlich, daß «Armaggedon» ein Ereignis *unserer* Zeit werde. Wie paßt dieses Bekenntnis zu seiner Rede in Orlando (und zu seiner Ansicht, Atomkrieg sei begrenzbar auf Europa), die UdSSR sei «das Reich des Bösen»; der Kampf in der Welt werde «zwischen Recht und Unrecht, zwischen Gut und Böse» geführt. Wenn der Volksmund meint, man spricht so lang von einem Ding, bis es geschieht: sehr Mächtige vermögen tatsächlich zuweilen herbeizureden, was sie bereden. Wobei es dann für ihre toten Opfer keinen Unterschied mehr macht, ob die Mächtigen, die Anrichter post festum wie der Flottennarr Wilhelm der Letzte nicht ganz unaufrichtig sagen: «*Das* habe ich nicht gewollt!» …

Der Nobelpreisträger Heinrich Böll hat in Gegenwart von Willy Brandt im Bonner Hofgarten zu Abrüstungsdemonstranten gesagt – und dieses Zitat mag helfen, sich eine Vorstellung zu machen, eine ungefähre, was eintausendfünfhundert Milliarden Dollar sind; Böll sagte: «Ich weiß nur, daß der Rüstungsetat der Vereinigten Staaten im nächsten Jahr *pro Tag* anderthalb Milliarden Mark betragen wird. Ich habe mir am Telefon von einem Freund erklären lassen, was für eine Summe das ist. Es bedeutet, 30 Jahre lang jede Woche im Lotto eine Million gewinnen, das sind anderthalb Milliarden» … Böll nannte die Ausgaben für Rüstung in DM. Die Gräfin

Dönhoff überprüfte sie an Hand des Stockholmer SIPRI-Jahrbuchs 1982, nachdem sie in den USA mit diesen Zahlen konfrontiert worden war: «Wenn Sie die Jahre von 1982 bis 1986 zusammenrechnen, kommen 1457 Milliarden Dollar heraus. Wenn Sie die fünf Jahre erst von 1983 bis 1987 rechnen, sind es 1644 Milliarden Dollar» ...
Daher eine letzte Frage, wiederum eine, die der Autor nicht beantworten kann; Stücke schreibt ja der, der – anders als der Essayist – keine Antworten findet auf die Fragen der Personen des Stücks:
Welcher Wähler hat je einen Kandidaten auch deshalb gewählt, damit der in seinem Budget derartige Unsummen für «Verteidigung» ausgibt?
Dennoch berufen sich unsere Politiker auf «Mehrheitsbeschlüsse» sogar in Detailfragen wie dieser schicksalhaften über die Aufstellung von Waffen, deren Einsatz der Beseitigung des Landes gleichkäme, das sie zu verteidigen vorgeben.
«Mehrheits»-Beschluß: Wie absurd, daß der schon erwähnte augenblicklich in Bonn regierende Kanzler von Mehrheit auch dort spricht, wo nachweislich das Volk gar keine Wahl gehabt hat – und zwar ausgerechnet in der allerernstesten Frage überhaupt, die es gibt, in der Existenzfrage der Aufstellung weiterer und neuer Raketen:
Dieser Kanzler hat vor seiner Wahl gesagt, er werde sie aufstellen; sein Koalitionspartner ebenfalls; und die einzige – damals – im Bonner Parlament vertretene Oppositionspartei war genau ebenso entschlossen, wäre sie nicht abgewählt worden, diese zusätzlichen Raketen aufzustellen. Mithin hat kein Bundesbürger an der Wahlurne die Wahl gehabt, darüber zu befinden. Dennoch muß er sich von allen Mitgliedern der Regierung und der ihr zumeist hörigen Presse heute anhängen lassen, wenn er gegen die Aufstellung der Raketen argumentiert, er sei ein untauglicher, da die Mehrheit nicht achtender Demokrat ...
Nie irritiert unsere Regenten – wahrhaft: Demokraten! – der

einfache Gedanke, daß Demokratie nur sein kann, wo sie wie in der Schweiz das Recht aufs Referendum einschließt. Also die Möglichkeit für jedermann, mit nur wenigen Stimmen, die er mühelos mit Freunden sammeln kann, sonntags an der Urne zu *erzwingen*, daß über Einzelfragen abgestimmt wird.
Nun gar die – möglicherweise – über Leben oder Tod entscheidende Frage nach Aufstellung eines Waffensystems, das erstmals in weniger als einem Dutzend Minuten vom Territorium der BRD aus die Hauptstädte Sowjet-Rußlands wegmachen kann: Der Kanzler weiß, daß eine vom Zweiten Deutschen Fernsehen in Auftrag gegebene Volksbefragung – da mit juristischen Kniffen das Parlament sich davor drückt, Volksbefragungen als gesetzlich zuzulassen – ergeben hat: Mehr als siebzig Prozent der Bundesdeutschen wollen *nicht*, daß neue Raketen auf ihrem Territorium in Stellung gebracht werden – Raketen, über deren Einsatz kein Deutscher mitbestimmen darf! «Natürlich» wurde das Ergebnis dieser Meinungsumfrage vom regierungshörigen Fernsehen unterdrückt, ein Journalist brachte die Wahrheit ruchloserweise ans Licht. Dennoch redet dieser Kanzler ohne Scham von Mehrheitsbeschlüssen, gegen die angeblich die Friedensbewegung – demnach die Demokratie mit Füßen tretend – rebelliere! *Wer* tritt hier Mehrheitsbeschlüsse mit Füßen?

Kant und Lessing

Deutsche Tradition verleugnet, wer es schuldhaft verhindert durch Machtmißbrauch, *das Volk selber und als ganzes* abstimmen zu lassen über die einzige Frage, die zentral ist: über Friede oder Krieg. Denn Kant wie Lessing haben nachgewiesen, daß anders als uns Entmündigten heute tausend Jahre lang unseren Ahnen dieses Recht zugestanden hat gegenüber «Königen und Herzogen der Deutschen»: *Selber* darüber abzustimmen, ob Krieg sein solle. Wie käme auch ein Vernünftiger dazu, freiwillig dieses bedeutsamste seiner Lebensrechte – ein jedermann angeborenes, natürliches –, sein Mitsprache-Recht über Frieden oder Krieg, zu «delegieren», an wen auch immer, Mitmensch oder Parlament? Diese existentielle Entscheidung, mit der verglichen jede andere nur albern wird, nun gar ausländischen Vormundschaftsbehörden in Washington und Moskau überlassen? Gewiß, es ist das Resultat des Hitler-Krieges, daß heute die beiden deutschen Staaten nicht nur, sondern Europa schlechthin – wenn auch in weitaus geringerem Grade als die zum Schlachtfeld ausersehenen deutschen Lande – von Supermächten unter Kuratel gestellt worden sind. Aber ist das irreversibel? Ein Endzustand – beinahe hätte ich geschrieben: die «Endlösung» für die Völker Mittel-Europas? Schaltet man Nachrichten ein – bringt man meist nur Spott auf für das, was unsere Politiker wichtig nehmen, gemessen an dieser apokalyptischen Bedrohung, der gegenüber sie tun, als gäbe es sie nicht – obgleich jede halbwegs gründliche Zeitung beinahe monatlich neue Varianten der mit Europa in westlichen und östlichen Sandkästen geplanten «Endspiele» publiziert! (So – um ein Beispiel zu nennen – im Nachrichtenmagazin *Spiegel* Nr. 27/Juli 1984 der Bericht über eine Tagung der US-Navy in Newport, zu der die Marine dreihundert Offiziere und Industrielle geladen hatte. Zitate: «Heute gehört uns die norwegische See, und wir wollen, daß es dabei bleibt»: Vizeadmiral Lyons; während der stellvertretende Planungschef der Marineinfanteristen einen «begrenzten nicht-atomaren, konventionellen Krieg mit der Sowjet-Union noch zu unseren Lebzeiten» deshalb für «fast unausweichlich» erklärte, weil Rußland durch den Stapellauf seines ersten Trägers für normale Düsenjäger – Schiffstypen, von denen die USA bereits vierzehn in Dienst gestellt haben –, seine «natürliche Barriere als Landmacht überschritten» habe. Rußland dringe «auf den Weltmeeren gegen die Seemacht USA vor, doch die Meere seien amerikanisch ... unser

Lebenssaft, unser wirtschaftliches Blut!» Wie erinnern diese Überlegungen und die zum Schutz gegen diesen Größenwahn von der Sowjet-Union geschaffene Seemacht Admiral Gorschkows an die weltverändernden Momente, als Rom «aufs Wasser ging», um Karthago auszutilgen, und als Wilhelm der Letzte sein Ende einleitete durch den so eitlen wie unnötigen Beschluß, ab 1895 eine gegen England gerichtete Schlachtflotte zu bauen!)

Krieg also in unserer Generation – dank der Illusion, er sei begrenzbar auf Europa und «nur» mit konventionellen Waffen auszutragen! Doch sollte es dahin auch *nicht* kommen: Das herausragende Ziel aller europäischen Politik muß es sein, dem Kontinent sein Selbstbestimmungsrecht auch strategisch zurückzugewinnen. Also jene Aufgabe als die vordringliche anzugehen, die mit dem Tod de Gaulles liegen blieb. Wer einen Weg dahin weiß – wäre selber vom Format dieses Franzosen, der nicht mehr die Zeit hatte, Epoche zu machen; der aber immerhin sein Vaterland aus der Unmündigkeit einer lebensgefährlichen militärischen «Partner»-schaft, in der Frankreich nicht mitreden sollte, noch zu befreien vermochte. Welcher Europäer wird de Gaulles Weg weitergehen? Vermutlich wird man ihn ermorden …

Der erste Schritt auf deutschem Boden muß sein: Die Wiederherstellung des elementaren Rechtes für jedermann, in der entscheidenden Frage: Krieg oder Friede – mitzubestimmen, so wie unsere Vorfahren das tausend Jahre lang nach einem ihnen garantierten Recht praktiziert haben. Für Kant – so auch in seinem Krakauer Fragment von 1797 – fangen überhaupt die Untertanen erst an, «Staatsbürger» zu sein – statt nur «als zerstörende, aber auch als zerstörbare Werkzeuge gebraucht zu werden» –, wenn man ihnen zugesteht, daß «ihre Einstimmung zum Kriege erforderlich» ist. Und schon 36 Jahre früher als Kant hat Lessing sein Blatt «Deutsche Freiheit» geschrieben, auf dem er festhält, «die sehr geringe Meinung, die man itzt überall von deutscher Freiheit» habe und die 1761 einen Franzosen zu der Behauptung veranlaßt hatte, «daß alle deutschen Untertanen Serfs wären»: Sklaven –, sei nur zu gerechtfertigt, weil dieser Franzose «von dem rede, was geschieht» ... Lessing aber weist dann den Franzosen darauf hin: «Indes ist dies die Einrichtung des deutschen Staates gar nicht», denn «in den ältesten Zeiten, von welchen Tacitus schreibt», sei «es tausend Jahre und länger ausgemacht gewesen», daß *die* Lebensfrage, die über Friede oder Krieg, niemals «ohne Zuziehung des Volkes durch Könige und Herzoge der Deutschen» entschieden werden durfte. Sondern daß «die Landstände zu allen wichtigen Regierungsgeschäften gezogen wurden und ihr Rat und ihre Einwilligung unumgänglich nötig war; z. B. wenn ... Kriege beschlossen werden sollten ...»

Wohin verkommt eine Nation, ja ein Erdteil, wenn weder Völker noch ihre Regierenden die Wiedergewinnung ihrer militärischen Autonomie, ob schuldlos verloren oder nicht, als ihre oberste Aufgabe begreifen angesichts von «Schutz»-Mächten, die diese Nation, diesen Erdteil nur um den Preis seiner Vernichtung «verteidigen» könnten?

Rolf Hochhuth

Guerillas

Tragödie in 5 Akten · 220 Seiten
Broschiert und als rororo Band 1588

Soldaten

Nekrolog auf Genf
Mit einem Vorwort von H. C. N. Williams,
Propst an der Kathedrale zu Coventry
Tragödie in 5 Akten · rororo Band 1323

Der Stellvertreter

Ein christliches Trauerspiel
Mit Essays von Sabine Lietzmann, Karl Jaspers,
Walter Muschg, Erwin Piscator und Golo Mann
Erweiterte Taschenbuchausgabe mit einer Variante
zum 5. Akt
rororo Band 997

Räuberrede

Drei deutsche Vorwürfe
Schiller / Lessing / Geschwister Scholl
224 Seiten · Broschiert

Rolf Hochhuth

Spitze des Eisbergs

Ein Reader
Herausgegeben von Dietrich Simon
334 Seiten · Broschiert

Tell 38

Dankrede für den Basler Kunstpreis 1976
am 2. Dezember in der Aula des alten Museums
Anmerkungen und Dokumente
160 Seiten · Broschiert

Die Berliner Antigone

Prosa und Verse · Einführung von Nino Erné
rororo Band 1842

Rolf Hochhuth –
Eingriff in die Zeitgeschichte

Essays zum Werk
Herausgegeben von Walter Hinck
286 Seiten · Kartoniert